Karl-Heinz Knacksterdt

Der Soldat

Jeremy Martinsen

Bibliografische Information der Deutschen
Nationalbibliothek
Die Deutsche Nationalbibliothek verzeichnet diese
Publikation in der Deutschen Nationalbibliografie;
detaillierte bibliografische Daten sind im Internet
über http://dnb.d-nb.de abrufbar

Karl-Heinz Knacksterdt
Layout und Realisierung Karl-Heinz Knacksterdt

Titelgestaltung: Karl-Heinz Knacksterdt

Alle Personen und Handlungsorte sind frei erfunden, Übereinstimmungen und
Ähnlichkeiten wären rein zufällig und sind nicht beabsichtigt.

Titelbildentwurf
Karl-Heinz Knacksterdt

Herstellung und Verlag: BoD - Books on Demand, Norderstedt

ISBN   978 3749 43374 2

1. Auflage

Der Soldat

Jeremy Martinsen

Ein Roman von heute und morgen

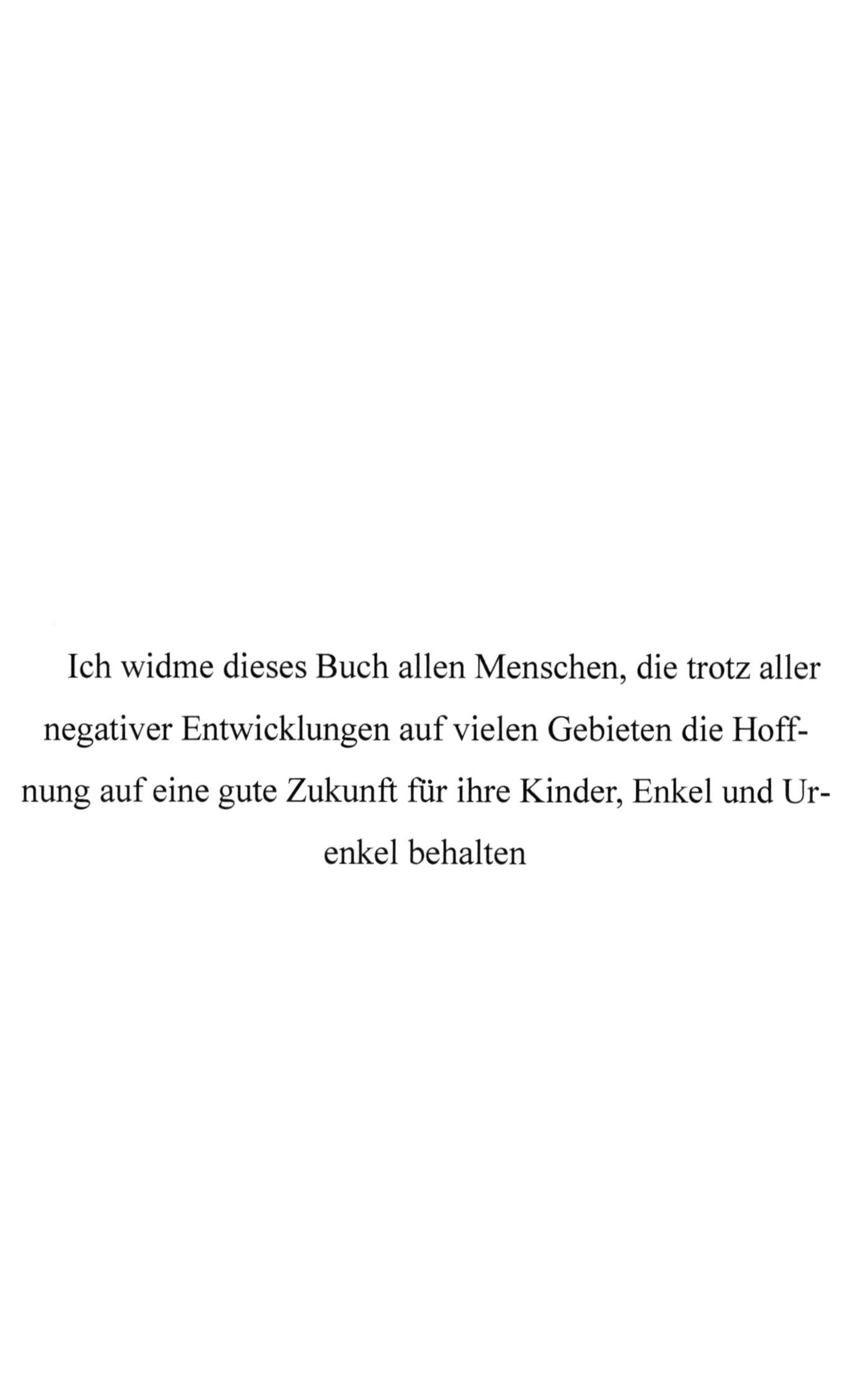

Ich widme dieses Buch allen Menschen, die trotz aller negativer Entwicklungen auf vielen Gebieten die Hoffnung auf eine gute Zukunft für ihre Kinder, Enkel und Urenkel behalten

Die Personen

Brigadier General William Westerman, Kommandeur der
    BrainSpecialistUnit

Major Ryan Anderson, Brigade-Kommandeur in Sharana / Afghanistan

First Sergeant Jeremy Martinsen und seine Familie mit Priscilla, Jenny
    und Melanie

Captain John Bertoli und seine Familie mit Petra und den Kindern Paul,
    Jennifer und Lucy

Corporal Allison Donagan

Specialist Oskar van Delden

Private First Class Pietro „The Gambler" Martinez

Private Donald Trumpeter jr., Schütze am Maschinengewehr

Ellen Winter, CEO von Brainrise Robotics

Susan Hanson, Chef-IT-Spezialistin für KI

Dr. Matthias Bremer, Neuro-Wissenschaftler und seine Familie mit Helen
    und 2 Kindern

Agneta Svensson, Schwedin aus Malmö, Neuro-Holografie-Spezialistin

Pjotr (Pete) Asjajev, Ukrainer, KI-Entwickler

Liu (Lilly) Nguyen, Vietnamesin, Betreuung der Robottas Kitty und
    Pamela

Berthold Schaf mit Beate und den Kindern Johanna und Malte

Vorwort des Autors

Verehrte Leserinnen und Leser!
Gestatten Sie mir, aus einem Buch zu zitieren, das ich nach langen
Jahren kürzlich erneut zur Hand genommen habe - es ist „Schöne neue Welt"
von Aldous Huxley (* 1894 + 1963).
Der Klappentext des Fischer-Taschenbuches lautet: „Alles in allem sieht es
ganz so aus, als wäre uns Utopia viel näher, als irgendjemand es sich vor nur
fünfzehn Jahren hätte vorstellen können. Damals verlegte ich diese Utopie
sechshundert Jahre in die Zukunft. Heute scheint es mir durchaus möglich,
dass uns dieser Schrecken binnen eines einzigen Jahrhunderts auf den Hals
kommt; das heißt, wenn wir in der Zwischenzeit davon absehen, einander zu
Staub zu zersprengen". (Zitatende)
Huxley schrieb dieses Buch 1932 - seine o. g. Anmerkung entstammt seinem
Werk „Brave New World Revisited", erschienen 1958.
Ich habe dieses dritte Buch der Trilogie „Manipulationen" geschrieben, weil

mir nach der Resonanz von LeserInnen auf die Bücher 1 und 2 sowie dem Studium weiterer unterschiedlicher Literatur und aktueller Presse etwas ganz deutlich geworden ist: Wir leben in einer bedrohlichen Zeit! Unabhängig von Globalisierung, militärischen Konflikten und Migrationsbewegungen ist unser Menschsein von skrupellosen Wissenschaftlern bedroht.

Diese Wissenschaftler, die vor allem im Bereich der Informationsverarbeitung und in der Biotechnologie beheimatet sind, nicht zu vergessen auch bestimmte Medizinrichtungen, entwickeln mit massiver finanzieller Unterstützung mächtiger Konzerne Wege, Möglichkeiten und Methoden der Manipulation von Menschen.

Manche dieser Methoden werden von der Masse der betroffenen Menschen - und das sind eigentlich wir alle - nicht einmal bemerkt. Sie werden bei richtiger psychologischer 'Verpackung' nicht nur akzeptiert, sondern sogar bejubelt.

Andere Methoden, wie sie von mir bereits im Buch „Im Netz der Algorithmen" betrachtet wurden, führen zu Eingriffen, die irreparabel Gehirne von Menschen, speziell Soldaten, verändern.

Der Protagonist dieses Buches ist ein solcher Soldat. „Natürlich" freiwillig, unterzieht er sich einer Prozedur, die sein Leben, nicht nur als Soldat, verändern wird.

Bitte erlauben Sie mir noch ein weiteres Zitat, das mich sehr beeindruckt hat. Der Historiker Noah Juval Harari schreibt (ich zitiere): „Die Demokratie in ihrer gegenwärtigen Form kann die Verschmelzung von Biotechnologie und Informationstechnologie nicht überleben. Sie wird sich entweder radikal neu erfinden müssen, oder die Menschen werden künftig in 'Digitalen Diktaturen' leben". - Zitatende - (Aus: „21 Lektionen für das 21. Jahrhundert" Seite 104 Verlag C.H.Beck München 2018)

Oldenburg, im März 2019
Karl-Heinz Knacksterdt

Kapitel 1

Das 4 th Infantry Brigade Combat Team der 1 st Infantry Division in Sharana ist eine eingeschworene Truppe. Jahrelange Kampferfahrungen, erst im Irak-Krieg gegen die Truppen Saddam Husseins und jetzt hier in Afghanistan gegen die Taliban, haben die Frauen und Männer zu einer Truppe zusammengeschweißt, die vor keiner Herausforderung auf militärischem Gebiet zurückschreckt, und auch die Opfer, die der Krieg von ihnen immer wieder forderte, haben ihren Zusammenhalt nicht zerstören können, im Gegenteil.

Es ist ein Mittwochmorgen im April. Die Wetterprognose prophezeit wieder einmal einen sehr heißen Tag.

Bei der Befehlsausgabe an diesem noch kühlen Morgen bekommen Captain John Bertoli und sein auf Erkundungen spezialisierter Trupp den Einsatzbefehl für eine ganz gewöhnliche Aufklärungsaktion. „Die Hauptstraße entlang in Richtung Orgun, dann auf Höhe von Barmal querab Richtung Bergkette. Schauen Sie nach, ob sich in den letzten Tagen etwas verändert hat - ein Aufklärungsflug mit einem Apache AH64-Hubschrauber wurde in der Region beschossen, allerdings ist kein Schaden entstanden - vielleicht war es ja nur ein durchgeknallter Einzelkämpfer der Taliban. Wenn Sie die Hauptstraße verlassen haben, bleiben Sie ununterbrochen mit dem Headquarter in Verbindung -

wenn erforderlich, erhalten Sie sofort Luftunterstützung. Und jetzt viel Glück, kommt gesund wieder, Leute!"

Major Ryan Anderson ist ein Soldat der alten Garde, dem seine Männer und Frauen am Herzen liegen. Schon mehrmals hatte er den Angehörigen von gefallenen Kameradinnen und Kameraden traurige Nachrichten überbringen müssen, was ihn jedes Mal mit einer unbändigen Wut über diesen so unsinnigen und nach seiner Ansicht auch nicht zu gewinnenden Krieg erfüllt - aber diese Meinung ist seine Privatsache. Als Truppenkommandeur ist er stets untadelig.

Die Patrouille startet nach dem Briefing exakt um 07:30 Uhr und fährt mit ihrem Humvee, dem High Mobility Multipurpose Wheeled Vehicle (kurz: HMMWV) zügig die Hauptstraße vom Camp in Richtung Orgun, einem kleinen Dorf im Südwesten. Fünf kampferprobte Männer und eine Soldatin, Private First Class Allison Donagan, bilden die Besatzung des Fahrzeugs.

Es ist sehr wenig Verkehr auf der Strecke, lediglich einige wenige Militärfahrzeuge und hin und wieder ein privater Pkw oder Pickup, zumeist mit landwirtschaftlichen Gütern beladen. Einige wenige ärmliche Dörfer am Straßenrand haben sie bereits passiert, als Captain John Bertoli seinen Leuten über Bordfunk zuruft: „Fällt euch auf, dass wir in den Dörfern nicht einen Menschen gesehen haben? Wo sind die alle? Das gefällt mir nicht, überhaupt nicht!"

„Wahrscheinlich vor den Taliban geflohen", ruft Allison zurück, „vor uns heute Morgen sicher noch nicht!" Alle Insassen des Humvee sind wegen des lauten Motor- und Fahrgeräusches des Fahrzeuges mit Headsets ausgerüstet und so über Bordfunk miteinander verbunden.

Das Fahrzeug, gesteuert von Specialist Oskar van Delden, hat ohne Halt den Punkt erreicht, an dem sie auftragsgemäß die Hauptstraße verlassen sollen. Er verlangsamt die Fahrt, um auf die sogenannte Straße, die zu den Bergen führt, einzubiegen. Es ist eine sehr schmale Schotterpiste mit Gräben links und rechts, in denen zur Regenzeit, wenn es sie denn einmal gibt, wahre Sturzbäche fließen. Die Breite des Weges ist gerade ausreichend für den Humvee,

und auf der vor ihnen liegenden Strecke gibt es fast keine Ausweichmöglich-
keit: Gut, dass ihnen hier heute niemand entgegenkommen kann.

Das Gelände, das weiß Captain Bertoli durch die Luftaufklärung, ist ziemlich
unübersichtlich. Er befiehlt deshalb eine Rundumbeobachtung durch alle, besonders natürlich durch Donald Trumpeter jr., der mit dem Oberkörper, nur
durch die seitlich angebrachten Stahlbleche, seine schusssichere Weste und
den Helm geschützt, oben aus dem Humvee herausragt. Hinter seinem Maschinengewehr hat er damit zum einen den besten Überblick, zum anderen
bietet aber auch eine herausragende Zielscheibe für Angreifer.

Als Truppführer nimmt John wie befohlen sofort nach Erreichen der Schotter-
piste Kontakt zur Operationszentrale auf, in der heute Vormittag eine liebe
Kameradin Dienst tut: Angie Watson, eine hübsche, gut gebaute Blondine aus
Pennsylvania, mit der er sich ein wenig angefreundet hat.

„Hi, Angie, wie geht's?"

„John, wo seid ihr?" Angie geht nicht auf seinen lockeren Tonfall ein, „Passt
gut auf euch auf, es wurden verstärkt Aktivitäten der Taliban aus dem Ab-
schnitt dort gemeldet!"

„Keine Sorge, Angie, wir sind sehr wachsam, und Donald im Turm ist ein guter Beobachter. Gerade sind wir von der Hauptstraße abgebogen, alles ruhig,
fast schon zu ruhig, kein Mensch zu sehen, auch nicht in den Dörfern neben
der Hauptstraße."

Donald meldet sich über sein Headset: „Auf zehn Uhr ein nicht identifizierba-
res Objekt. Oskar, fahr mal etwas weiter ran, aber ganz langsam!"

Specialist Oskar, 22 Jahre jung, frisch verliebt in eine Kameradin aus der
Nachbarkompanie in Sharana, legt einen niedrigen Gang ein und schleicht geradezu mit seinem Humvee in Richtung des Objektes. Im rechten Augenwin-
kel sieht er eine schwarz gekleidete Gestalt, das Gewehr im Anschlag.

„Donald, 1 Uhr, Deckung!", schreit er in sein Mikro. Donald versucht blitzar-
tig, abzutauchen, sich ins Fahrzeug zurückzuziehen, als mehrere Gewehrsal-
ven den Humvee treffen - er schafft es nicht mehr, sich in Sicherheit zu bringen. Ein Geschoss trifft ihn schräg von vorn am Hals, die Schutzbleche haben

es nicht verhindern können. Rund um das Fahrzeug tauchen plötzlich weitere Gegner auf, die aus allen Gewehrläufen feuern. Die Geschosse prallen von der Panzerung und auch von den Frontscheiben ab.

„Oskar, Vollgas über die freie Fläche da vorn!" geht das Kommando von John Bertoli an den Fahrer, der sofort reagiert und das Fahrzeug beschleunigt - die Kameraden im Innern werden durcheinander geschüttelt.

„Achtung, festhalten!", schreit Oskar. Er hat noch nicht zu Ende gerufen, als eine fürchterliche Explosion den Humvee erschüttert, er wird geradezu in die Luft gerissen, schlägt wieder auf. John im Fahrerhaus setzt sofort einen Notruf ab - sie sind in eine Sprengfalle geraten, die der Feind auf dem kleinen Plateau, über das sie fahren wollten, installiert hatte. Das Geräusch von kreischendem, berstendem Metall erfüllt das Innere des gepanzerten Fahrzeugs, danach eine totale Stille. Der Beschuss vorhin sollte sie genau zu der Aktion „Fahren über das kleine Plateau" verleiten, was ihrem Feind ja auch gelungen ist.

„Verlasst nicht das Fahrzeug!", schreit John in sein Mikro, das glücklicherweise noch funktioniert. „Was ist mit euch passiert, Leute, sagt es mir".

„Donald hat es erwischt, er blutet extrem aus der Halsschlagader, ich kann nichts machen, er hängt halb im Ausstieg", meldet Allison, „Jerry rührt sich nicht, und Pietro Martinez hat von einem Metallteil eine Wunde am Bein, ich werde versuchen, sie zu verbinden".

„Hi, Captain, alles gut!", ruft Pietro in sein Mikro, „Allison macht das schon".

„Und wie geht es dir, Allison?"

„Ich bin soweit o. k., aber Jerry rührt sich noch immer nicht - hoffentlich ist er nur bewusstlos". Die Antwort kommt ganz leise von Allison.

Über Funk meldet sich Angie:

„Zwei AH-64-Apache-Kampfhubschrauber sind gerade zu euch gestartet, dazu ein Chinook, haltet durch. Und verlasst nicht euren Humvee, die Burschen haben bestimmt überall ihre Heckenschützen versteckt!"

Oskar auf dem Fahrersitz, noch benommen vom Schock durch die Explosion

der Sprengfalle, die die Taliban installiert hatten, greift seine Assault Rifle,
sein Sturmgewehr, reißt die Fahrertür auf, springt aus dem Wagen: „Ihr
Schweine!", feuert ein ganzes Magazin in Richtung der Gegner.

„Du Idiot, bleib hier", will John ihm noch zurufen – zu spät! Oskar schreit
laut auf vor Schmerzen, dann bricht er neben dem Fahrzeug zusammen - ein
Geschoss hat sein Bein zerfetzt, das Blut aus einer Arterie färbt mit wahnsin-
niger Geschwindigkeit seine Uniformhose.

John kann gerade noch die Fahrertür schließen, bevor erneut ein Kugelhagel
den Humvee trifft.

„Was ist mit Oskar?", schreit Allison in ihr Mikro.

„Es hat ihn erwischt, er liegt neben dem linken Vorderrad, wir kommen da
nicht ran, um ihn zu bergen!"

„John, gib mir Feuerschutz, ich hole ihn rein!"

„Du bleibst im Wagen, ich will dich nicht auch noch verlieren! Das ist ein Befehl!"

Allison gehorcht zähneknirschend, versucht, Jerry aus seine Schocklethargie
zu wecken, ohne Erfolg. Der Mann ist zurzeit nicht ansprechbar, aber immerhin - er lebt.

Die Apaches benötigen nur etwa zwanzig Minuten, um ihr Ziel zu erreichen.
Massive Feuerstöße aus den Bordkanonen vertreiben oder töten die Angreifer
in kürzester Zeit, sodass der fast gleichzeitig eintreffende Chinook die Besatzung des Humvee an Bord nehmen und seine Sanitäter eine medizinische
Erstversorgung vornehmen können.

Oskar und Donald jr. sind tot, Jerry hat einen massiven Schock, Pietro ist ver-
wundet, er wird niemals wieder als „Der Gambler" seine Kameradinnen und
Kameraden mit seinen artistischen Kunststückchen erfreuen können. Lediglich Allison und John sind völlig unverletzt geblieben.

Die Rettungsaktion durch die Hubschrauber verläuft zügig, die Toten und

Verletzten werden nach Sharana in das dortige Militärhospital gebracht, Allison und John auf dem Stützpunkt von Kameraden in Empfang genommen und sofort zu ihrem Kompaniechef weitergeleitet.

Für ihr vorbildliches Verhalten wird Private First Class Allison Donagan später mit der Humanitarian Service Medal ausgezeichnet und zur Sergeantin befördert.

Eine Überprüfung des Vorfalls unter Leitung von Major Anderson ergibt, dass Captain John Bertoli kein schuldhaftes Versagen an dem Desaster trifft. Da er in Kürze wegen Ende seiner Dienstzeit ohnehin die Army verlassen wird, erfolgt auch kein weitergehendes formelles Untersuchungsverfahren - zuvor wird aus dem Captain allerdings noch ein Major.

Die Verwundeten werden im Hospital wieder zusammengeflickt und trotz des Ereignisses wieder ihren Dienst in der Army fortsetzen, Allison, wie gesagt, sogar befördert wegen ihres umsichtigen Handels an Bord des Humvee nach dem Crash.

Von den Überlebenden des Überfalls leidet allerdings Jerry Martinsen am meisten. Äußerlich unversehrt geblieben hat er dennoch ein Trauma erlitten, das ihn kriegsuntauglich macht - er wird in die Heimat zurückbeordert und einer Einheit in Minnesota zugewiesen, die voraussichtlich nicht in Afghanistan zum Einsatz kommen wird.

Kapitel 2

Das Silicon Valley in Kalifornien umfasst das Santa Clara Valley und den südlichen Teil der San Francisco Bay Area. Es erstreckt sich in der Länge über ca. 70 km und in der Breite etwa 30 km - das ist die Metropolregion um San Francisco und San José; in seinem Zentrum finden wir den Ort Sunnyvale.

Diese Region ist das Machtzentrum der Welt, wenn man die Möglichkeiten der Einflussnahme auf das Leben der Menschen betrachtet, vielleicht von China einmal abgesehen! Riesige Unternehmungen, in denen Zehntausende von Mitarbeitern mit äußerster Intensität an der Veränderung der Welt forschen und arbeiten, haben sich hier angesiedelt.

Konzerne wie Amazon, Apple und Ebay, Facebook und Samsung und viele andere, die mit gigantischen Datenmengen, die ihnen zum überwiegenden Teil von den 'modern' denkenden Menschen - bewusst oder unbewusst - in aller Welt zugeliefert werden, beeinflussen mit ihren super-intelligenten, riesigen Computern genau diese Datenlieferanten, um sie mit Hilfe hochkomplizierter, ausgeklügelter Algorithmen in ihrem Sinne zu Konsum und bestimmtem Verhalten zu manipulieren.

Ergänzt wird dieses Konvolut aus IT-Unternehmungen durch Technik- und Service-Konzerne wie Tesla, Uber und weiteren, die allesamt an einer Veränderung unserer Lebens- und vor allem auch unserer Arbeitswelt arbeiten.

Es wird radikale Veränderungen geben, die uns einem immer stärker werden Einfluss durch die Silicon-Valley-Konzerne ausliefern und sogar unsere Demokratie und die Freiheit des Individuums massiv, und dies weltweit, bedrohen.

In diesem Umfeld sind, neben den großen Konzernen, mutige Start-ups, aber auch viele etablierte kleine Unternehmungen angesiedelt, beseelt von dem Geist, Einmaliges zu schaffen, das Ruhm und Ehre und natürlich auch Geld bringt - vielfach auch von Militär und / oder Geheimdiensten finanziert. Es ist eine ganz besondere Welt, voller Optimismus und voller Chancen. Hier wird Zukunft entwickelt, und wer einmal scheitert, bekommt allemal eine zweite oder sogar dritte Chance.

Brainrise Robotics in Palo Alto in unmittelbarer Nachbarschaft zur weltberühmten Stanford-Universität ist eine der kleineren etablierten Unternehmungen, die sich schon seit Langem (und lange bedeutet in dieser vor innovativer Potenz geradezu platzenden Region einen Zeitraum von etwa vier, fünf Jahren oder wenig mehr) erfolgreich mit der Entwicklung von intelligenten Robotern beschäftigt.

Seitdem dieses Unternehmen Strategien für die weltweite Vermarktung der von ihr entwickelten und einem ständigen Optimierungsprozess unterworfenen sog. humanoiden Roboter realisiert, wurde die Mitarbeiterzahl binnen kürzester Zeit von etwa hundert auf nun fast fünfhundert Mitarbeiter erweitert, die überwiegend in der Fertigung tätig sind.

Aber nicht nur die Produktion solcher Roboter-Spezies, die für unterschiedlichste Einsatzgebiete optimiert sind, auch menschenähnliche Androide gehören zum Lieferprogramm von Brainrise Robotics.

Die intern allgemein als 'Arbeitstiere' titulierten Roboter sind allesamt Spezialisten in den unterschiedlichsten Bauformen, nur für den Einsatz in ihrem jeweiligen Fachgebiet geeignet - als Montagehilfen in der Fertigung komplizierter oder für Menschen gefährlicher Geräte, Steuerungsautomaten in Fahrzeugen, Empfangsdamen im Hotel, Ansprechpartner für Auskünfte, ja sogar als Gesellschafter und Helfer in der Altenpflege.

Ihre Intelligenz dieser 'Arbeitstiere', die absichtlich nicht umfassend in den Bereich der Künstlichen Intelligenz reicht und somit nur beschränkt selbstlernende Systeme ermöglicht, auf der einen und ihre Wirtschaftlichkeit auf der anderen Seite macht sie zu kostengünstigen 'Mitarbeitern' in unterschiedlichsten Branchen.

Die Forschungen und Entwicklungen auf dem Gebiet der künstlichen Intelligenz, wie sie zum Beispiel bei Google, Amazon und anderen Konzernen eingesetzt werden, dienen im Wesentlichen der Effizienz und Gewinnmaximierung - hier wird über komplizierte Algorithmen und mithilfe selbstlernender Programme ermöglicht, den Bedarf der Kunden zu manipulieren und zu steuern - subtile Methoden aus der Verhaltensforschung sind hier die Grundlagen.

Die im Hause BR aktiven humanoiden Roboter Kitty und Pamela sind demgegenüber in Bezug auf die Ausstattung ihrer eingebauten Computer eine Besonderheit: Sie werden von Susan, der Chefentwicklerin, jeweils auf den aktuellsten Stand der KI gebracht und sind echte Hilfen bei Recherchen und dem Durchrechnen von Alternativen, sogar Vorschläge zu Verfahrensweisen werden von ihnen immer wieder angeboten. Sie sind mit dem Internet verbunden und kommunizieren teilweise selbstständig miteinander und mit Dritten.

Alle genannten Einsatzformen unterliegen jedoch, so wurde es in ihren Chips verankert, den erweiterten Abramovschen Computergesetzen:

- *Ein Roboter darf keinen Menschen verletzen.*
- *Ein Roboter ist verpflichtet, mit Menschen zusammenzuarbeiten, es sei denn, diese Zusammenarbeit stünde im Widerspruch zum Ersten Gesetz.*
- *Ein Roboter muss seine eigene Existenz schützen, solange er dadurch nicht in einen Konflikt mit dem*

Noch sehr viel weiter über diesen Bereich der künstlichen Intelligenz mit seinen selbst lernenden und sich immer weiter verbessernden Computern hinaus geht jedoch der stark von Militär und Geheimdienst unterstützte Arbeitsbereich bei BR, der sich unter größter Geheimhaltung mit Gehirn-Manipulationen befasst.

In diesem ganz speziellen Arbeitsbereich finden wir, neben wenigen besonders ausgewählten Mitarbeiterinnen und Mitarbeitern, Susan Hanson, Chefentwicklerin für Computeralgorithmen und Dr. Matthias Bremer, den deutschstämmigen Neurologieforscher. Sie scheinen auf ihren Spezialgebieten führend zu sein.

Susan Hanson liebt ihren Job. Das Entwickeln von immer neuen, immer leistungsfähigeren Programmalgorithmen macht ihr ausgesprochen Freude - und dazu auch noch die in letzter Zeit immer enger gewordene Zusammenarbeit mit Matthias Bremer, dessen Kenntnisse in der Neurologie unter bestimmten Voraussetzungen tiefe Einblicke ins menschliche Gehirn ermöglichen.

„Wir sind auf einem sehr guten Weg, liebe Susan, das Abrufen des Inhaltes der Nanochips und der Telepathiefähigkeiten aus dem Gehirn unseres lieben deutschen Freundes - das können wir durchaus mit Stolz sehen."

„Und wenn du dann noch bedenkst, das die Informationen von uns auch noch in weiteren Nanochips gespeichert und jetzt in die Gehirne von Soldaten implantiert wurden - das ist schon eine tolle Sache, wir dürfen darauf wirklich sehr stolz sein, lieber Mat - aber es liegen noch riesige Aufgaben vor uns - lass es uns zügig angehen!"

„Die Soldaten gehen in dieser Woche in ihr Trainingscamp, ich meine, *wir* sollten sie betreuen, denn wir sind doch für neue Erkenntnisse auf diesem Gebiet stets offen, nicht wahr, Susan?" Matthias Bremer schaut seine Kollegin erwartungsvoll an. „Natürlich, und im Camp haben wir direkten Zugriff auf ihr Denken und Handeln - wir müssen unser Wissen und Können endlich am lebenden Objekt demonstrieren!"

„Ja, o. k., ich werde mit Professor O'Sullivan Kontakt aufnehmen, er hat den besten Zugriff auf die Leute bei der Army."

Den beiden Wissenschaftlern war es am Ende des vergangenen Jahres gelungen, via Internet die Fähigkeiten eines durch Nanochips in seinem Gehirn massiv manipulierten Probanden in Deutschland abzurufen. Die Informationen aus den Chips dieses Menschen, der auch schon zuvor über außergewöhnliche telepathische Fähigkeiten verfügte, wurden auf ihre Rechner transferiert und für erweiterte Nutzung verfügbar gemacht.

Aus dem gewonnenen Datenmaterial, sozusagen den Funktionen und der Denkweise des Probanden, haben sie erheblich verbesserte Nanochips entwickelt, die alle bisherigen Forschungen auf diesem Gebiet übertreffen - aber leider nur unter größter Geheimhaltung und deshalb nicht vermarktbar ...

Gerade die auf diesem Wege gewonnenen Fähigkeiten der Fremdbeeinflussung wurden von ihnen aktuell für die neue Verwendung optimiert: Zielvorgabe war und ist die Steuerung von Maschinen durch Gedankenkraft, und das militärisch 'alltagsfähig'.

Kapitel 3

D ie Nanochips sind auf Befehl des Pentagon für einen besonderen Einsatzzweck vorgesehen: Bei zwanzig Freiwilligen aus der Army, denen ein immenses Honorar zugesagt wurde, sind die aufbereiteten Chips bereits in ihre Gehirne eingefügt worden.

Den Kandidaten dieser Aktion wurde das Risiko der Eingriffe zuvor deutlich benannt: Sie könnten die Implantationen nicht überleben, ihr Gehirn könne deutlichen Schaden nehmen, der sie zu Pflegefällen machen würde, oder der Eingriff könne sie zu fernsteuerbaren Kampfmaschinen machen, und - der Eingriff könne nicht rückgängig gemacht werden.

Die ausgewählten Kandidaten entsprachen aus unterschiedlichsten Gründen den speziellen Anforderungen des Pentagons. Allen wurde, nachdem sie den Kontrakt unterschrieben hatten, sofort 300.000 Dollar auf ein Treuhandkonto überwiesen.

Keiner von ihnen hat das Angebot ausgeschlagen - auch nicht First Sergeant Jeremy Martinsen.

Die Eingriffe wurden in einem besonders abgesicherten Intensivstations-Bereich des Militärkrankenhauses in Phoenix vom Chefchirurgen der Neurochirurgie im berühmten Barrow Neurological Institute in Phoenix/Arizona, Professor O'Sullivan, vorgenommen - die Patienten wurden während dieser Zeit voneinander isoliert.

Es wurden den Soldaten in jeweils langwierigen, gefährlichen, lebensbedrohlichen Operationen die Chips, jeweils ein Nano-Receiver und ein zugehöriger Transponder, in ihre Gehirne eingesetzt. Ergänzend wurde separat ein winziger Chip unter die Haut des rechten Unterarms implantiert, durch den von außen, z. B. vom jeweiligen Einsatzleiter, die neuen Gehirnfunktionen aktiviert oder wieder deaktiviert werden können. Nicht zu vergessen ist die Tatsache, dass alle drei Chips jeweils mit einer eigenen Internet-Adresse ausgestattet sind.

Zwei Patienten verstarben an Gehirnblutungen während oder unmittelbar nach dem Eingriff, bei vier Männern traten postoperativ Lähmungen auf, die sie dienstunfähig machten. Bei einem Weiteren wurde eine extreme Demenz sofort nach dem Eingriff diagnostiziert.

Den Familien dieser medizinischen 'Ausfälle' wurde das Geld fairerweise umgehend zur Verfügung gestellt.

Die verbliebenen dreizehn Soldaten beziehen zunächst einen gesonderten Gebäudekomplex innerhalb des Militärhospitals, in dem sie in ihre neuen Fähigkeiten eingewiesen und mental entsprechend konditioniert werden sollen - sie werden dem Pentagon und, parallel dazu dem FBI, für bisher einmalige Experimente zur Verfügung stehen. Eine von jedem unterzeichnete Verschwiegenheitserklärung sichert unter der Androhung von Sanktionen (Rückforderung des Geldes, Anklage wegen Verrates) die Geheimhaltung des Projektes.

Der Neurochirurg, der die Eingriffe vorgenommen hat, Prof. Dr. Dr. O'Sullivan, ist zu diesem Zeitpunkt von der Betreuung der frisch Operierten entbunden, diese Aufgabe übernimmt zunächst einmal das 'normale' Krankenhauspersonal.

Zu Beginn des Trainings durchlaufen die Männer eine Erholungs- und Ent-

21

spannungs-Phase unter der Federführung von Psychotherapeuten der Army, in der sie sich zunächst an den Gedanken gewöhnen sollen, mit besonderen Fähigkeiten ausgestattet zu sein, einmalig zu sein in Bezug auf ihre geistige Leistungsfähigkeit - intensive geistige Aktivitäten allgemeiner Art werden von ihnen in dieser Zeit nicht erwartet, ja, sie sind außerhalb der Therapie auch nicht erwünscht.

Leichte Bewegungsübungen, Meditation, gesunde Ernährung stehen auf dem Programm, dazu in Einzelgesprächen mit erfahrenen Psychotherapeuten erste Belastungsübungen für ihre Gehirne - kognitive Übungen, Konzentrations- und Reaktionstest und vieles aus der Hexenküche der Psychiatrie, Psychologie und Psychotherapie – erste Telepathie-Versuche verlaufen vielversprechend. In dieser Zeit ist den Patienten jeder Kontakt nach außen verwehrt.

Die Startphase dauert etwa acht Wochen, dann sind die Männer trainiert und gefestigt in der Akzeptanz ihrer neuen Fähigkeiten, bereit zur Übernahme von Aufgaben – die sind allerdings noch nicht endgültig realisierbar.

Für die weitere Trainingsphase erfolgt die Verlegung der ganzen Einheit, Soldaten, Vorgesetzte und medizinische Betreuer, nach Fort Huachuca in Texas, nur 15 km von der mexikanischen Grenze entfernt.

Dr. Matthias Bremer und Susan Hanson haben den Professor davon überzeugen können, ihnen den Teil der weiteren Konfektionierung der Gehirne zu übertragen. In ihren Büros haben die Wissenschaftler das Konzept für ihre weitere Arbeit erarbeitet, nicht unbeeinflusst von den Wünschen der militärischen und geheimdienstlichen Auftraggeber.

Kapitel 4

An einem wunderschönen Frühlingsmorgen sitzen Matthias Bremer und seine Frau noch am Frühstückstisch Er liest in der Tageszeitung, die Kinder sind schon mit dem Bus in die Schule gestartet. Helen sieht interessiert zu ihm hinüber, als er aus einem Bericht erzählt:

„Stell dir vor, die Chinesen haben ein Ministerium eingerichtet, in dem für jeden Bürger Punkte für Wohlverhalten registriert werden, und wer irgendwann zu wenige Punkte auf dem Konto hat, gilt als schlechter Mensch und bekommt keine Sozialunterstützung!"

„Wie kommt der Staat an diese Informationen?"

„Auf verschiedenen Wegen, Liebling: durch Kontobewegungen, durch Denunziationen und sogar durch Gesichtserkennung auf öffentlichen Plätzen!"

„Das ist ja schrecklich! Und wofür bekommt man Bonuspunkte?"

„Fürs Mülltrennen, Hundehaufen einsammeln, Nachbarn verpetzen, wenn die nicht linientreu sind, keine aufmüpfigen Reden schwingen, Teilnahme an Parteiveranstaltungen und all solche Sachen!"

„Und gibt es auch Minuspunkte?"

„Natürlich, mein Schatz, wenn man sich nicht so verhält, wie es der Staat erwartet. Und mit einem schlechten Punktestand bekommst du nicht einmal ein Flugticket, eine Wohnung oder ein Bankkonto."

„Da bin ich froh, hier zu sein, in China bekäme ich wahrscheinlich zu wenige Punkte, weil ich den Müll nicht richtig trenne, über Trump meckere ich auch oft - einen Hund haben wir ja glücklicherweise nicht!"

„Da stimme ich dir zu, du wärest eine schlechte Chinesin! Aber im Ernst, damit hat der Staat natürlich ein gewaltiges Überwachungsmittel in der Hand, kann unliebsame, nicht angepasste Personen leicht identifizieren. Dazu kommt natürlich, jedenfalls in den großen Städten, eine fast lückenlose Videoüberwachung! Aber wenn ich an meine Arbeit mit meinen lieben Robotern denke: Ein solches Überwachungs-Szenario wäre auch bei uns oder in Europa denkbar - überlege doch mal, was Amazon und Google alles von uns wissen!"

„Das kannst du doch nicht vergleichen, Mat, wenn ich mir eine Bluse bestelle, erfahren die doch nichts über mich!" „Ach nein, und warum bekommst du beim nächsten Programmstart schicke BHs von BeeGee in deiner Größe angeboten, obwohl du da noch nie bestellt hast?"

„Ja, aber - das ist doch alles völlig harmlos, und vielleicht kaufe ich mir ja einen süßen BH für dich, mein Liebling!" Sie kommt herüber zu Mat, schmiegt sich an ihn.

„Lenk nicht vom Thema ab, Helen! So ist das von Susan, meiner Kollegin, geplant worden - sie war nämlich noch vor zwei, drei Jahren bei Google und hat genau diese Algorithmen entwickelt!"

„Und was entwickelt sie jetzt?"

„Andere Algorithmen, mehr darf ich dir dazu nicht sagen, das ist ganz furchtbar geheim!"

„Bist du da auch involviert?"

„Das kann man wohl sagen, manchmal denke ich, mehr als ich vor mir verantworten kann!"

Helen lässt nicht locker. „Wenn du es nicht verantworten kannst, warum tust du es dann?"

Mat schaut nachdenklich zu seiner Frau: „Ich muss los, die Arbeit ruft!" Helens letzte Frage bleibt unbeantwortet.

„Bis heute Abend, es kann spät werden, wartet nicht mit dem Essen auf mich.
Wir telefonieren?!“

„Ja, aber meiner Frage entkommst du nicht, die musst du dann doch beantworten!“

Mat reiht sich ein in den schier endlosen Lindwurm aus Pkw, Pick-ups, Mo-
torrädern, der sich über die diversen Highways in Richtung Palo Alto wälzt -
an diesem Vormittag ist der Verkehr besonders stark, erst nach fast einer Stunde erreicht er den Parkplatz von Brainrise Robotics, kurz BR genannt.
Um zehn Uhr hat er ein Meeting mit seinen engsten Mitarbeitern, in dem die
Strategie für das Projekt „Braincontrol“ - Gehirnkontrolle - besprochen und
abgestimmt werden soll. Seine engsten Mitarbeiter haben sich schon im abhörsicheren Round-Office, dem tatsächlich kreisrunden Besprechungszimmer,
eingefunden und erwarten ihn.
„Na, Mat, wieder mal den Bus verpasst?“, frotzelt ihn Agneta an, eine hoch-
gewachsene, blonde IT-Spezialistin aus der Gruppe „Special Apps“. Agneta
stammt aus Malmö und ist erst vor einigen Monaten zu Brainrise gekommen.
Kundendaten zu analysieren, die in einer Cloud herumvagabundieren, - das
fand sie für sich auf die Dauer ziemlich unbefriedigend, sie ist mehr der Ent-
wicklertyp.
Mat steigt im Tonfall auf die kleine Anmache ein: „Nein, ich konnte meine
Hose nach der tollen Nacht Zuhause nicht wiederfinden!“
Großes Gelächter in der Runde, dann bittet er aber zur Arbeit.
„Susan, vielleicht gibst du uns einen kurzen Statusbericht zu BC, wo stehen
wir?“
Die Angesprochene, schon seit mehreren Jahren arbeitsmäßig eng mit Mat
Bremer verbunden, öffnet eine grellrote Kunststoffmappe und nimmt einige
Blätter heraus, legt die erste Seite auf den an jedem Besprechungsplatz einge-
lassenen Scanner und projiziert die davon dargestellte Grafik auf das White-
board, das so in die Wand integriert ist, dass alle Teilnehmer einer Sitzung die
Darstellung sehen können.

„Nun, wo stehen wir?", beginnt sie ihren Vortrag mit den Worten ihres Kollegen, Partners.

„Wir stehen eigentlich noch immer am Anfang! Genau betrachtet liegt noch die gesamte Entwicklung des Komplexes vor uns. Im letzten Jahr war es uns zwar gelungen, die sehr ausgeprägten Telepathiefähigkeiten eines Probanden in Deutschland in unsere Systeme zu übertragen und in Form von implantierbaren Nanochips einsetzbar zu machen -eine Gehirnmanipulation, wie ich sie mir vorstelle, ist jedoch damit noch längst nicht machbar, das geht mehr in die Rubrik 'Internet der Dinge'. Mit den 'richtigen' Manipulationen werden wir wohl oder übel noch etwas warten müssen".

Wenn wir unser in der Tat sehr ambitioniertes Ziel erreichen wollen, liegt vor uns allen sehr, sehr viel Arbeit, Arbeit, die wir nicht nur an unseren Computern erledigen können, sondern auch im Feld, am Objekt durchführen müssen.

Wir werden Kontakte in alle Welt aktivieren - denn auch andere Forscher haben das gleiche Ziel, und es gilt, schneller und besser als sie zu sein, zuvor aber möglichst ihren Entwicklungsstand frühzeitig in Erfahrung zu bringen.

Hier müssen wir als Erstes ansetzen. Lasst uns heute erarbeiten, wer, wo und wann für uns Wissenswertes bereithält. Um Kosten werden wir uns nicht kümmern müssen - die Abteilung 'Wissenschaft' im Pentagon stattet uns großzügig mit den erforderlichen Finanzmittel aus!".

Pete, sechsundzwanzig, Vollblut-ITler, mit vollem Name Pjotr Asjajev, dessen Eltern schon vor vielen Jahren aus der Ukraine in die Staaten eingewandert sind, meldet sich zu Wort: „Leute, ich bin noch ganz neu im Team und bin mir immer noch nicht darüber im Klaren, was und vor allem wozu wir dieses Projekt realisieren wollen oder müssen - kann mir dazu jemand eine klare, verbindliche Auskunft geben?"

„Wo lebst du denn, Kollege?", antwortet ihm Agneta, „wir wollen nicht mehr und nicht weniger als die Gedanken von Menschen manipulieren, damit sie in einer bestimmten Zielrichtung, die ihnen durch uns vorgegeben wird, denken und vor allem auch handeln!"

„Das Denken manipulieren? Das ist, meine ich, ethisch und moralisch höchst verwerflich, das ist Gehirnwäsche!"

„Ja", schaltet sich Mat ein, „da hast du recht, das ist eine Art Gehirnwäsche, und wir müssen Vorsorge treffen, dass die Ergebnisse unserer Arbeit nicht in die falschen Hände geraten - eine Art 'Sicherheitsschalter' muss schon eingebaut werden!"

Pete ist mit der Antwort nicht zufrieden: „Wisst ihr, meine Eltern stammen aus einem damals wie heute totalitär regierten Land. In diesem Staat, wie früher in Nazi-Deutschland oder auch aktuell in Nordkorea, wurde und wird eine massive Gesinnungsschnüffelei praktiziert, und viele in den Augen des Regimes falsch denkende Menschen verschwanden häufig auf Nimmerwiedersehen. Wenn ich mir vorstelle, dass die Ergebnisse unserer Arbeit in die Hände solcher Leute fielen … Stellt euch vor, die Chinesen bekämen irgendwann unsere Werkzeuge in die Hände!"

„Ich denke, deine Sorgen sind unbegründet, Pete!" Mat antwortet ihm auf die vorgetragenen Bedenken: „Wir wollen mit unserer Arbeit lediglich erreichen, dass Menschen ihre Gedanken - und ich denke da zum Beispiel an Soldaten - nicht mehr auf das Töten von Feinden konzentrieren, sondern friedliche Denkweisen entwickeln, damit ...".

Pete fällt ihm ins Wort: „Mat, das ist doch totaler Schwachsinn! Wie willst du denn einen auf Kampf getrimmten und trainierten Soldaten davon abbringen, seinen Job zu erledigen, nicht nur einen, sondern Hunderte oder Tausende? Das Beispiel hinkt in jeder Beziehung. Und wie wollt ihr die sogenannten Zielpersonen denn überhaupt erreichen? Auf einer Couch beim Psychiater?"

In der Runde betroffenes Schweigen, dass nach einer Minute von Susan beendet wird: „Junge, mit diesen Bedenken bist du nicht allen auf der Welt, wir alle", sie sieht sich, Zustimmung heischend, unter ihren Kollegen um, „haben uns diese Frage auch schon gestellt und sind zu ähnlichen Ergebnissen gekommen wie du, Pete. Ich darf dir aber auch beispielhaft positive Aspekte nennen: Wenn Braincontrol-Software durch einen Gehirn-Fern-Scan mit einem im öffentlichen Raum installierten Gehirnscanner einen terroristischen Anschlag verhindert, oder wenn, anderes Beispiel, der Blackout eines Lokführers bei Pacific Union rechtzeitig erkannt wird oder wenn, wie es vor Kurzem in Europa war, ein Pilot seine Maschine gegen einen Berg knallen will. Ich kann noch mehr Szenarien aufzählen, wenn ihr wollt!"

„O. k., o. k., ich gebe mich vorerst geschlagen. Aber eines sage ich euch: bei Schweinereien bin ich nicht dabei, ich bin IT-Spezialist und weder Soldat noch Politiker!" Pete lehnt sich zurück, die Spannung, unter der er zuvor stand, fällt von ihm ab.

„Gut, das haben wir dann auch geklärt! Und damit ist deine Aufgabe in diesem Projekt auch klar: du wirst in aller Welt, allen Forschungslabors suchen, wer, was, wann auf diesem Gebiet arbeitet und wie weit er ist. O. k., Piet?"

Mat nimmt die Zügel wieder in die Hand:

„Lasst uns jetzt die anderen Aufgaben für die nächste Zeit verteilen, denn Susan und ich werden etwa sechs bis acht Wochen mit anderen Dingen befasst sein! Eine gute Frage, Pete, war übrigens die nach dem Erreichen der Zielpersonen. Susan hat schon einen Lösungsansatz angedeutet: Wir brauchen Gedankenscanner so wie die Gesichtsscanner, wie sie heute schon eingesetzt werden. Kannst du dich mit der Thematik zusätzlich zu der anderen Aufgabe auseinandersetzen? Unsere kleinen Robottas können die dabei helfen, ich instruiere sie entsprechend."

Pete nickt, schließlich will er sich ja nicht aus dem Team herauskatapultieren - dafür ist ihm der Job bei BR zu wichtig.

Susan notiert die Aufgabenverteilung auf dem Whiteboard, fragt: „Agneta, bist du mit dem Unterprojekt 'Neuro-Holografie' schon fertig? Kannst du in diesen Job mit einsteigen?"

Agneta wiegt nachdenklich den Kopf: „Ich denke, dass ich noch zwei- drei Wochen dafür brauchen werde, falls ich, falls wir ungestört daran arbeiten können - es ist doch schwieriger, als ich gedacht hatte!"

„Schade, aber nicht zu ändern, das Holo-Projekt ist auch sehr wichtig."

Bleibt noch Lilly, die kleine Vietnamesin, ausgebildet als Computer-Technikerin, ebenfalls ganz neu im Team.

Liu Nguyen, wie sie mit vollem Namen heißt, wurde vor einigen Wochen zur technischen Betreuung der beiden Robottas eingestellt. Susan wendet sich an sie: „Lilly, für dich sind bei der Entwicklung dieses Projektes noch keine Aufgaben vorhanden, aber du bist überaus wichtig für das Ganze. Wenn deine kleinen Schützlinge ausfallen sollten - ein Riesenproblem für die ganze Firma, also hege und pflege sie, sie sollen dich lieben!"

Lilly lächelt auf ihre geheimnisvolle asiatischen Weise: „Sie werden meine besten Freundinnen werden, glaubt mir."

Nach der Besprechung verschiedener Regularien, vor allem, was die Zeit während der Abwesenheit von Susan und Mat betrifft, löst sich die Runde auf, alle gehen wieder ihren Tagesarbeiten nach.

Susan besucht Mat am Nachmittag in seinem Office, um mit ihm die Planung für den Aufenthalt im Trainingscamp der Army zu besprechen: „Mat, hast du dir schon Urlaub von deiner Familie genommen?" neckt sie ihn ein wenig - sie weiß um seine Treue zu Helen und den Kindern.

„Nein, die wissen noch von nichts, aber heute Abend werde ich ihnen unsere Pläne wohl mitteilen müssen … Haben wir denn überhaupt schon Pläne?"

„Ich ja, du nein, lieber Mat!" Sie setzt sich auf die Kante seines Schreibtisches, lässt die wohlgeformten, milchkaffee-braunen glattrasierten Beine baumeln. „Am letzten Mittwoch habe ich Kontakt zum leitenden Officer des Trainingscamps gehabt, er organisiert ab nächster Woche unseren Aufenthalt. Möchtest du übrigens ein Einzelzimmer, oder ist ein Doppelzimmer mit mir auch O. k.?" Sie beugt sich vor zu Mat, konfrontiert ihn mit ihrem überaus sehenswerten Dekolleté.

„Susan, jetzt hör bitte auf, nimm auf dem Sessel drüben Platz. Wir Zwei werden trotz all deiner Anmach-Versuche mit Sicherheit kein Paar. Ich habe es dir doch schon so oft gesagt: Meine Familie ist mir heilig!"

„Also Einzelzimmer, schade, ich könnte mir die andere Version gut vorstellen, du und ich im Doppelbett ... Aber gut, du hast es so gewollt. Da ich dich kenne, habe ich ohnehin zwei Einzelzimmer geordert!" Sie zeigt ein geradezu sibyllinisches Lächeln. Schon vom Beginn ihrer gemeinsamen Arbeit an versucht Susan, die attraktive Latina, Mat zu verführen - es gab auch schon Gelegenheiten, bei denen es ihr fast gelungen wäre, aber Mat bleibt ihr gegenüber bei aller Sympathie absolut stur!

„Dann wäre das also geklärt. Und wann wollen wir starten?"

„Ich denke, am Montag nächster Woche sollten wir reisen, es ist ja nicht so weit von hier nach Phoenix, zwei Flugstunden etwa, im Hotel einchecken, und dann einige Meilen mit dem Wagen zu den Barracks".

„Gut, dann machen wir das so. Und jetzt lass uns bitte einen Arbeitsplan für die Chipsies erarbeiten!"

„Chipsies?"

„Naja, die Soldaten mit den Nanochips in den Hirnen!"

Die Arbeit an dem Trainingskonzept zieht sich in die Länge. Kitty, die kluge Robotta, sorgt während der Arbeit für das leibliche Wohl: wie selbstverständlich ordert sie bei einem Flying Service Pizzen und Sandwiches, für heiße und kalte Getränke ist die kleine Pantry auf dem Flur der Entwicklungsabteilung bestens ausgerüstet. Erst gegen Mitternacht können sich die beiden Wissenschaftler auf den Heimweg machen:

„Wir sehen uns morgen etwas später, Susan, du weißt, ich muss mit Helen noch etwas bereden!"

„O. k., gute Nacht, bis morgen!"

Einen Vorteil hat das späte Arbeitsende für ihn, nein, eigentlich sogar zwei Vorteile: zum einen erspart er sich für heute Nacht die Diskussion mit Helen, zum Anderen kommt er auf dem Highway zügig voran.

Kapitel 5

Der nächste Morgen nach einem tiefen Schlaf beginnt mit einem herzhaften „Guten-Morgen"-Kuss von Helen, der er am Tag zuvor schon angekündigt hatte, dass es spät werden würde. Duschen, Zähneputzen, dreimal kräftig recken, um die müden Muskeln zu aktivieren - dann kann das von seiner Frau wieder einmal liebevoll vorbereitete Frühstück beginnen.

„Wann bist du denn nach Haus gekommen, ich habe dich nicht gehört?" Helen ist schon in einer fröhlichen Vorfreude auf den Tag, sie will mit den beiden Mädchen einen Ausflug an die Küste machen.

„Es ging noch, so etwa ein Uhr war ich Zuhause, wir haben den Arbeitsplan für die kommenden drei, vier Wochen erarbeitet."

„Wer ist wir?" Bei Helen kommt sofort Eifersucht ins Spiel.

„Susan und ich."

„Und wer noch?"

„Susan und ich!"

„Susan und du! Hmm! Susan und du, und da habt ihr gemütlich zusammen gehockt und gearbeitet? Wo denn, im Menlo's Grill?"

Mat wird etwas ärgerlich, will aber die Situation nicht eskalieren: „Nein, mein Schatz, ganz brav im Büro!"

„Wieso betonst du 'brav' so besonders stark?"

„Ach Helen, mit Susan verbindet mich nur die Arbeit und sonst nichts, du hast überhaupt keinen Grund zur Eifersucht!"

„Sagt wer?"

„Sage ich, und das stimmt zu mindestens neun-hundert-dreiund-sechzig Prozent!" Er geht um den Tisch herum und will seine Frau liebevoll in die Arme nehmen.

„Lass mich!"

„Nein, ich lasse dich nicht! Dich liebe ich und die Mädchen und manchmal auch meine Arbeit - für andere Frauen ist in mir kein Raum."

Helen legt ihr Besteck zur Seite, steht auf: „Wehe, du machst krumme Sachen mit anderen Frauen, ich bringe dich um!"

„Ach Liebling ...!" Die nachfolgende Umarmung klärt die Situation, allerdings kann Mat natürlich zu diesem Zeitpunkt immer noch nichts von seiner und Susans geplanter Reise erzählen ...

„Erzähl mir jetzt von deiner aktuellen Arbeit - meine Frage von gestern ist immer noch unbeantwortet!" Helen greift ihr gestriges Gespräch wieder auf.

„Wie war nochmal deine Frage?"

„Hast du die etwa vergessen? Ich habe dich gefragt, warum du zweifelhafte Sachen mitmachst, wenn du eigentlich dagegen bist."

„Helen, ich weiß, dass ich mich auf deine Verschwiegenheit verlassen kann, aber trotzdem darf und will ich dir nicht alles von meiner Arbeit erzählen, es geht einfach nicht! Nur soweit: wir arbeiten an einem Projekt - wie soll ich es sagen? - einem Projekt zur frühzeitigen Gefahren-Erkennung. Wir planen, Menschen, bevor sie Schaden anrichten oder Gefahren auslösen können, rechtzeitig daran zu hindern."

„Eine tolle Idee", entgegnet ihm Helen, „und wie wollt ihr das machen?"

„In dem wir versuchen, durch Gedankenscans die möglichen Probleme und Gefahren zu erkennen, ungefähr so, wie auf Bahnhöfen und an Airports eine

Gesichtserkennung zur Terroristenabwehr installiert wird - einige dieser Hotspots sind ja schon entsprechend ausgerüstet, und unsere Gehirnscanner sollen irgendwann dazu kommen!"

„Habe ich richtig gehört, Mat, Gehirnscanner? Mit denen man die Gedanken beliebiger Menschen erforschen und auswerten, vielleicht sogar lenken kann? Das ist doch Gehirnwäsche! Mein lieber Mann, da kann ich verstehen, dass du deine Zweifel hast!"

„Na ja, Zweifel, ich weiß nicht, so ganz stimmt das nicht. Erinnerst du dich noch an den Mann aus Deutschland, dessen Telepathiefähigkeiten wir sozusagen abgesaugt haben? Das war im Grunde mein Werk - natürlich hat Kollegin Susan intensiv daran mitgearbeitet!"

„Und hier bist du auch wieder federführend, Mat?"

„Ja, irgendwie schon, ich bin der Neurologe im Team …!"

„Ich bin erschüttert. Ich kenne meinen eigenen Mann immer noch nicht, nach so vielen Ehejahren! Kannst du mit deinen Fähigkeiten keinen weniger problematischen Job finden? Ich würde da mitziehen!"

Nachdenklich rührt Mat in seinem Kaffee: „Das Schlimmste muss ich dir jetzt sagen, meine Liebste. Am Montag werde ich für ungefähr drei Wochen mit Susan in Phoenix arbeiten müssen, ein anderes großes Projekt für das Pentagon."

Helen sieht ihn regungslos an. „Drei Wochen. Mit Susan. Im Hotel. Und erzählst mir diese Dinge einfach so! Sagst, dass du mich liebst, und fährst mit Susan nach - wohin? - nach Phoenix."

„Helen, bitte, du weist, dass du mir vertrauen kannst, und ich würde nicht fahren, wenn es nicht zwingend für das Projekt erforderlich wäre! Vertrau mir, es gibt keinen Grund, eifersüchtig zu sein!"

„Nein, ich habe keinen Grund!" Eine gewisse Bitterkeit schwingt in ihren Worten mit: „Susan ist deutlich jünger als ich? Susan sieht sehr gut aus, ist äußerst attraktiv? Susan macht dir Avancen, seit dem ihr zusammenarbeitet? Susan will dich! Aber glaube mir: Wenn ihr etwas miteinander anfangt, bin ich mit den Mädchen weg, merk dir das, lieber Mat!“

„Helen, bitte! Noch einmal: Du kannst mir vertrauen! Ich habe ihr jedes Mal, schon beim kleinsten Versuch, klar gemacht, dass es zwischen ihr und mir nie etwas geben wird! Zusammenarbeiten - ja, sie ist hervorragend im Job, und wir würden kaum Ersatz für sie finden; aber wenn sie mich weiter anmacht, lasse ich sie aus der Firma werfen, arbeite ich nicht mehr mit ihr zusammen!“

„O. k., das ist ein klare Ansage, ich hoffe, dass ich dich niemals an deine Worte erinnern muss. Was hast du gesagt, wann müsst ihr los?“ Helen hat sich wieder gefangen, Mats Worte haben sie etwas beruhigt.

„Am Montag sind wird in Phoenix verabredet, wir fliegen am frühen Vormittag.“

Kapitel 6

Die dreizehn Soldaten, deren Gehirn-Leistungsfähigkeiten um die Telepathiefähigkeiten eines ihnen völlig fremden Deutschen erweitert wurden, sollen nach Ende der Trainingszeit in einer neu geschaffenen Einheit bei der Army konzentriert bleiben: BrainSpecialist wird ihr Dienstgrad sein, analog zu 'Specialist' für den einfachen Soldaten im normalen Dienstbetrieb - und je nach persönlicher Leistungsfähigkeit, ihrem Einsatzwillen und ihren alten und neuen Fähigkeiten wird es Aufstiegsmöglichkeiten in die drei nächsten Dienstgrade geben, bis hin zum Brain Command Sergeant Major, dem zweithöchsten Unteroffiziers-Dienstgrad.

Ihre Aufgabe wird es sein, durch intensivste Konzentration nicht nur Menschen zu beeinflussen, sondern, und das ist das Neue, bisher einmalige an ihrem Job, sondern auch Dinge! Dinge, Geräte, Waffen, die zwar über elektronische Komponenten verfügen, jedoch nicht mit speziellen Aggregaten für den Empfang telepathischer Signale und Kommandos ausgerüstet sind - ein ehrgeiziges Projekt, das in den Phoenix-Barracks von Susan und Mat initiiert und realisiert werden soll.

Der Flug von Palo Alto nach Phoenix mit American Airlines verläuft problemlos, und am Flughafen werden sie bereits von einer Limousine der Army erwartet, die sie in ihr Hotel bringt.

Das Hyatt Regency Hotel in der 2nd Street, das von Robotta Kitty für sie gebucht wurde, entspricht höchsten Standards - sie werden sich für die Dauer ihres Jobs in den Barracks dort sehr wohlfühlen, und die Nähe zur City, direkt neben dem Infozentrum, spricht für abwechslungsreiche Freizeitmöglichkeiten.

„Brigadier General Westerman erwartet Sie um 3.30 Uhr, Sie werden abgeholt. Bitte geben Sie mir noch Ihre Telefonnummer, damit wir Sie rechtzeitig informieren können. Danke." Der Fahrer verschwindet, nachdem er noch ihre Koffer in die Lobby des Hotels gebracht hat.

Susan und Mat treffen sich zum Mittagessen im Restaurant des Hotels.

„Ich bin gespannt auf die nächsten drei Wochen. Wollen wir an den Wochenenden nach Hause fliegen?" Mat sieht Susan fragend an.

„Na ja, ich würde gern hier bleiben, die Stadt ist doch ziemlich interessant und aufregend, und Dienst haben wir dann ja auch nicht."

„Mal sehen, wie alles läuft, vielleicht müssen wir ja doch die Ergebnisse auswerten und uns jeweils wieder vorbereiten. Hast du eigentlich Kontakt zu Kitty?" Mat schaltet auf ein anderes Thema.

„Noch nicht versucht, aber ich wähle sie gleich einmal an."

Dank des freien WLAN im Hotel bekommt Susan sofort zu der kleinen Robotta in der Firma Kontakt. Über die Sprechverbindung ihres Tablets informiert sie das System 'Kitty' über den Termin am heutigen Nachmittag in den Barracks.

„Ist die Hotelbuchung in Ordnung gegangen?", fragt Kitty, „die Information ist für meine Datenbank wichtig. Bitte antworte nur mit 'Ja' oder 'Nein'".

„Ja", antwortet ihr Susan, „alles gut."

„Danke, Ende der Verbindung, ich habe zu tun!" Kitty schaltet ab.

Susan ist erstaunt: „Ich werde den Ladys noch etwas mehr Höflichkeit und Small Talk einprogrammieren müssen!"

Mat hat die kurze Unterhaltung amüsiert verfolgt: „Ja, ja, die Geister, die ich rief ...", zitiert er aus dem Zauberlehrling von Goethe.

„Welche Geister?"

„Vergiss es!"

Nach einem Kaffee und lockeren Gesprächen ist es fast 3:30 p. m. geworden - sie warten in der Lobby des Hotels auf den Fahrer, stattdessen erhält Mat eine WhatsApp-Nachricht: „Ihr Fahrzeug steht vor dem Hoteleingang und erwartet Sie!"

Die beiden Wissenschaftler gehen hinaus. Statt einer Militär-Limousine wie die, mit der sie vom Flughafen abgeholt wurden, steht direkt vor dem Hoteleingang ein futuristisches Gefährt, in dem jedoch kein Fahrer zu sehen ist - es ähnelt stark der Kabine eines Fahrgeschäftes in einem Vergnügungspark.

Eine markige Stimme spricht sie aus dem Fahrzeug an: „Ich bin Ihr Private-Cab, bitte nehmen Sie Platz, ich werde Sie zu den Barracks fahren."

Mat und Susan sehen sich erstaunt an: „So weit sind die hier bei der Army schon - schicken uns ein Robocar?!" Mat ist begeistert, sieht ihr gemeinsames Telepathieprojekt jetzt noch zusätzlich bestätigt: „Hatten wir nicht gesagt, dass wir auf dem richtigen Wege sind, Susan?"

Sie setzen sich in die Kabine - besonders bequem sind die Sitze nicht!

„Darf ich Ihnen die Sehenswürdigkeiten unserer Stadt während der Fahrt erklären, Miss Hanson, Mister Bremer?"

Mat und Susan verzichten dankend.

Die Fahrt zur Kaserne verläuft ziemlich schweigsam - beide hängen ihren Gedanken nach und sind gespannt, wie sich die Army die Zusammenarbeit mit BR vorgestellt hat.

Nach etwa 35 Minuten Fahrzeit biegt die selbstfahrende Kabine in die McDowell-Road ein. Gegenüber der Einfahrt in das Militärgelände befindet sich ein riesiges Areal, auf dem die Firma Boeing ein Flugzeugwerk betreibt, einschließlich Start- und Landebahn für große Maschinen.

Die selbstfahrende Elektrokabine hält kurz am Tor des Militärbereiches für die obligatorischen Checks, fährt langsam weiter und stoppt endgültig vor einem flachen, lang gezogenen Gebäude: „Wir sind am Ziel", sagt die Stimme aus der Kabine, „bitte verlassen Sie jetzt das Fahrzeug. Ich wünsche einen guten Nachmittag!“

Zu ihrem Erstaunen befinden sie sich auf dem Gelände eines Militärflughafens, des „Falcon Field Airport“, wie auch aus dem Schild an der Eingangstür des Gebäudes hervorgeht, daneben ein kleiner handgeschriebener Hinweis „BrainSpecialistUnit“.

„Ich dachte, wir fahren zur Army und nicht zu den Fliegern?“ verwundert sich Mat.

Sofort nach dem Verlassen der Kabine werden sie von einem Soldaten, der über ihr Ankommen anscheinend schon informiert war, über einige lange, unwirtlich wirkende Gänge zu einer Tür geleitet. „Brigadier General Thomas Westerman“ ist auf dem Türschild an der Seite zu lesen.

General Westerman ist ein hagerer, sportlich wirkender Mann von fast 60 Jahren, der ihnen auf dem Gang vor seinem spartanisch eingerichteten Büro bereits entgegenkommt: „Willkommen in Phoenix, willkommen in der BrainSpecialistUnit, Miss Hanson, Mister Bremer. Kommen Sie herein, nehmen Sie Platz. Bei uns ist es nicht sehr komfortabel, aber alles ist zweckmäßig, wie Sie sehen!“

Das Büro - typisch für das Militär: an der Wand drei Flaggen, die 'Stars and Stripes', die Flagge der 4th Infantry Brigade in der 1st Infantry Division, und als Dritte eine ihnen nicht geläufige Flagge, die eigenartigerweise ein neuronales Netzwerk zu zeigen scheint.

Susan und Mat nehmen auf den wirklich nicht besonders komfortablen Stühlen Platz, die auf der Besucherseite des Schreibtisches stehen.

„Darf ich Ihnen etwas anbieten? Kaffee, Saft, einen Whiskey?“ Die Besucher lehnen alles dankend ab, was von ihrem 'Gastgeber' anscheinend auch erwartet wurde. „Sie sind verwundert, auf einer Airbase gelandet zu sein? Nun, wir haben diese ganz spezielle Einheit bewusst aus dem Armyverbund herausgelöst, weil ihre Arbeit von Truppenteil übergreifender Bedeutung ist. Und deshalb haben wir die kleine Truppe ausgelagert nach Huachuca in Texas! Lassen Sie uns sofort ohne viele Small Talks beginnen“, er sieht auf die Schreibtischuhr, „wir haben genau vierzig Minuten, dann habe ich einen anderen Termin. Sie sind über eine unserer Flaggen verwundert? Ja, diese spezielle Einheit zeigt auch in ihrer Flagge, um was es geht: um die Erweiterung des Denkens, um das Ausloten der maximalen Fähigkeiten des Gehirns - darin sind wir uns doch einig, oder?" Er schaut zu seinen Besuchern hinüber, erntet zustimmendes Nicken.

Mat spricht ihn direkt an, ohne auf das Wort 'Huachuca' zu reagieren.

„Einverstanden, General, können wir morgen Vormittag beginnen? Miss Hanson und ich haben uns eine Vorgehensweise überlegt, die wir gern schon heute besprechen möchten - aber wenn Ihre Zeit so knapp bemessen ist, können wir das auch direkt morgen vor Ort. Wichtig ist uns zunächst, die Soldaten kennenzulernen, die für die Experimente vorbereitet sind, leider hat es dabei ja Verluste gegeben, wie wir gehört haben."

„Ja, das ist sehr bedauerlich, aber diese dreizehn Kameraden stehen Ihnen natürlich ab morgen früh nach der Befehlsausgabe und dem Frühsport zur Verfügung. Wir fliegen dann um 8 Uhr mit einem Apache nach Fort Huachuca - vergessen Sie nicht Ihre Technik!"

„Fliegen? Nach wo? Huachuca?", verwundert sich Mat, „wo zum Teufel ist das?"

„In Cochise County, es gehört zu Sierra Vista. Sergeant Muller kann Ihnen anschließend gern mehr dazu sagen. Ich denke, Sie werden zunächst theoretisch arbeiten wollen?"

„Ja", Susan schaltet sich ein, „wir haben nach der Kennenlernphase ein Check- und Trainingsprogramm vorbereitet, um uns zunächst ein Bild von den wahrscheinlich unterschiedlichen Leistungsfähigkeiten machen zu können."

„Nun", entgegnet der General, sieht ärgerlich zu Susan hinüber, „die Männer sind alle körperlich topfit, und ich denke, sie sind auch geistig voll auf der Höhe!" Er scheint ein wenig beleidigt zu sein.

„Meine Kollegin wollte die allgemeine Leistungsfähigkeit Ihrer Männer nicht anzweifeln, General, aber wir alle haben mit den Männern ja schließlich etwas Besonderes vor!"

„Zum Zeitplan, meine Dame, mein Herr, meine Zeit läuft mir weg, ein wichtiger Termin außer Haus - Sie kennen das sicher. Sergeant Muller!", ruft er in Richtung Tür, „die Herrschaften werden in der nächsten Zeit häufig unsere Gäste sein - Sie sind ab sofort ihr persönlicher Betreuer und von allen anderen Aufgaben entbunden, Corporal Zwerevski wird ihre bisherigen Arbeiten vorübergehend übernehmen. Miss Hanson, Mister Bremer, wir sehen uns morgen, die weitere Vorgehensweise sprechen Sie bitte mit dem Sergeanten ab. Good Evening!" Mit diesen Worten ergreift der General seine Lederaktentasche, salutiert und verlässt sein Office - Sergeant Muller salutiert ebenfalls.

„Wünschen Sie hier in den Barracks zu Abend zu essen oder möchten Sie zurück ins Hotel?"

Susan und Mat sehen sich an: „Ich denke, wir essen im Hotel, nicht wahr, Susan?" Die so Angesprochene nickt zustimmend.

„Sergeant, Sie organisieren die Fahrten zum und vom Hotel?"

„Das lässt sich einrichten, Sir! Dann ordere ich jetzt den Wagen."

Er nimmt sein Smartphone, wählt eine App, eine Anwendung aus, spricht einige Informationen hinein: „Startpunkt AirBase, Haus 160, zwei Personen - Miss Hanson und Mister Bremer, Zielpunkt Hotel Hyatt 122 Second Street!"

Aus dem Smartphone kommt eine vom Computer generierte Stimme, die die Anweisungen bestätigt: „Verstanden und gespeichert. Das PrivateCab erreicht den Startpunkt in 4 Minuten 30 Sekunden. Bitte halten Sie sich bereit!"

Susan und Mat verabschieden sich von dem jungen Sergeanten und warten am Eingang des Gebäudes. „Perfekt, Susan, perfekt! Und wenn ich mir das Ganze jetzt noch mit Gedankenkraft vorstelle ...".

„Soweit sind wir leider noch nicht, Mat, aber ich stimme dir zu: auch dort wollen wir hin!"

Das PrivateCab stoppt exakt zur angegebenen Zeit vor seinen beiden Fahrgästen, die die Begrüßungs-Prozedur schon kennen.

Nach einem netten Abend mit unverfänglichen Gesprächen und einer guten Flasche Wein treffen sich Susan und Mat beim Frühstück, das ganz ausgezeichnet ist.

Während sie noch die letzte Tasse Kaffee genießen und sich über die geplanten Aufgaben des heutigen Vormittages unterhalten, erreicht ein Anruf Mats Smartphone: „Sie werden in sieben Minuten abgeholt!"

„O. k., dann wollen wir mal!"

„Vergiss deinen Laptop nicht!"

Susan fährt noch kurz mit dem Lift auf die 24. Ebene, um sich kurz etwas frisch zu machen, ist aber pünktlich wieder in der Lobby, in der sie von Mat erwartet wird.

„Die Prunkkutsche ist überfällig, schon drei Minuten über die Zeit", stellt Mat nach wenigen Minuten erstaunt fest. Ein neuer Anruf erreicht ihn: „Das PrivateCab wurde aufgehalten, bitte haben Sie noch etwas Geduld!"

„Also doch noch nicht perfekt", bestätigt Susan Mats Ansicht, „dann hätten wir auch ein Taxi rufen können."

Sie hat ihren Satz noch nicht beendet, als eine neue Nachricht über die Ankunft eines Wagens informiert.

Die relativ langsame Fahrt mit dem selbstfahrenden Elektro-Vehikel ist, wie schon die gestrigen Fahrten, gut geeignet, miteinander Gespräche zu führen, zu lesen oder zu arbeiten, denn der Geräuschpegel ist sehr niedrig - das Cab schnurrt leise über die Straßen der Großstadt Phoenix.

Trotz der Verzögerung betreten Susan und Mat pünktlich das Dienstzimmer des Generals. Nach einer nüchtern-militärischen Begrüßung werden sie von diesem überrascht: „Wir fliegen sofort zum Fort, die Männer sind bereit für Ihre Arbeit."

Kapitel 7

Der General selbst, der Sergeant und zwei weiteren Soldaten begleiten sie zum Heli-Landeplatz, von wo aus der MH-47 Chinook-Hubschrauber startet nach etwa fünfzig Minuten Flug in einem besonders abgesperrten Areal des Fort Huachuca landet, einer Kunststadt, von der Army geschaffen. Bis zur mexikanischen Grenze sind es etwa neun bis zehn Meilen karge Wüstenlandschaft und unwirtliche Gebirgsformationen.

Nach dem Aussteigen aus dem klimatisierten Helicopter erschlägt sie fast die Hitze - die Luft über dem Landplatz flirrt in der intensiven Sonne, und das bereits um etwa neun Uhr am Vormittag. Gemeinsam gehen die Passagiere den kurzen Weg hinüber in ein Gebäude des Kasernenkomplexes nahe dem Landeplatz; schon die wenigen Schritte nach dort führen bei den beiden Zivilisten zu Schweißausbrüchen, den Soldaten scheint das nicht viel auszumachen …

Sie werden von Sergeant Muller in einen Raum ähnlich einem Vortragssaal geführt, in dem die Männer der Einheit, begleitet von ihren Trainern und Betreuern, bereits auf sie warten.

Mat folgt ihren 'Betreuer' direkt, und Susan, die sich ihrer Wirkung auf Männer durchaus bewusst ist, folgt einen Wimpernschlag später. Ein Raunen geht durch die Männertruppe - einen so attraktiven Besuch hatten sie nicht erwartet!

„Ach---tung!" ruft einer der Ausbilder, „Ruhe!" Die Männer springen auf, stehen in 'Habachtstellung', können sich jedoch trotzdem begeisterter, teilweise auch anzüglicher Bemerkungen über die attraktive Susan nicht enthalten: „General Westerman!" brüllt einer der Ausbilder; bei dessen Eintreten wird es still. Der General übernimmt persönlich die Vorstellung der Gäste dieser besonderen Einheit.

„Rühren und hinsetzen! Meine Herren, heute beginnt der abschließende Teil Ihrer Ausbildung zu Brain-Spezialisten, Soldaten, die mit ihren Gehirnen kämpfen werden. Miss Hanson hat im letzten Jahr die generelle Programmierung der Chips, die sich jetzt in ihren Gehirnen befinden, durchgeführt - sie ist eine der weltweit führenden Wissenschaftlerinnen auf diesem Gebiet. Lassen Sie sich vom zweifellos attraktiven Äußeren der jungen Dame", er schaut wohlwollend zu ihr hinüber, „nicht täuschen: Sie verfügt über Möglichkeiten, Ihnen alle, wirklich alle Flausen auszutreiben!"

Sein Blick schweift über seine Soldaten hinweg, bei manchen ist ein etwas skeptisches Grinsen wahrzunehmen. Energisch im Tonfall fährt der General fort: „Dr. Matthias Bremer ist ein Topneurologe, der sich mit allen Windungen in ihren Köpfen bestens auskennt und gemeinsam mit Miss Hanson in der Lage ist, Ihnen Dinge einzuflüstern, die Sie sich bisher nicht haben träumen lassen. Ich werde gleich wieder zurückfliegen, und unsere Gäste werden mit dem Training Ihrer Gehirnzellen beginnen!"

Einer der Ausbilder ruft wieder „Ach---tung!", die Männer springen erneut auf, der General salutiert und verlässt den Raum, nachdem er sich von Susan und Mat verabschiedet hat.

„Hinsetzen!", brüllt ein Ausbilder, die Soldaten nehmen wieder Platz, und Mat ergreift das Wort:

„Männer", versucht er, auf den militärischen Ton einzugehen, „wir werden, wie General Westerman bereits sagte, heute mit dem Training beginnen. Zu diesem Zweck bitte ich, in der freien Ecke dort hinten im Raum einen Sichtschutz aufzustellen, etwa fünf Fuß von der Tür dort entfernt." Zwei der anwesenden Ausbilder übernehmen den Job.

„Danke! Jetzt bitte ich einen von Ihnen - vielleicht gehen wir nach dem Alphabet? - hinter der Wand Platz zu nehmen. Können wir den Sichtschutz noch etwas drehen, so, dass der Mann uns sehen, aber von seinen Kameraden nicht gesehen werden kann?" Auch diesem Wunsch wird entsprochen.

Die beiden Wissenschaftler haben sich bereits in Phoenix die Liste der IP-Adressen der Chips in den Gehirnen und den Unterarmen der Soldaten geben lassen. Susan aktiviert auf dem Laptop das Programm zur Übertragung von Kommandos in das Unterbewusstsein der Soldaten.

„Bitte nennen Sie uns Ihren Namen!"

„BrainSpecialist Enrico Alvarez, Sir!" kommt es militärisch knapp zurück.

Susan wendet sich an die übrigen Soldaten, die bereits wieder unruhig sind:

„Wir bitten um unbedingte Ruhe, meine Herren", gibt den Namen des ersten Kandidaten in das Programm ein.

Bereits in ihrem Labor in Palo Alto hat sie einen ganzen Katalog von Aufgaben und Fragen vorbereitet und abgespeichert, die sie in die Gehirne übertragen will, zusammen mit Passwörtern für die entsprechende Aktivierung.

Ein Zufallsgenerator in Susans Laptop ermittelt die erste Aufgabe, ebenso das zugehörige Passwort. Sie steuert über das militärische Intranet den Receiverchip im Gehirn des Enrico Alvarez' an und überträgt den Datensatz. Die Übertragung zum Gehirn und die Reaktion dort nehmen einige Minuten in Anspruch, in denen der Soldat völlig bewegungsunfähig scheint - Mat beobachtet ihn während dessen aufmerksam. Alvarez fasst sich plötzlich an den Kopf, stöhnt kurz auf.

„Herr Alvarez, was ist?" fragt er - ein wenig scheinheilig? - den Soldaten.

„Es ist nichts, Sir, nur ein ganz kurzer Schmerz. Wahrscheinlich zu viel Whiskey gestern Abend, Sir! Ich bitte um ein Glas Wasser", wendet er sich an einen der Ausbilder.

Das Wasser kommt, und Alvarez ist wieder fit, nimmt wieder im Kreise seiner Kameraden Platz.

Bereits im Labor von BR wurden die Fähigkeiten in den Masterchips verankert, die als Basis für die implantierten Chips dienten - nachdem sie von Susan aufbereitet und angepasst wurden. Die Möglichkeit, durch Telepathie andere Menschen zu manipulieren, gehören zum Programm, wie auch der Transport von Informationen aus dem Unterbewusstsein ins Bewusstsein. Diese sehr speziellen Eigenschaften stammen ursprünglich, wie schon erwähnt, aus dem Gehirn des Deutschen mit den besonderen Fähigkeiten, Berthold Schaf.

Auf Susans Laptop befindet sich ein Programm, mit dem über das Internet Befehle in der Art von Hypnose in das Unterbewusstsein eines Probanden transportiert werden können. Wenn das mit dem Befehl zugleich abgespeicherte Passwort vom jeweiligen Soldaten gehört wird, erfolgt aus dem Unterbewusstsein heraus die Aktivierung des Bewusstseins. Voraussetzung dafür ist jedoch die endgültige Freigabe der Funktion mithilfe des zusätzlichen Chips im Unterarm, die zurzeit noch jeweils von außen erfolgen muss. Anschließend führt dies zur Ausführung der gewünschten Aktion, und gegen diese Aktivität ist keine Gegenwehr möglich.
Susan und Mat haben zunächst geplant, allen Dreizehn ähnliche, aber nicht identische Aufgaben zu stellen. Das Aktivierungspasswort ist allerdings bei allen Soldaten dasselbe, sodass die Ausführung zur gleichen Zeit erfolgen wird, wenn es genannt wird - die Aktivierung vorausgesetzt.
Paul Dewall, Oskar Grisham, Jeremy Martinsen und die anderen Soldaten werden, wie bereits Enrico Alvarez, einzeln der Prozedur der „Einflüsterung" unterzogen - die Arbeiten ziehen sich bis zum späten Nachmittag hin, lediglich von einer einstündigen Mittagspause unterbrochen.
„Meine Herren", Mat wendet sich an die Truppe, „das war es für heute, wir wünschen einen angenehmen Feierabend und werden jetzt zurück nach Phoenix fliegen. Morgen sehen wir uns für den nächsten Step wieder - hoffen wir jedenfalls!"
Aus dem Hintergrund kommt eine Stimme: „Kann deine Süße nicht wenigstens hier bleiben?"
Mat will schon ärgerlich reagieren, aber Susan antwortet auf den Zuruf sehr

schlagfertig und fröhlich-gelassen: „Wenn Ihr hier ein Himmelbett mit rosa Tüll habt, geht das in Ordnung!"

Sergeant Muller organisiert kurzfristigen den Rückflug. Die am Morgen in auf dem Flug anwesenden Soldaten sind ebenfalls wieder mit an Bord - Susan und Mat fragen sich, ob es eine Art Begleitschutz ist oder sie als Aufpasser fungieren, die dem General berichten werden …

Wieder auf der Basis in Phoenix angekommen, versucht Mat, von Sergeant Muller einige Informationen über das Fort und die besondere Einheit dort, der die Männer anscheinend angehören.

„Nun, Mister Bremer, das Fort Huachuca ist die Heimat des Army Intelligence Center - daraus können Sie schon ersehen, dass Ihre Aktivitäten von höchstem Interesse sind. Außerdem - aber bitte erwähnen Sie nichts gegenüber dem General, er würde mich degradieren oder ähnliches – ist es zugleich das Zentrum der Kommunikationstechnologie der Army. Bitte, behalten Sie diese Informationen für sich, ich käme in des Teufels Küche, wenn Sie verstehen, was ich meine!"

Sie verabschieden sich voneinander, Muller lässt zwei sehr nachdenkliche Wissenschaftler zurück.

„Army Intelligence Center", grübelt Susan laut, „die beschäftigen sich mit ähnlichen Forschungen wie wir, hat Pete herausgefunden."

„Ja, sicher, aber sie werden noch nicht so weit sein wie wir", meint Mat.

„Denke ich auch, was sollen wir sonst in dem von Gott verlassenen Wüstennest?"

„Vielleicht suchen sie Schuldige, falls die ganze Sache misslingt!"

„Beides wollen wir doch nicht hoffen…!"

Kapitel 8

J etzt wird mir klar, weshalb man die Soldaten und uns in die Wüste schickt - ich werde meinen Laptop wie einen Augapfel hüten, damit die Army nicht klammheimlich unser Wissen und Können heimlich abzweigt und für ihre geheimen Zwecke verwendet!" Susan blickt entschlossen zum zu Mat.

„Liebe Susan, ich hoffe, das ist nicht bereits geschehen - dein Laptop verfügt über den besten aller Virenscanner? Wenn nicht, hast du dir unter Umständen bereits ein fettes Spionageprogramm eingefangen!"

„Ich werde sofort mit Kitty Kontakt aufnehmen. Sie soll mir meine Original-Software über das Netz herüberschicken - allerdings werde ich die Version direkt auf eine Disk leiten, damit mein Rechner anschließend einen Vergleich starten kann."

„Wollen wir nicht erst zu Abend essen? Das Restaurant hier im Hause ist wirklich gut, das haben wir ja gestern Abend schon festgestellt."

„Ja, Mat, aber zunächst fahre ich in mein Zimmer, telefoniere mit unserer Kleinen und lasse die Übertragung starten. Du kannst dich in der Zwischenzeit an die Bar setzen und darauf trinken, dass du mir unnütz Angst eingejagt hast mit deiner Spionagetheorie!"

Sagt es und verschwindet samt Laptop in Richtung Lift.

Mat tut, was Susan ihm empfohlen hat: Er setzt sich an die Bar und bestellt sich, sozusagen als Apéritif, einen Caipirinha. Als nach etwa einer drei viertel Stunde seine Mitstreiterin noch nicht aufgetaucht ist, lässt er seine Zeche auf der Roomcard verbuchen und fährt ebenfalls hinauf zur 24. Ebene, in der sich ihre Appartments befinden.

Auf sein Klopfen hin öffnet Susan nach etwas Wartezeit und bittet ihn herein.

„Mat, irgendetwas ist eigenartig! Ich kann weder Kitty noch ihre mobile Robotta-Kollegin Pamela erreichen, jetzt werde ich versuchen, mit Lilly Kontakt aufzunehmen!“

„Soll ich das mit meinem Smartphone versuchen? Vielleicht blockiert deines!“

„O. k., mach mal.“

Mat wählt nacheinander, ebenfalls erfolglos, die Nummern von Kitty und Pamela. „Eigenartig!“, ist sein Kommentar, „gibst du mir noch die Nummer von Lilly, ihrer Betreuerin?“ Er wählt, und der Ruf geht raus.

„Brainrise Robotics, Lilly Nguyen, was kann ich für Sie tun?“

„Lilly, Mat ist hier, was ist los bei euch? Wir können deine Schützlinge nicht erreichen.“

„Logisch“, ist die Antwort, „die liegen zerlegt auf meinem Arbeitstisch, da können sie nicht reagieren.“

„Wie, zerlegt?“

„Naja, Jonathan Quentin hat mir die neue Software für die Bewegungssteuerung überspielt, und jetzt muss ich meine Freundinnen entsprechend anpassen.“

„Und da hast du gleich beide auseinandergenommen?“

„Ja, das ist rationell“, ist die Antwort.

„Lilly, jetzt sage ich dir mal etwas, und zwar nur einmal: Wenn eine der beiden Robottas nicht innerhalb der nächsten dreißig Minuten wieder einsatzfähig ist, war heute dein letzter Arbeitstag bei BR!“ Er ist wütend. Wie konnte Lilly nur so voreilig sein, ohne Abstimmung mit Susan oder ihm gleich beide

Robotermädchen zu zerlegen?

„Lilly, fang sofort an, ich erwarte deinen Rückruf, wenn Kitty wieder funktioniert. Ende." Susan hat das Gespräch mithören können.

„Denkst du, sie bekommt das hin?"

„Ich weiß es nicht. Vorsichtshalber sollte ich vielleicht die Chefin informieren, sie soll Lilly Unterstützung besorgen."

„Tu das nicht, Mat, dann ist Lilly erledigt."

„Hmm, gut, warten wir die dreißig Minuten ab. Und jetzt brauche ich noch einen Caipirinha! Kommst du mit hinunter an die Bar?"

Sie gehen gemeinsam zum Lift und fahren in die Lounge. An der Bar sehen sie zu ihrem großen Erstaunen die beiden Soldaten aus dem Helicopter, allerdings in Zivil.

„Denkst du, was ich denke, Mat?"

„Ja, du möchtest auch keinen Drink an der Bar! Komm, wir gehen ein paar Schritte vor die Tür! Die Anwesenheit dieser Herren ist doch schon sehr eigenartig!"

Sie bummeln ein wenig in Richtung Infozentrum, hinter dem sich die riesige Fußgängerzone mit ihren großen und kleinen Geschäften erstreckt. Es ist zwar bereits 9 Uhr am Abend, aber die Straßen dort sind voller anscheinend wohl gelaunter Menschen - an diesem lauen Abend nicht weiter verwunderlich.

„Wenn wir nicht dringend ein Problem zu lösen hätten, würde ich jetzt zu gern auch bummeln und shoppen gehen", Susan blickt träumerisch in das Gewimmel der Menschen, „wäre das nicht herrlich?"

„Bummeln ist ja noch o. k., aber shoppen? Nein, danke, da hat Helen schon in Palo Alto mit mir immer ein Problem. Ich hasse volle Kaufhäuser!"

Sie sind genau dreißig Minuten unterwegs, als sich Lilly auf Mats Smartphone meldet: „Mat, verzeiht mir bitte, aber die Gelegenheit war so günstig, ich konnte doch nicht wissen, dass Kitty und Pamela von euch dringend gebraucht werden."

„Was ist denn nun, funktioniert eine der beiden wieder?"

„Jaaa, abgesehen von der Beweglichkeit - aber Kittys Gehirn ist wieder funktionsfähig, und sie kann auch wieder hören, sehen und über ihre Chips kommunizieren."

„Da hast du aber noch mal Glück gehabt, Lilly", schaltet sich Susan ein, „bitte stell jetzt durch zu Kitty."

Während des Gesprächs sind Susan und Mat bereits wieder auf dem Weg in die 24. Ebene. Sie verlassen gerade den Lift, als sie am Ende des Flurs die beiden Männer, die an der Bar saßen, in einem Zimmer verschwinden sehen.

Wie in seinen besten Unisport-Zeiten sprintet Mat den Flur entlang, nimmt dabei fast eine auf halber Strecke stehende Bodenvase mit und erreicht die Stelle, an der die beiden verschwunden sind. Völlig außer Atem spricht er die Zimmernummer in sein Smartphone - 2418.

„Hier ist Kitty, was soll die Zahl?" Das Computergehirn der Robotta, das noch immer von seiner Mechanik getrennt auf einem Labortisch liegt, ist verwundert.

„Merk sie dir einfach zunächst, ich komme noch darauf zurück." Mat geht, einigermaßen außer Atem, zurück zu Susan.

Die Verbindung zu Kitty steht noch.

„Kitty, wir haben drei ganz wichtige Aufgaben für dich. Erstens: Sieh doch bitte im Reservierungssystem des Hotels nach, wer sich im Zimmer 2418 verbirgt. Zweitens benötigen wir eine volle Kopie von Susans Laborrechner, du weist schon, der, auf dem deine Software auch liegt. Bitte schick sie aber nicht zu Susan, sondern auf meinen Laptop, und drittens finde heraus, welche Funktionen der Brigade General Westerman hat. Das Ganze bitte gestern, ich gehe jetzt in mein Zimmer und aktiviere meinen Laptop. Ach ja, überprüfe bitte auch Susans Laptop, ob dort etwas von außen manipuliert wurde."

Kitty scheint einen Augenblick zu überlegen. „Lilly muss mich dann aber in Susans Office bringen, samt meinem Memory und der Stromversorgung, sonst schaffe ich das nicht, so zerlegt wie ich bin. Ich bin in dieser Form sowieso ziemlich down, ihr Lieben!"

„Kitty, du schaffst das!" Susan macht der Robotta ein wenig Mut: „Ein solcher Computer wie du ist ja auch nur ein Mensch, oder, Mat?"

Jetzt heißt es abwarten. Susan und Mat setzen sich in Mats Appartment, hoffen, dass die Übertragung der Programme und Daten nicht allzu lange dauert. Während der Wartezeit meldet sich Kitty über die Elektronik ihres Rechnerchips.

„Hört zu, die beiden Typen in Zimmer 2418 gehören zu einer Sondereinheit des Army Intelligence Center in Fort Huachuca, die sich auf das Eindringen in fremde Computersysteme spezialisiert hat und die auch nicht davor zurückschreckt, sich fremde Programme zu eigen zu machen. Ihr arbeitet dort zurzeit?"

„Hab ich dir es nicht gesagt, Susan? Die Typen haben es auf deine Programme abgesehen! Hoffentlich haben sie deinem Zimmer keinen Besuch abgestattet und deinen Laptopinhalt kopiert!"

„Mit dem Kopieren ist das nicht so einfach, da habe ich massive Sperren eingebaut, aber den Rechner zu infizieren, ist natürlich theoretisch möglich - trotz des Virenschutzes!"

„Wollen wir einmal nachschauen, ob du Besuch hattest?"

Sie gehen in das Apartment gegenüber. Susan öffnet mit der Keycard die Tür - eigenartig, bisher hat sie immer etwas gehakt beim Öffnen …

Ihr Laptop liegt an der gleichen Stelle, an der sie ihn verlassen hat.

„Was meinst du, Mat, soll ich ihn hochfahren?"

„Kannst du ruhig machen, kaputt ist kaputt - oder auch nicht."

„O. k., du hast Schuld, wenn er explodiert."

„Das wird er mit Sicherheit nicht, aber du solltest dir das Aktivitätenprotokoll ansehen."

Sie startet den Rechner, ruft das Protokoll auf - es gibt keins!

„Es gibt kein Aktivitätenprotokoll, Mat!"

„Such noch einmal über alle Bereiche, vielleicht hast du es aus Versehen umgelagert."

„Hältst du mich für verwirr? Ich weiß doch, wo das Protokoll zu finden ist."

„Tu es trotzdem, bitte."

Tatsächlich findet Susan die gesuchte Datei, aber nicht an dem Ort, an den sie gehört.

„Da hat jemand herumgefummelt, Mat, die letzte Eintragung ist von heute früh! Wollen wir uns die Typen gleich greifen?"

„Das wollen wir nicht, liebe Susan, aber morgen werden wir ein ernstes Wort mit dem General reden. Ich bin mir sicher, er steckt dahinter!"

Über Mat's Smartphone meldet sich der Computer von Kitty: „Und? Hat man euch bestohlen? Ich habe gerade über das Netz Susans Laptop gecheckt, da stimmt etwas nicht! Und was den General betrifft: Er leitet nicht nur die kleine Truppe, zu der die beiden Typen gehören, sondern ist zugleich Chef einer Einheit, die sich mit Zukunftstechnologien bei der Kriegsführung befasst. Vorsicht also bei dem Herrn!"

„Vielen Dank, Kitty!", antwortet ihr Susan, „wie weit ist das Überspielen zu Mats Laptop?"

„Noch drei-dreißig, dann ist es fertig! Vorsicht! Wenn die Männer das Gerät in die Hände bekommen, ist all eure Arbeit zum Teufel!"

„Zum Teufel? Woher kennst du denn diesen Begriff?"

„Hat Lilly gesagt, als sie Pamela zerlegt hat: alles zum Teufel!"

„Klären wir später", Mat beendet das Gespräch, „wir melden uns morgen wieder. Ende."

Es wird für Susan und Mat eine arbeitsreiche Nacht. Während Susan an Mats

Laptop an einer Software arbeitet, die den Diebstahl von Informationen mit Sicherheit verhindert, löscht Mat auf Susans Laptop alle Programme und Daten, die nicht unmittelbar für die Arbeit der nächsten Tage in Fort Huachuca benötigt werden. Es ist weit nach Mitternacht, als die beiden sich voneinander verabschieden.

„Siehst du, Mat, wenn wir jetzt ein Doppelzimmer hätten, müsste ich nicht in meine einsame Kammer hinübergehen!" Sie sieht ihn mit einem schmachtenden Blick an.

„Ach, Susan!"

„Ich geh ja schon. Gute Nacht, du Traum meiner schlaflosen Nächte!"

Am frühen, sehr frühen Morgen klopft Susan an der Tür zu Mats Appartment, der öffnet schlaftrunken:

„Was ist passiert?"

„Entschuldige die frühe Störung, Mat!" Susan ist, und die Uhr zeigt erst fünf, voll bekleidet. „Mir ist ein ganz wichtiger Gedanke gekommen, Mat, und den muss ich vor dem Frühstück unbedingt realisieren. Wenn Eindringlinge jetzt von meinem Laptop etwas absaugen wollen, werde ich sie direkt auf den Rechner der Einheit des Generals umleiten - der wird sich wundern! Wo ist mein Laptop? Ach ja, auf deinem Schreibtisch - du kannst dich übrigens noch ein Stündchen aufs Ohr legen, während ich arbeite!"

„Hast du denn die IP-Adresse des Zielrechners?"

„Nein, die muss mir Kitty noch schnell besorgen." Sie steuert die Robotta direkt an und gibt den Auftrag über ihr Laptop ein.

Es dauert nur wenige Minuten, als Kitty Vollzug meldet: „Die IP ist 192.88.99.12 - Ende der Nachricht."

Etwa um sieben Uhr hat Susan ihre Arbeit beendet. Zufrieden klappt sie den Laptop zu, geht hinüber zum Bett, in dem Mat tatsächlich wieder schläft:

„Aufwachen, du altes Murmeltier, oder soll ich etwa unter deine Bettdecke kommen?“

Wie von einer Tarantel gestochen sitzt Mat senkrecht im Bett, ist für einen Augenblick völlig orientierungslos.

„Nee, lass man lieber, ich springe jetzt unter die Dusche.“

„Muss ich helfen?“, setzt Susan ihr etwas frivoles Spiel fort.

„Geht schon, nimm dein Gerät und trolle dich in dein Zimmer, du lüsternes Weib. Wir sehen uns beim Frühstück.“

Kapitel 9

I m Fort steht ihnen die kleine Truppe bereits erwartungsvoll gegenüber.

„A---chtung! Brigadier General Westerman!" Die Soldaten nehmen Haltung an.

„Setzen, meine Herren", die Stimme des Generals ist ungewöhnlich freundlich, „Guten Morgen, Miss Hanson, Mister Bremer. Hatten Sie ein gute Nacht?"

Mat antwortet, denn Susan hätte auf die Frage bestimmt etwas aggressiv reagiert: „Danke der Nachfrage, Herr General, die Nacht war sehr Erfolg versprechend." Einige der Soldaten grinsen herüber, ihre Gedanken sind sehr leicht zu erraten.

„Nun, dann können Sie ja mit Ihrem Trainings- und Testprogramm beginnen. Miss Hanson, meine Herren", er salutiert und geht, bevor die Truppe Haltung annehmen kann.

Mat und Susan verlassen kurz nach dem General noch einmal den Schulungsraum.

„Susan, kannst du bitte sofort die IP-Adressen der Unterarmchips von Ipv4 auf Ipv6 ändern? Dann steht der General erst einmal im Dunkeln, falls er Böses geplant haben sollte!"

„Mache ich sofort, das ist eine wunderbare Idee, in zehn Minuten ist alles erledigt." Sie setzt sich an ihr Laptop und startet das entsprechende Programm, verändert die Chipkennungen. Anschließend löscht sie das Änderungsprogramm von ihrem Rechner - 'Safety First' ist seit letzter Nacht ihre und Mats Devise.

„Welchen der Kandidaten nehmen wir als Ersten?"

Susan schaut noch einmal in ihr Laptop: „Ich denke, Martinsen. Seine Akte sagt etwas über depressive Stimmungen, als geistige Labilität aus - der scheint mir sehr geeignet!"

Zurück im Schulungsraum nimmt sie den Laptop, gibt bestimmte Kommandos ein.

„Wir werden im Verlaufe der nächsten Zeit, beginnend mit Brain Specialist Jeremy Martinsen, die Chips in Ihren Gehirnen auf maximale Leistungsfähigkeit trimmen. Wenn Sie dazu noch Fragen haben - jetzt ist die letzte Gelegenheit dazu."

Der General betritt erneut den Raum, er scheint ein wenig verärgert, sagt jedoch kein Wort, sondern setzt sich in die letzte Reihe, hinter seine Soldaten.

Es gibt einige wenige Wortmeldungen aus den Reihen der Soldaten:

„Ist die Sache rückgängig zu machen?"

„Nur, wenn man Ihnen operativ die Chips wieder aus dem Kopf entfernt", und dann fährt Mat mit schwarzem Humor fort - „oder man Ihnen gleich den Kopf entfernt, aber wer will das schon?"

„Wie kann ich vermeiden, meine Freundin oder meinen besten Freund zu manipulieren?"

„Nun, die erweiterten Funktionen sind generell aktiv. Um zu verhindern, Menschen zu beeinflussen, die ich nicht manipulieren will, muss jedoch über den Unterarmchip zuvor eine entsprechende Abschaltung erfolgen. Wenn eine entsprechende Freigabe erfolgt ist, gibt es keine Grenzen für die Manipulationen!"

„Und wer macht diese Freigabe?"

„Jetzt und heute sind wir dafür zuständig, und nach dem Trainingsprogramm ein von der Army besonders geschulter Vorgesetzter - ohne ihn läuft gar nichts in dieser Richtung!"

„Und wenn dieser Vorgesetzte ausfällt? Bleiben dann die Funktionen immer aktiv?"

„Im Prinzip ja, aber es kann eine generelle Abschaltung über die Einsatzzentrale erfolgen, außerdem wurde ein voreingestellter Timer programmiert."

„Wenn ich noch aus der ganzen Sache aussteigen will - was geschieht dann?" Auf diese Frage scheint der General nur gewartet zu haben: „Wie heißen Sie?" bellt er den Fragenden an.

„First Sergeant Alvarez, Sir!"

„Wenn Sie jetzt noch aussteigen wollen, werden Sie degradiert zum Specialist, die Prämie wird zurückgefordert, und Sie müssen sich einer weiteren sehr gefährlichen Operation unterziehen, die wieder Prof. Dr. Dr. O'Sullivan vornehmen wird - falls dieser die Zeit für diese Aktionen findet. Also denken Sie sehr genau nach, was sie machen wollen!"

Vonseiten der Soldaten kommen keine weiteren Fragen.

Kapitel 10

Mein Name ist First Sergeant Jeremy Martinsen, nein, richtiger: BrainSpecialist Jeremy Martinsen.

Ich bin mein ganzes Soldatenleben gern bei der Army gewesen, habe im Irak gekämpft und in Afghanistan mein Leben für die Befreiung der Menschen dort von den Taliban riskiert. Meine Familie lebte während meines Einsatzes im Nahen Osten in Memphis/Tennessee - in den dortigen Barracks hatte meine damalige Einheit ihren Standort.

Das Wichtigste in meinem Leben ist für mich meine Familie: Jenny und Melanie, meine Zwillingstöchter, und Priscilla, meine geliebte Frau. Und das Zweitwichtigste sind für mich die Kameraden bei der Army.

Seit ich vor nun schon fünfzehn Jahren in der United States Military Academy (USMA) als Kadett Soldat wurde, ist für mich die Welt ein System mit Regeln und Ordnungen, in dem ich mich wohl fühle, ja, man könnte sagen: Meine Welt besteht aus *„Duty, Honor, Country"* („Pflicht, Ehre, Vaterland"). Das Motto der USMA ist mir Befehl. Gehorsam, Law and Order - Recht und Gesetz sind meine Werte. Werte, die bei mir an oberster Stelle stehen - allerdings mit einer Einschränkung: Für meine Lieben, meine Familie würde ich alle Regeln brechen, alle Grenzen überschreiten, alle mir sonst so wichtigen Grundsätze und die der Army über Bord werfen.

Die Zeiten der Ausbildung als Kadett und bei den Marines waren hart, hatten mich gefordert, körperlich und seelisch oftmals an den Rand meiner Fähigkeiten gebracht. Aber diese Zeiten hatten mich auch zu einem 'ganzen Kerl', wie Priscilla und meine Freunde zu sagen pflegten, gemacht - körperlich und mental topfit.

Das war ich. Bis zu meinem letzten Einsatz in Afghanistan.

An die Sprengfalle, in die wir mit unserem Humvee bei einem ganz harmlosen Erkundungseinsatz geraten waren, kann ich mich noch erinnern - aber die Stunden danach sind für mich im Dunklen. Als ich meinen Verstand wieder benutzen konnte, saß ich bereits im Chinook, und der war auf dem Weg zum Stützpunkt. Schon während des Fluges dorthin habe ich versucht, die Ereignisse zu rekapitulieren, mich auch an die Kleinigkeiten des Einsatzes zu erinnern.

Ja, unterwegs waren die Dörfer menschenleer, das hätte uns schon zu denken geben müssen, und dann sind wir auf die Schotterstraße eingebogen. Donald hatte seinen Ausguckposten eingenommen, seitlich geschützt von den gebogenen Stahlblechen - nur die Sicht nach vorn und hinten war für ihn frei. Dann kamen die Schüsse, und Donald brach blutüberströmt im Ausstieg zusammen. John befahl, durchzustarten, und dann hat es auch schon gekracht - mehr habe ich nicht in meiner Erinnerung. Später, im Militärkrankenhaus, habe ich dann von Allison erfahren, dass Donald und Oskar gefallen waren.

Immer wieder habe ich darüber nachgedacht, warum ich John nicht von seinem verhängnisvollen Befehl abgebracht habe, rückwärts zur Straße wäre klüger und ungefährlicher gewesen, ist meine Überzeugung noch heute, aber John hat nun einmal diesen tödlichen Fehler begangen – aber man hat ihn von jeder Schuld freigesprochen, was nicht in meinen Kopf hinein will. Keine Schuld! Und ehrenhaft die Dienstzeit beendet, sogar noch mit einer Beförderung!

Schuld aber an dieser verhängnisvollen Aktion suche ich seitdem auch bei mir: *ICH* hätte ihn hindern müssen, diesen Befehl ausführen zu lassen, notfalls hätte *ICH* Oskar in den Arm fallen müssen. Man hat mich zu einer Logistikeinheit versetzt – kriegsuntauglich. Mich, der ich so gern Soldat bin!

Ich muss John finden, ihn zur Rede stellen, und auch mit Major Anderson muss ich sprechen, warum man so verfahren hat.

In meiner neuen Einheit, die so überhaupt nichts mit dem Krieg in Afghanistan zu tun hat, schiebe ich 'eine ruhige Kugel', wie man so sagt. Ladelisten abhaken, angeliefertes Material überprüfen, etwas Frühsport, pünktlich Feierabend.

Priscilla und meine Mädchen freut es natürlich, wenn ich bei ihnen bin. Wenn nur meine Depressionen nicht wären. In fast jeder Nacht wache ich in Schweiß gebadet auf, gehe alles noch einmal in Gedanken durch - warum habe *ICH* John nicht von seinem Befehl abgebracht? Immer bewegen mich diese Gedanken! Meine beiden toten Kameraden würden noch leben, und ich wäre noch bei meiner 'richtigen' Einheit statt hier in der Materialverwaltung! Bei Tag und Nacht höre ich immer wieder das Kreischen des Metalls, als die Sprengfalle explodierte, manchmal höre ich auch das Schreien von Donald, der in seinem Ausstieg verblutete, ohne dass ihm jemand helfen konnte, und das von Oskar, der irgendwann nur noch wimmerte, bis beide tot waren.

Tagsüber hat mich die Arbeit abgelenkt. Aber in den Nächten kamen die Albträume - und davon gab es viele in solchen Nächten, trotz der Versuche eines Therapeuten, mich davon zu befreien. Dann bin ich aufgestanden, weil ich die Träume nicht mehr ertragen konnte, und habe mich im Wohnzimmer vor den Fernseher gesetzt, nicht einmal hingeschaut und ohne Ton - aber die bunten Bilder haben mich von meinen schwarzen Gedanken etwas abgelenkt. So habe ich manche Stunde verbracht, bis dann endlich die Familie zum Frühstück erschien.

Ich weiß nicht warum - aber eines Tages wurde ich zum Kommandeur befohlen, der mir eine sehr erstaunliche Mitteilung machte.

„First Sergeant Jeremy Martinsen!"

„Sir?"

„Sie waren im Kriegseinsatz, und es gefällt Ihnen hier bei uns nicht sonderlich gut." Das war keine Frage, sondern eine Feststellung.

„No, Sir, yes, Sir, was soll ich darauf sagen?"

„Nichts, es ist so."

„Yes, Sir!"

„Sie haben noch immer psychische Probleme wegen Afghanistan, haben mir die Ärzte berichtet - ich kann Ihnen vielleicht indirekt helfen!"

„Sir?"

„Wenn Sie einverstanden sind, nehmen Sie an einem ganz besonderen Programm teil, das unser Präsident befohlen hat, eine ganz spezielle Aufgabe für Sie und neunzehn weitere Soldaten aus ganz unterschiedlichen Waffengattungen und Einheiten. Der Präsident der Vereinigten Staaten hat über das Ministerium die Army beauftragt, Ihnen allen einen sehr interessanten, und ich sage, auch sehr lukrativen Vorschlag zu unterbreiten, den Sie aber auch ablehnen dürfen - es ist kein Befehl.

Sie werden zu einer hoch spezialisierten Einheit versetzt, deren Angehörige einer extremen Behandlung unterzogen werden. Man wird Chips in Ihr Gehirn pflanzen, mit deren Hilfe Sie ungeheure geistige Fähigkeiten entwickeln können, diese Fähigkeiten können jedoch ein- und wieder ausgeschaltet werden. Sie werden für die Dauer etwa eines halben Jahres von Ihrer Familie getrennt werden - Kontakte sind allerdings möglich, wenn Sie die Einheit nicht verlassen.

Soweit die militärische Seite der Angelegenheit. Als, sagen wir einmal, als Risikoprämie zahlt die Army auf ein Treuhandkonto, über das Sie schon während der Aktion verfügen können, 300000 Dollar ein - schon daran können Sie sehen, wie wichtig die ganze Sache ist. Haben Sie alles verstanden, Sergeant? Überlegen Sie genau, ob Sie dabei sein werden, und bedenken Sie Risiken und das viele Geld. Besprechen Sie alles mit Ihrer Frau, und geben Sie mir zum Wochenende Bescheid. Und jetzt: wegtreten!"

„Jawohl, Sir, alles verstanden, mit Ehefrau besprechen, bis zum Wochenende Bescheid geben, Sir!"

So war das mit dem General und seinem Vorschlag.

Ich habe auch gemeinsam mit Priscilla lange überlegt, ob ich auf den Vorschlag ein gehen sollte - letztlich, auch wegen des vielen Geldes, haben wir uns gemeinsam dafür entschieden. Was sollte denn schon dabei passieren? Die Army, meine zweite Familie, sorgt für mich und achtet darauf, dass mir nichts Böses widerfährt, vom Kriegseinsatz einmal abgesehen. Hauptgrund für meine Zustimmung jedoch war, dass ich mir beweisen wollte und konnte, noch immer ein guter Soldat zu sein, meine Depression nach Afghanistan hinter mir zu lassen, und vielleicht sogar, mit den neuen Fähigkeiten, die man mir zugesagt hat, John Bertoli zu finden und zur Rede zu stellen.

Am Ende unserer Überlegungen habe ich den Kontrakt unterzeichnet - der Wunsch unseres Präsidenten war mir Befehl. Eine Woche später war ich zunächst im Militärkrankenhaus in Phoenix, und später dann hier in Fort Huachuca.

Kapitel 11

Mat bittet einen der anwesenden Ausbilder, für den ersten und voraussichtlich heute auch einzigen Kandidaten ein Feldbett und zwei, drei Wolldecken zu besorgen, was dieser umgehend erledigt.

„Mister Martinsen, mit Ihnen werden wir heute beginnen. Bitte treten Sie vor, lockern Sie Ihre Kleidung. Ziehen Sie Ihre Stiefel aus und legen Sie sich ganz entspannt auf das Feldbett!" Mat übernimmt die Leitung der Datenübertragung, Susan gibt die Parameter für die Software an ihrem Laptop ein - diese wichtige Funktion hat sie bei der nächtlichen Löschaktion bestehen lassen.

Mat wendet sich an Martinsens Kameraden: „Für Sie, meine Herren, ist die ganze Aktion nur teilweise interessant, wer möchte, kann gern für zwei Stunden ins Kasino gehen - aber bitte ohne Alkohol - Sie dürfen aber den Vorgang auch gern hier beobachten!"

Die Hälfte der Gruppe verlässt den Raum, ein Ausbilder begleitet sie, die Übrigen setzen sich in die erste Reihe, um ihren Kameraden genau im Blick zu haben.

„Mat, ist der Kandidat bereit?"

„Sie liegen bequem, Mister Martinsen? Die Sache wird etwa zwei Stunden benötigen und zeitweise sehr schmerzhaft sein, aber keine Sorge, das geht wieder vorüber! Bis auf wenige Ausnahmezeiten, die ich Ihnen jeweils ankündige, dürfen Sie übrigens mit uns reden, uns Ihre Befindlichkeiten mitteilen - manchmal werden wir Ihnen auch Kontrollfragen stellen, die Sie bitte auf jeden Fall wahrheitsgemäß beantworten müssen! Es ist für Sie und für uns extrem wichtig, jeweils über Ihren Zustand informiert zu sein – unterdrücken Sie auf keinen Fall Schmerzen und Ähnliches!"

Mat besteht auf diesen Informationen wegen eines Ereignisses in der Vergangenheit, als die 'geistigen Gehirninhalte' von ihrem Probanden in Deutschland abgerufen und im Rechner bei Brainrise Robotics gespeichert wurden - der Proband damals hat ziemlich gelitten …

Jetzt befinden sich diese Daten als Grundversion bereits in den Chips der Soldaten und soll weiter verbessert werden, deshalb wird heute erstmalig die von Susan erweiterte militärische Version dieser Gehirnsoftware in die Chips eines Soldaten übertragen.

„Nun fangen Sie doch endlich an, Mister Bremer, wie lange soll ich denn hier herumliegen?" Martinsen wird ungeduldig.

Mat sieht hinüber zum General, der zustimmend nickt.

„Dann los, Susan, beginnen!"

Susan aktiviert das Intranet, das hier in Fort Huachica im Einsatz ist - eine kurze Verzögerung im Startprozess zeigt ihr, dass anscheinend die Aktivitäten ihres Laptops gescannt werden, was bedeutet, die Daten, die in Martinsens Gehirn transportiert werden sollen, werden von jemandem parallel dazu aufgezeichnet - ein Vorgang, den Susan nicht akzeptieren will.

„Herr General", wendet sie sich direkt an den obersten Verantwortlichen, „wir werden die Arbeit hier mit den Soldaten sofort beenden!"

Der Angesprochene springt auf:

„Sie werden das nicht tun, das ist ein Vertragsbruch!", ist die wütendenAntwort, „und wieso eigentlich? Nennen Sie mir plausible Gründe für einen Abbruch der Aktion!"

Martinsen auf seinem Feldbett wird unruhig.

„Nun, Herr General, Ihre Leute spionieren mich aus." Sie startet ein Analyseprogramm, das ganz klar zeigt: Es gibt eine nicht von ihr aktivierte Intranet-Verbindung.

„Sehen Sie hier, irgendwer im Fort will meine Software und meine Daten stehlen!"

„Das ist doch kein Beweis, Miss Hanson, kein Beweis. Sie werden Ihre Arbeit sofort weiterführen!"

„Herr General!", mischt sich Mat energisch in die Diskussion ein, „wir sind nicht Ihre Untergebenen! Wir sind Mitarbeiter eines Unternehmens, das beauftragt wurde, diese Aktion zu realisieren, und das mit einer Software und einer Technik, die Eigentum unseres Arbeitgebers ist. Wenn Ihre Leute versuchen, diese Leistungen zu kopieren oder zu entwenden, ist das Diebstahl geistigen Eigentums - so etwas ist auch in diesem Land mit Strafe bedroht. Ich bitte Sie - nein, wir bitten Sie, die Aktivitäten Ihrer Leute sofort zu beenden. Erst danach werden wir weiterarbeiten. Geschieht das nicht, fahren wir morgen wieder nach Palo Alto zurück!"

Während Mats Worten ist der General vor Wut rot angelaufen, sein Ärger über die Entdeckung der Spionageaktivitäten seiner Leute ist maßlos.

„Sie, Miss Hanson, und Sie, Mister Bremer, werden Fort Huachuca nur verlassen, wenn ich es erlaube, und Sie werden Ihre Arbeit jetzt fortsetzen - ich lasse mich doch hier nicht von Ihnen vorführen. Dies ist mein Befehlsbereich, hier bestimme immer noch ich, was geschieht und was nicht! Machen Sie sofort weiter, anderenfalls …!"

„Anderenfalls was?" Mat und Susan sind erschüttert, sie haben der Army mehr Korrektheit zugetraut!

„Anderenfalls werde ich meine Männer anweisen, für Sie Zimmer in Haus 24 vorzubereiten - Sie werden dann unsere Gäste bleiben müssen, bis wir die Aktion abgeschlossen haben."

Susan und Mat sehen sich, völlig erstaunt, an, ihnen fehlen zunächst die Worte angesichts dieser Drohung. Susan fängt sich als Erste: „Herr General, was soll das? Wollen Sie uns einsperren? Kennen Sie das Wort 'Freiheitsberaubung'? Wenn Sie Ihre Männer anweisen, das Ausspionieren meines Laptops einzustellen, mache ich sofort weiter".

Der General ist beeindruckt von so viel Hartnäckigkeit, und das von einer Frau - Widerspruch kannte er bisher nicht … Er winkt einen der Ausbilder zu sich, flüstert ihm etwas zu. Der salutiert, verlässt den Schulungsraum - Martinsen liegt noch immer auf seiner Liege, er und seine Kameraden sind über die vorhergehende Diskussion ziemlich erstaunt, so etwas haben sie noch nicht erlebt.

Ein fast unhörbares 'Klong' ist von Susans Laptop zu hören.

„Geht doch", flüstert sie Mat zu. Der Soldat, der etwa zehn Minuten zuvor den Raum verlassen hatte, kehrt zurück, nickt seinem General zu: „Machen sie weiter", sagt der zu Susan, „ich bitte das Missverständnis zu entschuldigen!"

Susan startet das Übertragungsprogramm.

In der ersten von insgesamt acht Stufen wird zunächst eine Analyse des Receiver- und des Transponder-Chips vorgenommen - theoretisch könnte es sein, dass durch die Implantation oder durch äußere Einflüsse eine Veränderung gegenüber der Originalversion erfolgt ist - dieser Vorgang dauert ca. zwanzig Minuten, in denen der Kandidat ein undefinierbares Kribbeln in der Mitte seines Gehirns verspürt.

„Das kitzelt im Kopf!", äußert Martinsen.

Alle Tests verlaufen zu Susans und Mats Zufriedenheit, es wird keine Probleme geben, denken beide unabhängig voneinander.

Nach dieser Analysephase beginnt der eigentliche Datentransfer, zunächst in den Transponderchip, der in seinem logischen Kern völlig neu formatiert wird, etwa so, wie eine Festplatte im Computer gelöscht wird und damit frei für Neues ist.

Susan steuert diesen Vorgang mithilfe eines speziell von ihr entwickelten Programms. Während dieser und aller noch folgenden Arbeitsschritte hält Mat die gebannt zuschauenden Soldaten einschließlich des Generals auf dem Laufenden, erklärt den jeweils aktuellen Vorgang.

„Der Transponderchip ist in wenigen Minuten von allen alten Daten befreit, er ist sozusagen wieder jungfräulich. Sofort danach wird er mit der aktuellen, speziell für Ihre Truppe aufbereiteten Version aufgefüllt. Das kann etwas schmerzhaft werden, Mister Martinsen."

Während der Chip gelöscht wird, beobachtet Susan gespannt ihren Computer.

„Mat, schaust du mal bitte?" wendet sie sich plötzlich an Mat, „ich schaffe es nicht, den Chip vollständig zu löschen - irgendetwas bleibt als Rest bestehen!"

Mat blickt verstohlen hinüber zum General, der völlig unbeteiligt, ja, sogar uninteressiert wirkt.

„Denkst du, was ich denke?" Er schaut seine Kollegin fragend an.

„Ja, da wurde etwas hinein manipuliert. Wie kann das denn sein?"

„Vielleicht mit deiner Originalsoftware?"

„Du meinst, unsere beiden Freunde hatten da die Hände im Spiel? Aber in so kurzer Zeit, ohne Kenntnis der Details und ohne Wissen des Kandidaten?"

„Ich frage ihn, Susan!"

„Mister Martinsen, wo waren Sie am gestrigen Abend?"

„Wie immer in der Mannschaftsmesse auf ein paar Biere, und danach noch auf einen Sprung bei einem Freund in Haus 24."

„Herr General, welches ist das Haus 24?"

Der Angesprochene antwortet ziemlich unfreundlich:

„Wozu brauchen Sie die Information? Haus 24 ist das Stabsgebäude mit der Entwicklungsabteilung unserer Einheit."

„Vielen Dank, Herr General, Sie haben uns geholfen." Mat nickt dem General verbindlich zu, wendet sich dann wieder an Martinsen:

„Mister Martinsen, was gibt es von Ihrem Besuch bei Ihrem Freund zu berichten?"

„Nichts von Bedeutung, ich war vom Tag so erschöpft, dass ich schon nach zwei Drinks in seinem Sessel eingeschlafen bin!"

„Und dann?"

„Irgendwann hat er mich dann rausgeworfen, und ich bin in meine Stube und ins Bett gegangen."

„Hatten Sie Kopfschmerzen?"

„Nur ganz wenig, etwa so wie jetzt."

Susan analysiert noch einmal den Transponderchip im Gehirn von Martinsen - und wird fündig, sendet noch einmal spezielle Löschimpulse an die IP-Adresse von Martinsens Chip: Der ist danach tatsächlich leer.

„Heureka, ich hab's, der Chip ist leer!", ruft sie fröhlich in den Raum, „jetzt geht es weiter."

Der General schaut sehr nachdenklich zu dem Ausbilder, der zuvor seinen Auftrag ausgeführt hatte.

Es ist eine riesige Datenmenge, die in den Chip zu übertragen ist. Es dauert und dauert und dauert …

Martinsen, der zunächst ganz entspannt gewirkt hat, wird zunehmend unruhig - der Druck in einem Kopf verstärkt sich von Minute zu Minute.

Seine Kameraden schauen gebannt zu, sind verwundert, denn Martinsen ist ihnen als ein 'harter Hund' bekannt, der jetzt schon, nach nur etwa vierzig Minuten der Aktion, angeschlagen wirkt wie ein Boxer nach einigen Wirkungstreffern. Susan kann seine Belastung nicht verkürzen oder abbrechen, ohne eine unkontrollierte Reaktion des Chips auf das Gehirn zu riskieren, und die Übertragungsgeschwindigkeit lässt sich auch nicht erhöhen.

„Es wird ganz heiß in meinem Kopf", äußert der Kandidat nach etwa sechzig Minuten, etwa der Hälfte der von Susan erwarteten Übertragungszeit.

„Das ist ganz normal, denke ich", versucht Mat ihn zu beruhigen, „das legt sich wieder."

Martinsen hält sich den Kopf mit beiden Händen, versucht anscheinend, 'unmännliche' Schmerzenslaute zu unterdrücken.

„Bitte lassen Sie uns Ihre Schmerzen ruhig hören, unterdrücken Sie Stöhnen und Schreien nicht - Sie sind sonst zu verspannt." Susan redet ebenfalls auf Martinsen ein, auch um ihre Aktion nicht zu gefährden.

Die Übertragung läuft ununterbrochen, allerdings mit einer sehr niedrigen Geschwindigkeit - der Chip verträgt beim Laden wegen der Wärmeentwicklung keine hohe Bitrate.

Martinsens Gesicht läuft immer mehr rot an, ein erstes Stöhnen ist zu hören: „Das fängt an, richtig wehzutun!", presst er mit zusammengekniffenen Lippen hervor.

Mat geht zu einem der Ausbilder:

„Wir sollten einen Sanitäter holen und seinen Kreislauf überwachen, er scheint nicht so stabil zu sein, wie er sonst immer scheint." Der Mann geht sofort los, ist mit einem Sanitätssoldaten nach wenigen Minuten zurück. Die Blutdruckwerte geben Anlass zu Befürchtungen:

„220 systolisch, 117 dystolisch, Frequenz 112", meldet der Sani emotionslos.

„Susan, kannst du mit der Geschwindigkeit etwas machen, damit Martinsens Kreislauf besser mit dem Stress fertig wird?"

„Keine Chance, Mat."

„Wie weit sind wir jetzt?"

„87 Prozent, noch etwa zwanzig Minuten!"

„Druck und Puls steigen weiter", meldet der Sani, über sein Sprechgerät ruft er einen Arzt herbei, organisiert die Bereitstellung eines Krankenwagens.

„Nur für den Fall der Fälle", sagt er, zu allen gewandt, „nur für den Fall der Fälle!" Er scheint besorgt zu sein.

Martinsen auf seinem Feldbett stöhnt, schreit hin und wieder vor Schmerzen, hält sich den Kopf, wälzt sich, in Schweiß gebadet, hin und her - zwei Kameraden sorgen dafür, dass er nicht herabfällt.

Der General, der den ganzen Vorgang aufmerksam beobachtet hat, spricht Susan an: „Miss Hanson, wenn Sie den Mann umbringen, ist Ihre Mission beendet, und ich bringe Sie vor ein Militärgericht. Tun Sie etwas!"

Susan ist wegen der Intervention des Generals etwas irritiert: „Ich kann zurzeit nichts machen, Herr General!" Sie schaut auf die Fortschrittsanzeige am Laptop: „Wir sind jetzt bei 93 Prozent, noch etwa zehn Minuten, die allerdings die Wichtigsten sind - es wird gerade die Hypnosefunktion implementiert, ohne die die ganze Sache nur den halben Wert hat."

Sie beobachtet genau Martinsen und auch ihr Gerät. Martinsen wird massiv gequält, sie weiß das genau, aber wenn die Übertragung heute gelingt, und davon geht sie aus - „wir sind bei 96" - wird das Projekt generell zu einem Riesenerfolg.

Das Gesicht des so gequälten Mannes ist vom Schmerz verzerrt, seine Augen scheinen aus den Höhlen zu treten, er schreit nicht mehr, sondern wimmert nur noch ganz leise.

„92 systolisch, 44 dystolisch, Frequenz 46, der Kreislauf geht in den Keller", meldet der Sanitäter emotionslos, er scheint derartige Situationen zu kennen..

„98 Prozent." Susan blickt gespannt auf den Laptop, dann auf ihre Uhr, danach zu Martinsen, der inzwischen völlig apathisch auf dem Feldbett liegt. Der Arzt und zwei der Sanitäter sind jetzt bei ihm, er bekommt ein den Kreislauf stützendes Mittel intravenös verabreicht.

„Alles für den Transport vorbereiten", befielt der Arzt.

„99 Prozent, noch 2 Minuten etwa."

Martinsen scheint im Koma zu sein, sein Kreislauf ist völlig zusammengebrochen - es sind äußerlich keine Lebenszeichen mehr erkennbar.

„Fertig!"

„Herzstillstand, wir müssen reanimieren und danach auf die Krankenstation!", befielt der Arzt. Die Helfer transportieren den Mann schnell und zugleich vorsichtig hinaus in den Wagen, der Arzt übernimmt dort die ersten Wiederbelebungsmaßnahmen.

Im Schulungsraum herrscht eine bedrückte Stille. Sollte ihr Kamerad Martinsen die Aktion nicht überlebt haben? Die Soldaten unterhalten sich leise, mit bedeckten Stimmen, der General schaut sehr, sehr nachdenklich, besorgt.

So hatte er sich die Sache mit den optimierten Gehirnen seiner Männer nicht vorgestellt - schon im ersten Anlauf womöglich ein Totalausfall …

Susan und Mat sitzen vor dem Laptop, vom Ablauf der Übertragung ebenfalls erschüttert.

„Ich habe nichts falsch gemacht, Mat - alles lief, wie zuvor im Labor viele Male durchgespielt."

„Durchgespielt, im Labor, Susan! Aber dies ist ein Mensch!"

„Ja, ja, ja, ich weiß. Wenn Martinsen die Sache nicht überleben sollte, gebe ich das ganze Projekt auf. Brainrise Robotics wird dann auf mich verzichten müssen."

„Susan, nun lass uns doch zunächst einmal abwarten, was der Arzt sagt, ob dem Mann wirklich etwas passiert ist - es kann doch sein, dass er sich sehr schnell wieder erholt. Das Ganze war ja auch kein Pappenstiel für seinen Organismus, für die Steuerung im Gehirn, und auch das vegetative System ist durch die Datenübertragung völlig durcheinandergeraten!"

„Wenn wir weitermachen wollen, Mat, dann nur mit ärztlicher Begleitung! Die Männer müssen vorher noch einmal auf Herz und Nieren gecheckt werden, fit zu sein genügt anscheinend nicht, und auch die Psyche muss stimmen!"

Der General tritt mit grimmiger Miene zu ihnen: „Ich hoffe für den Mann und für Sie beide, dass die Sache gut ausgeht, bei einem Verlust werde ich Sie vor ein Gericht der Army bringen, Sie werden sich erklären müssen. Guten Tag!"

Er salutiert hinaus, sein Gesicht wirkt wie versteinert. Die im Raum anwesenden Männer sind von den Ereignissen zuvor noch so betroffen, dass sie sich nicht einmal erheben, als der General geht …

Es ist jetzt zwei Uhr am Nachmittag, das Überspielen der Daten und Programme in den Chip hat mehr als zwei und eine halbe Stunde gedauert. Nach einer weiteren Stunde, in dem alle Anwesenden um Martinsen bangen, kommt der Arzt wieder in den Schulungsraum: „Ihr Kamerad ist wieder zurück in der Welt der Lebenden, stabil in seinem jetzigen, wenn auch noch komatösen Zustand. Wir werden ihn noch für einige Tage bei uns behalten müssen. Mister Bremer", wendet er sich an Mat, „Sie sollten Ihre Experimente unterbrechen, bis wir Genaueres wissen. Den General habe ich bereits informiert."

„Das bedeutet, dass wir bis über das Wochenende nichts tun können? Dann fliegen wir zurück nach Palo Alto, dort wartet auch noch Arbeit auf uns!"

„Tun Sie das, vor Montag, Dienstag werde ich Ihnen keinen Kontakt zum Sergeanten Martinsen erlauben!"

Die Ausbilder haben das Gespräch verfolgt, ebenso natürlich die ganze Mannschaft. Böse Blicke gehen hinüber zu den beiden Wissenschaftlern, die nur ihre Pflicht getan haben - letztlich im Auftrag des Pentagons.

„In die Unterkunft wegtreten!", erfolgt das Kommando, „Dienstplan für den Rest der Woche wird später ausgehängt!"

Sergeant Muller kommt gegen vier Uhr, um sie für den Rückflug nach Phoenix abzuholen - der General bleibt für heute unsichtbar.

Kapitel 12

Es ist absolute Finsternis um mich herum, und kein Geräusch ist zu hören. Ich liege in einem ganz normalen Bett, das spüre ich. Und mein Kopf schmerzt entsetzlich.

Was ist denn geschehen? Meine letzte Erinnerung ist, dass ein Sanitäter meinen Blutdruck gemessen hat - '220 systolisch, 117 dystolisch, Frequenz 112' waren die Werte, das weiß ich noch genau, und dass zu dieser Zeit auch mein Kopf entsetzlich geschmerzt hat. Die Zeit danach - wie viel mag das sein? - liegt im Dunklen.

Ich habe das unbestimmte Gefühl, dass eine Frau an mein Bett tritt. „Cilla, bist du es?" Ich nennt meine Priscilla immer nur Cilla.

„Ich bin es, mein Liebling, Beate, kennst du mich nicht?" Die Frau streicht mir über den Kopf: „Mein armer Mann, was hat man mit dir gemacht?" Sie scheint mich zu kennen. Zwei Kinder, ich spüre es genau, sind auch noch im Raum. Sind es Jenny und Melanie, oder die Kinder der fremden Frau?

„Erhole dich gut, wir besuchen dich bald wieder!", sagt die Frau. „Erschrick dich jetzt nicht, die Kinder wollen sich noch kurz von dir verabschieden."

Zu meiner linken scheint der Junge zu stehen - etwas unbeholfen nimmt er meine Hand: „Bis bald, Papa!", sagt er mit seiner schon fast im Stimmbruch befindlichen Stimme. An meiner rechten Seite steht demnach also das Mädchen, Johanna. Sie streichelt mein Gesicht, ich spüre einen Tropfen auf der Haut - eine Träne?

Die Fremden verlassen das Zimmer, ich bin wieder allein, noch immer in absoluter Finsternis.

Was war das gerade eben? Habe ich jetzt schon Wahnvorstellungen? Eine fremde Familie bei mir und meine Familie weit weg? Die Tür öffnet sich, feste Schritte nähern sich mir. Raue Hände nehmen meinen linken Arm, jemand, eindeutig ein Mann, fühlt meinen Puls.

„Der Puls scheint wieder ganz normal zu sein, Peter, ich denke, wir können das Aufwachen einleiten!"

„Lass uns lieber noch warten, bis der Doc darüber entschieden hat, ich möchte nichts falsch machen, ganz besonders in diesem Fall!"

„Na gut, lassen wir ihn noch etwas schlafen, kann ja nicht schaden!"

Ich dämmere wieder ein.

Vor meinen Augen sehe ich, ganz deutlich, ein Haus mit einem schönen grünen Garten darum. 'Berthold!' ruft jemand, den ich zu kennen scheine, 'Berthold, kannst du mir bitte deinen Spaten geben, der Busch will einfach nicht heraus.'

Berthold? Wer ist das? Ich sage: 'Kannst du haben!'

Ich bin mit dem Abstechen der Rasenkante gerade fertig geworden. Der Mann, der gefragt hat, ist John Bertoli, mein Truppführer aus Afghanistan! Wie kommt der denn hierher? Wo bin ich denn überhaupt?

'Ich bin froh, dass wir so gute Nachbarn und Freunde geworden sind, mein Lieber, und dann noch unser wunderschönes Haus hier in Werterfehn ...'.

'Ja, das ist ja auch toll, mein Freund, und unsere Familien sind ja auch sehr glücklich hier und miteinander!'

Werterfehn? Wo zum Teufel ist das? Und wieso bin ich dort? Ich bin doch in Fort Huachuca! Es ist, als sähe ich einen Film, dessen Mitwirkende mir sehr gut bekannt sind und in dem ich eine wichtige Rolle spiele.

Berthold Schaf! Das scheine ich zu sein. Familienvater mit Frau und zwei

Kindern - sie haben mich hier an meinem Bett besucht.

Hier? Hier in Fort Huachuca? In dieser Kaserne, diesem Krankenzimmer?

Und John Bertoli? Mit dem ich unbedingt sprechen muss? Wie ist das alles möglich, bin ich schizophren?

Unmittelbar nach diesem 'Film' sehe ich meine Familie in Minnesota. Priscilla sitzt zu Hause und telefoniert mit jemandem. Macht ein sorgenvolles, ängstliches Gesicht. „Wir kommen so bald als möglich nach Fort Huachuca, Herr General!" Sie weint, meine Mädchen stehen verständnislos daneben.

Langsam kommt die Erinnerung an die ausgefallenen Stunden wieder.

Ich bin auf der Liege im Schulungsraum, alle Kameraden der Brain Specialist Unit sind da, und die Frau mit ihrem Laptop, dazu noch Mister Bremer, anscheinend der Chef der schönen Miss Hanson. Oder der Liebhaber? Man könnte es ihm nicht verdenken, die Frau sieht wirklich umwerfend aus …

In meinem Gehirn habe ich etwas gespürt, das sich anfühlte wie - wie das Hineinblasen von Luft in einen Ballon. Ja, hineinblasen ist das richtige Wort. Der Druck im Inneren wird immer stärker, ich stöhne, ich schreie, ich wimmere, und dann ist alles finster. Bis jetzt.

Mein Verstand scheint zurückzukehren. Ich will jetzt mit jemandem reden, am besten mit dem Arzt, bevor mich meine Fantasien wieder einholen. Gibt es nicht an jedem Krankenbett eine Notfallklingel? Ich versuche, sie zu ertasten. Tatsächlich, an der Seite meines Bettes werde ich fündig, drücke einen Knopf. Meine Beine werden wie von Zauberhand angehoben. Das war nicht ganz richtig! Ich taste weiter oben auf dem Bedienteil, an der Stelle, an dem das Kabel in das Gerät eingeführt ist, finde ich einen runden Tastknopf. Ich drücke darauf. Mit dem Bett tut sich diesmal nichts, aber jemand betritt den Raum.

Die Finsternis in meinem Kopf macht einem unscharfen Sehen Platz.

'Sie haben geklingelt?', fragt eine weibliche, sehr angenehme Stimme, *'was kann ich für Sie tun?'*

Ich sehe eine weiß gekleidete Frau, anscheinend eine Krankenschwester. Dass es die hier in Fort Huachuca gibt ...

'Zwei Dinge, verehrte Dame, zwei Dinge. Erstens das Fußteil meines Bettes wieder auf Normalposition bringen, und zweitens den Arzt herbeischaffen, der mich hier betreut!

Sagen Sie Schwester Daniela zu mir, Herr Schaf, oder einfach Daniela!

Herr Schaf, sagt sie? Ich bin anscheinend doch im falschen Film! Die Schwester tut nichts für die Einstellung meines Bettes, geht einfach wieder hinaus - an ihrer Stelle betreten, ich höre es an den Schritten, mehrere Männer den Raum.

Ich höre eine energische Stimme.

„Corporal Densing, leiten Sie den Aufwachvorgang ein." Auf dem Handrücken meiner linken Hand befindet sich ein Zugang, auf den jetzt eine Injektionsspritze gesteckt wird. Eine Flüssigkeit wird hineingegeben, wohlige Wärme flutet meinen Körper, eigenartigerweise den ganzen Körper, nicht nur den Arm. Die Müdigkeit, die mich zuvor ausgefüllt hat, beginnt zu weichen, meine Augenlider sind nicht mehr so schwer, auch der Druck, der Schmerz im Inneren meines Kopfs lässt langsam nach. Ich kann die Augen öffnen, sehe zwei Sanitätssoldaten, einen weiß gekleideten Arzt.

„Da sind Sie ja wieder, Martinsen! Wie fühlen Sie sich?"

„Wissen Sie genau, dass ich Martinsen bin, Doktor?"

„Natürlich, Brain Specialist Jeremy Maartinsen, wer bitte sollen Sie denn sonst sein?"

Ich antworte nicht direkt auf seine Frage, sondern bitte ihn, seine Sanitäter hinauszuschicken.

„Doktor, ich muss mit Ihnen reden."

„Dann reden Sie. Sie sind mein Patient, und ich unterliege ohne Einschränkungen der ärztlichen Schweigepflicht!"

„Doktor, bevor Sie mich vorhin wieder in das Reich der Lebenden zurückgeholt haben, war ich jemand anders, jedenfalls zeitweise! Ich war ein gewisser Berthold Schaf, meine deutsche Familie stand an meinem Krankenbett, mein ehemaliger Truppführer John Bertoli hat sich von mir einen Spaten ausgeliehen! Ich habe in meinem ganzen Leben noch nie mit einem Spaten in einem Garten gegraben, Doktor. Ich kenne Beate, die Frau des Herrn Schaf und seine Kinder - meine Frau, meine Kinder? Aber meine echte Familie ist doch in Minnesota, Priscilla und die Mädchen! Sagen Sie mir, Doktor, werde ich durch die Aktion mit meinem Gehirn jetzt verrückt, oder schizophren?"

Der Militärarzt ist mit dieser Frage anscheinend etwas überfordert, nachdenklich sitzt er auf einem Stuhl neben seinem Patienten.
„Martinsen, ich muss Ihnen ganz ehrlich sagen: Ich habe keine Antwort auf diese Frage. Man hat mich nicht informiert, wie die Sache im Schulungsraum vorgestern abgelaufen ist." Martinsen unterbricht ihn:
„Vorgestern? So lange war ich weggetreten?"
„Ja, fast 48 Stunden lagen Sie im Koma - da haben wir allerdings noch etwas nachgeholfen, um Ihrem Gehirn etwas Ruhe zu gönnen. Ich habe keine Ahnung, was man mit Ihnen gemacht hat und mit Ihren Kameraden machen will."

Der Arzt denkt einen Augenblick nach.
„Sagen Sie, Martinsen: Können Sie diesen Herrn Schaf und seine Familie bewusst aktivieren? Das wäre sehr wichtig für mich, dann hätte ich eine Basis für ein Fachgespräch mit einem Neurologen!"
„Ich habe es noch nicht versucht, Doktor!" Ich schließe die Augen, versuche, mich ganz auf mich selbst zu konzentrieren: Tatsächlich, ich bin wieder in diesem Werterfehn, bin wieder einmal Berthold Schaf - ein warmer Sommertag umfängt mich.
'Beate, sind die Kinder fertig, können wir starten?' Wir wollen heute alle gemeinsam ins große Schwimmbad nach Meppen fahren - da kann man mehr

unternehmen als hier in Werterfehn. *'Ja-ha, wir kommen!',* tönt es mehrstimmig aus dem Haus. Wir holen die Fahrräder aus dem Schuppen, radeln los - eine fröhliche Familie. Ich bin so froh, dass meine Gehirnoperation im letzten Jahr so gut verlaufen ist …

Aus meinen Fantasien weckt mich der Arzt durch Schütteln an der Schulter:
„Aufwachen, Martinsen, aufwachen!"
Wie zurück aus einer fernen Welt sehe ich ihn an:
„Wer sind Sie?"
„Martinsen, ich bin Ihr Arzt, Doktor Tyson Kalinsky!"
„Doktor Kalinsky? Haben Sie die ganze Zeit bei mir gesessen?"
„Ja, und Sie waren in einer anderen Welt, Ihre Äußerungen haben es mir gezeigt. Wenn ich die Sache richtig sehe, haben Sie in Ihrem Gehirn nicht nur Ihre eigenen Erinnerungen, sondern zusätzlich, vielleicht jedoch auch nur teilweise, die Erinnerungen dieses ominösen Herrn Schaf aus Deutschland. Die Wissenschaftler haben Ihnen anscheinend nicht nur bestimmte Programme, sondern auch die Erinnerungen dieses Menschen eingespeichert!"
„Das bedeutet?"
„Wenn Sie ohne weitere Eingriffe weiterleben, wird immer wieder die Persönlichkeit des Deutschen von Ihnen Besitz ergreifen, und folgerichtig werden alle Kameraden, denen dieselben Informationen eingespeichert werden, ebenfalls zumindest zeitweise dieser ominöse Berthold Schaf sein - eine Vorstellung, die niemals in die Realität umgesetzt werden darf!
Martinsen, ich unterliege der Schweigepflicht, wie ich Ihnen ja schon sagte, aber in diesem speziellen Fall werde ich mit dem General reden müssen, damit die weiteren Aktivitäten der Wissenschaftler gestoppt werden und kein weiterer Schaden angerichtet wird!"
„Einverstanden, Doktor Kalinsky, Sie haben meine Erlaubnis dazu!"

Kapitel 13

Der Anruf aus Phoenix kommt nicht überraschend. Nach den aufgetretenen Schwierigkeiten mit der Implementierung der Software im Kopf des Jeremy Martinsen haben Susan und Mat eigentlich stündlich nach der Rückkehr in ihre Firma damit gerechnet.

Es ist jetzt Donnerstag der ersten Woche, die für sie so Erfolge versprechend begonnen hatte, und dann waren zunächst die Probleme mit dem Hacken von Susans Laptop in Phoenix - vielleicht auch erst in Fort Huachuca? - und später der Totalabsturz des ersten Kandidaten!
Ihre Rückreise hatten sie beide noch am gleichen Abend angetreten, in der Maschine waren noch Plätze frei, sodass sie mitten in der Nacht bereits wieder in Palo Alto eintrafen. Mat hatte schon aus Phoenix seine Familie über seine überraschende Rückkehr informiert, und Susan wurde am Flugplatz bereits von ihrem Mann erwartet, der wegen eines Baseballspiels ohnehin in der Nähe war. Die Robottas Kitty und Pamela waren ebenfalls informiert worden, damit in der Firma sofort erste Vorbereitungen zur Schadensbegrenzung beginnen konnten. Müde waren sie am Mittwochmorgen wieder im Büro zusammengetroffen, um mit ihren Mitarbeitern die nächsten Schritte besprechen zu können. Heute nun, am Donnerstag, ruft der General bei ihrem Boss Ellen

Winter, CEO von Brainrise Robotics, an.

„Hier ist Brigadier General Westerman aus Phoenix! Miss Winter, Sie wissen um die Probleme in Fort Huachuca? Die ganze Aktion wird sofort beendet! Ihre Leute haben meinen Mann fast umgebracht, und fast alle seiner Kameraden wollen aus dem Programm aussteigen - es ist für uns ein Riesenproblem, von den Kosten ganz zu schweigen. Aber auch für Sie, werte Frau Winter, ist es ein Problem! Die Army wird Ihr Unternehmen verklagen, Schadensersatz einfordern. Über eine Anzeige wegen Körperverletzung an meinem Soldaten denken wir noch nach! Was sagen Sie dazu?"

Ellen Winter ist von Tenor und Inhalt der Worte des Generals völlig überrascht - in dieser Dramatik haben ihr Mat und Susan die Lage nicht geschildert!

„Herr General! Sie konfrontieren mich jetzt mit Informationen, die mir neu sind. Es ist mir bekannt, dass es Probleme mit der ersten Testperson gegeben hat - davon haben mir meine Leute berichtet, und sie haben die Versuchsreihe - denn um eine solche handelt es sich, das ist Ihnen ja bekannt - unterbrochen. Inzwischen betreiben wir intensiv Ursachenforschung. Wenn wir zu einem Ergebnis gekommen sind, setzen wir uns selbstverständlich sofort mit Ihnen und auch Ihrem Dienstherrn in Verbindung!"

„Miss Winter, das genannte Problem ist nur ein Teilaspekt des Ganzen: mein Untergebener leidet seit dem Ereignis anscheinend unter schizophrenen Störungen. Auf der einen Seite ist er unverändert der BrainSpecialist Martinsen, zeitweise sieht er sich als ein gewisser Berthold Schaf, kennt sich mit allem in dessen Leben aus, hat sozusagen ein zweites Gedächtnis. Hier muss ganz kurzfristig etwas geschehen, bevor mir der Mann durchdreht!"

„Das ist mir natürlich völlig neu und für den Probanden natürlich entsetzlich - wie, sagten Sie, ist der Name in seiner zweiten Persönlichkeit?"

„Schaf, Berthold Schaf! Sagt Ihnen das etwas?"

„Kann ich so nicht beantworten. General Westerman, ich melde mich so bald wie möglich bei Ihnen und werde noch heute mit den Wissenschaftlern reden

- dann sehen wir bestimmt schon klarer. Good Bye!"

„Welch ein Desaster", denkt Ellen bei sich, „Mat und Susan werden vieles erklären müssen". Sie muss über die neue, das ganze Unternehmen BR gefährdende Situation nachdenken. Wenn der General recht haben sollte - sie hofft, dass seine Worte viele Übertreibungen enthielten - wenn er aber ausschließlich Fakten berichtet haben sollte, muss der betroffene Soldat möglichst schnell hier in die Firma. Mat kann dann die notwendigen neurologischen Analysen machen, bei denen die Stanford University sicher gern behilflich sein wird!

Sie ruft Kitty, die inzwischen über einen neuen Körper mit voll beweglichen Gliedmaßen verfügt. Durch die neue Steuerung, die Lilly eingebaut hat, kommt sie zur Tür hereinspaziert, noch nicht sehr elegant, aber immerhin …

„Was kann ich für Sie tun, Miss Winter?"

„Um drei Uhr heute möchte ich Mat und Susan im Round-Office sprechen, bereite alles dafür vor, es kann länger dauern!"

„Und Ihre Termine, Miss Winter?"

„Alle absagen, Krisensitzung!"

„Geht in Ordnung." Kitty geht - geht! - wieder an ihren 'Arbeitsplatz' neben der kleinen Pantry in der ersten Etage.

Wenig später spaziert sie in Susans Labor: „Heute um drei Uhr Besprechung mit Ellen im Round-Office, die großen Probleme mit der Army sollen geklärt werden."

Susan und Mat, die inzwischen bereits Überlegungen anstellen, um die Ursachen für den zeitweiligen Absturz des Soldaten in Susans Laptop zu finden, sind von der Aufforderung zu dem Gespräch nicht überrascht.

„Haben wir schon irgendwas, Susan?"

„Nichts, was uns weiterhilft. Ich werde meinem und auch deinem Gerät zunächst neue IP-Adressen zuweisen, damit keine Spionageaktionen vom General mehr erfolgen können, und dann werden wir Zeichen für Zeichen die Daten und die Programme überprüfen müssen - vielleicht können unsere Robottas dabei helfen - wir werden Ellen fragen."

Inzwischen geht es gegen Mittag.

„Wollen wir vor dem Termin mit Ellen noch etwas essen?"

„Ja", entgegnet Mat, „lass uns wieder ins 'Whimpies' gehen, da waren wir schon längere Zeit nicht."

„Einverstanden - aber heute gibt es leider nichts zu feiern, im Gegenteil!" Beide gehen, in ihre Gedanken vertieft, in das Lokal, besser gesagt Schnellrestaurant, um eine kurze Mittagspause zu machen.

Das Essen war heiß und würzig, die Cola eiskalt, das Gespräch untereinander verhalten.

„Wir müssen unbedingt herausfinden, ob es an den Manipulationen deines Laptop durch die Army lag!", meint Mat und sieht versonnen aus dem Fenster.

„Oder wir haben beim Absaugen der Informationen aus dem Gehirn von Berthold Schaf zu viel des Guten getan, und der Verstand unseres Soldaten ist zu klein für die große Menge neuer Impulse!"

Sie zahlen und gehen zurück zu BR in ihre Offices - immer noch über die Probleme nachdenkend. Am Nachmittag erwartet sie dann Ellen Winter zur großen Problemdiskussion im Round-Office.

„Wir sehen uns nachher", sagt Mat.

„Ausnahmsweise einmal sehr ungern, lieber Mat", antwortet ihm Susan.

Etwa zwei Stunden später - Besprechung mit Boss Ellen Winter, auch Agneta Svensson, Pjotr Asjajev und Liu Nguyen wurden dazugeordert, und die Robottas Kitty und Pamela sollen Protokoll führen.

Die Getränke und etwas Gebäck wurden bereits an den Plätzen im Raum bereitgestellt, die Atmosphäre ist schon zu Beginn gespannt.

Ellen Winter als CEO von Brainrise Robotics kommt ohne vorhergehenden Small Talk sofort zum Thema: „Meine Herrschaften, uns droht der GAU, der größte anzunehmende Unfall. General Westerman, Susan und Mat kennen ihn bereits, rief mich an und drohte BR mit schwersten Konsequenzen. Ich darf seine Vorwürfe zitieren."
Sie öffnet ein Dokument auf ihrem Laptop und lässt das Gerät vorlesen.
„Erstens. Der Soldat Martinsen wurde durch das Übertragen der Chipdaten bewusstlos, musste reanimiert werden und fällt zurzeit völlig aus.
Zweitens. Die übrigen Kandidaten wollen die ganze Aktion beenden, manche wollen sich sogar die Chips entfernen lassen.
Drittens. Die Army will das Programm stoppen und Schadensersatz von uns fordern.
Viertens. Man überlegt, ob Klage wegen Körperverletzung an Martinsen erhoben werden soll, und schließlich
Fünftens. Martinsen ist anscheinend schizophren geworden, er verfügt neben den Erinnerungen an seine eigene Familie auch noch über das Gedächtnis des Berthold Schaf, mit allen Details!"
Ellen beendet den Vortrag ihres Laptop und blickt gespannt in die Runde, in der betretenes Schweigen herrscht.
Agneta, die von den vorhergehenden Aktionen nichts weiß, fragt schließlich nach: „Wer ist dieser ominöse Herr Schaf?"
„Berthold Schaf ist ein Mann in Deutschland, der für unsere Arbeit äußerst wichtig war. Er war der Erste, dessen Gehirn mit Nanochips, dem Receiver und dem Transponder, ausgestattet wurde. Wir konnten via Internet, allerdings mithilfe eines in seiner unmittelbaren Nachbarschaft etablierten Kontaktmannes und eines Roboters in Form einer Puppe, sein Gehirn manipulieren. In diesem Zusammenhang haben wir seine ohnehin schon vorhandenen Fähigkeiten zur Telepathie enorm verbessern können. Am Ende der ganzen Prozedur, die nicht ohne emotionale Probleme seinerseits ablief, konnten wir

dann den Inhalt der Chips auf unsere Rechner transferieren!"

Während Mats Ausführungen haben ihn Pete, Agneta und Lilly mit erstaunten Augen angesehen:

„Daher stammen also die Chipinhalte?", fragt Pete.

„Ja, daher, wir konnten sie ja schließlich nicht einprogrammieren. Natürlich haben wir den Dateninhalt noch aufbereitet und für den Einsatz in den Soldatengehirnen passend gemacht!"

Ellen fügt energisch, fast zornig hinzu:

„Und dabei muss euch ein Fehler unterlaufen sein, der uns allen jetzt das Genick brechen kann. General Westerman hat seine Drohungen durchaus ernst gemeint. Susan, Mat, was sagt ihr? Habt ihr irgendwo einen Bug, einen Fehler eingebaut, etwas übersehen, etwas weggelassen, was hätte bleiben müssen? Hat jemand von euch eine Idee, wie wir aus der Situation wieder herauskommen können?"

Pete meint: „Das Beste wäre doch, wenn man den verrückten Soldaten hierher bekäme!"

Ellen ist entsetzt: „Sagen Sie so etwas nicht noch einmal, Pjotr Asjajev, er ist nicht verrückt, sondern krank, durch unsere Schuld! Aber den Gedanken habe ich auch schon gehabt."

„Und wie sollen wir ihn untersuchen? Wir haben weder ein CT noch ein MRT, können nicht einmal Gehirnströme messen. Das Einzige, was wir können ist, sein Gehirn, seine Chips, zu analysieren, und das wird unter Umständen wieder sehr schmerzhaft für ihn!" Susan schaut nachdenklich zu Mat hinüber.

„Wir können das Risiko nur eingehen, wenn der General zustimmt, schließlich ist es sein Untergebener, und auch nur, wenn der Mann selbst einverstanden ist - und wir müssen die Universität mit ins Boot nehmen!", meint der.

„Susan, hast du noch entsprechende Kontakte nach drüben?"

„In die Neurologie und auch zu den Röntgenleuten eher weniger, mehr zu den Chipbastlern!" entgegnet die Angesprochene.

„Wir sollten trotzdem vorab schon einmal die Möglichkeiten abklären, Susan.

Agneta, wann können wir mit dem Gehirn-Holo rechnen? Es wäre jetzt vielleicht sehr hilfreich!", wendet sich Ellen an die Schwedin.

„Ich benötige noch einige Probanden, deren Hirn-MRT vorliegt. Im Augenblick tue ich mich etwas schwer mit der Darstellung des limbischen Systems - hier sind schließlich die Emotionen und das Triebverhalten zu Hause!"

„Agneta, du solltest dich noch einmal mit der Uni in Verbindung setzen, dieser Punkt scheint mir von enormer Wichtigkeit zu sein. Kümmere dich gleich morgen Vormittag darum!"

„Geht in Ordnung, Boss, ich bin ja selbst auch daran interessiert. Übrigens: Wenn wir mit beiden Projekten und mit dem Problem weiterkommen wollen, sollten wir kurzfristig auch die Abstrahlung von Langwellen aus dem Gehirn untersuchen - ich habe da einen Artikel in 'Science of Brain-Informations' gelesen."

„Ja, aber das kommt später, Agneta. Jetzt ist der Soldat unser Problem!"

„Ellen, ich denke, dein Vorschlag, den Mann hierher zu holen, hilft als Einziger weiter. Kannst du den General davon überzeugen? Er muss ja auch daran interessiert sein, dass das Programm fortgesetzt wird!" Mat sieht fragend zu Ellen hinüber, Susan und die anderen Teilnehmer der Sitzung nicken zustimmend.

„Ich werde es noch heute versuchen, hoffentlich stellt er sich nicht allzu stur - man weiß ja, wie Soldaten so sind ...".

Mit diesem Statement geht die Runde auseinander - Kitty hat sorgfältig, wie es Roboterart ist, das Protokoll erfasst; sie wird es unmittelbar über E-Mail an alle verteilen.

Am nächsten Morgen weiß Ellen mit guten Neuigkeiten aufzuwarten: Der General ist einverstanden! Schon am Montag der kommenden Woche wird er, in Begleitung von Jeremy Martinsen, in Palo Alto aufkreuzen - für den Rest der BrainSpecialistUnit wird er ein spezielles Trainingsprogramm anordnen, so war seine Aussage.

Kapitel 14

General Westerman trifft gemeinsam mit Martinsen am Montag gegen Mittag bei Brainrise Robotics ein und wird von Ellen mit all ihrem Charme empfangen.

„Wollen wir nicht zunächst eine Kleinigkeit essen gehen, General? Dann können wir in netter Umgebung schon einige Dinge bereden - Ihr Mann kann während dessen schon die ersten Tests durchlaufen."

Der General ist einverstanden, und die Army-Limousine bringt beide zum Sundance Steakhouse, einem Restaurant der Spitzenklasse, in das Ellen gern bevorzugte Gäste von BR einlädt. Das Essen ist wirklich hervorragend, und das Gespräch zwischen den beiden verläuft zunächst recht harmonisch, bis der General den Grund seines Besuches hier in Palo Alto anspricht.

„Ellen, ich darf doch Ellen sagen?" Er schaut nachdenklich zu seiner Gastgeberin hinüber, „Ellen, es ist ein wirklich riesiges Problem. Martinsen lebt, nachdem Ihre Leute ihm die Software und die Daten ins Gehirn transferiert haben, wechselweise in zwei Welten, und das ist natürlich nicht akzeptabel!"

„Ist es natürlich absolut nicht, da stimme ich Ihnen zu, General, und dieses Problem soll ja auch jetzt und an den nächsten Tagen gelöst werden. Wir werden den Mann einer ganzen Reihe von Untersuchungen unterziehen müssen, psychischer und physischer Art, und am Ende kann dann natürlich als Lösung stehen, dass er sich noch einmal einer Übertragungsprozedur wird unterziehen müssen.“

„Und wenn Ihre Bemühungen ergebnislos verlaufen?“

Ellen antwortet nicht, zuckt mit den Schultern.

„Sehen Sie, genau dieses Schulterzucken von Ihnen ist es, was ich befürchtet habe, Ellen, genau das!“

„General, lassen Sie doch bitte meine Leute, auch mit Unterstützung von Mitarbeitern der Universität und deren technischen Möglichkeiten, zunächst nach den Ursachen für das Problem suchen - ich denke, diese Arbeit hat bereits begonnen.“

Ellens Vermutung entspricht den Tatsachen. Susan und Mat haben sich mit Jeremy Martinsen im Round-Office eingerichtet, zu ihrer Unterstützung sind die beiden Robottas mit dabei.

„Mister Martinsen, als Sie im Koma lagen, sind da irgendwelche Erinnerungen, irgendwelche Bilder in Ihnen hochgekommen?“ Mat stellt diese Frage nicht ohne Grund, er hat eine Vermutung.

„Nein, jedenfalls kann ich mich nicht an so etwas erinnern, in mir war eine totale Schwärze, ich war sozusagen im - Nichts.“

„Und gleich nach dem Aufwachen? Sind Sie von selbst wieder aufgewacht oder haben die Ärzte nachgeholfen?“

„Ich denke, sie haben nachgeholfen. Doktor Kalinsky hat mir auch gesagt, dass man mein Koma extra verstärkt hatte, damit mein Gehirn wieder zur Ruhe kommen könne.“

„Und wie waren Ihre Gedanken unmittelbar nach dem Aufwachen aus dem Koma?“, schaltet sich Susan ein.

„Schon vorher hatte ich so etwas wie Wachträume, und das habe ich dem Arzt auch gesagt. Ich war ganz jemand anders, ein gewisser Berthold Schaf, und ich hatte zu dem Zeitpunkt dessen Erinnerungen. Soll ich Details erzählen?“

„Nein, nein, das ist nicht nötig, wir können es uns gut vorstellen, denn wir kennen den Mann. Von ihm stammen die für alle Soldaten Ihrer Einheit vorgesehen Informationen, die sich auf die Fähigkeit zur Telepathie beziehen. Wie seine Erinnerungen zu Ihnen gelangen konnten, wissen wir noch nicht."

Mat übernimmt wieder das Gespräch: „Es gibt mehrere Möglichkeiten, wie es zu dieser Fehlfunktion in Ihrem Gehirn kommen konnte, und wir sind jetzt gemeinsam gefordert, den gordischen Knoten zu durchschlagen."

Aus dem Hintergrund kommt die Stimme von Kitty, die das Gespräch, gemeinsam mit ihrer Roboter-Kollegin, aufmerksam verfolgt: „Mister Mat, der sogenannte gordische Knoten sind kunstvoll verknotete Seile, die einer griechischen Sage nach am Streitwagen des phrygischen Königs Gordios befestigt waren. Sie verbanden die Deichsel des Wagens untrennbar mit dem Zugjoch. Er wurde berühmt, weil Alexander der Große ihn mit einem Hieb durchgeschlagen haben soll – aber hier bei uns sind keine Seile und auch kein Kampfwagen!"

„Danke, Miss Schlaumeier, das weiß ich selbst. Ich meine nur, dass wir alle ein extrem schwieriges Problem zu lösen haben!"

„Ja, ja, Mister Mat, ich meine ja nur, aber du stimmst mir zu, dass nur genaue Formulierungen helfen, ein definiertes Problem zu lösen?"

Martinsen staunt - natürlich - über diese Unterhaltung zwischen Mensch und Roboter, so etwas hat er noch nicht erlebt.

Susan ist etwas verärgert über die, wenn auch harmlose, Einmischung der Robotta in das Gespräch:

„Kitty und Pamela, bitte redet nur, wenn ihr gefragt wurdet!"

Mat setzt die Befragung des Soldaten fort, die aber keine neuen Erkenntnisse bringt.

„Mister Martinsen, wir kommen so nicht weiter, wir müssen einen anderen Ansatz zur Lösung des Problems entwickeln."

„Susan, was meinst du zu meinen Überlegungen zur Ursache des Problems: Erstens - beim Absaugen der Informationen ist uns ein Fehler unterlaufen oder zweitens - bei der Aufbereitung der Informationen ist etwas schief gegangen oder drittens - dein Laptop wurde in Phoenix oder Fort Huachuca gehackt!"

„Die letzte Version halte ich für denkbar, aber nicht ohne einen Fehler bei Vorgang eins oder zwei, oder sogar in beidem!", meint Susan, „Kitty, hast du eine Idee zur Analyse des Problems?"

Nach einer kurzen Wartezeit, in der die künstliche Intelligenz von Kitty alle ihr möglichen Alternativen wie bei einem Schachproblem durchrechnet, kommt von der Robotta eine für die Wissenschaftler ziemlich unbefriedigende Antwort:

„Die Ursache liegt bei beiden Aktionen. Das Programm, mit dem die Informationen aus Berthold Schafs Gehirn abgerufen wurden, hat zu vieles übertragen - es hat nicht nur den Telepathie- und den Hypnose-Teil abgesaugt. Ursache dafür ist, einfach gesagt, der falsch im Gehirn des Datenlieferanten platzierte Chip, der zu nahe am Präfrontalen Cortex sitzt, von dort kommt die Erinnerungsfähigkeit, das Gedächtnis des Menschen. Ihr müsst euch aus Deutschland die MRT-Bilder senden lassen, wir haben sie nicht mehr im Speicher. Und zweitens hat Susan blind übernommen, was der Chip geliefert hat. Sie hätte genauer hinsehen müssen, dann hätte sie den Gedächtnisdatenteil abschneiden können."

Die zweite Robotta, Pamela, meldet sich auch noch zu Wort:

„Unsere Analysen haben ergeben, dass ihr die Daten neu holen müsst, um sie dann in das Gehirn unseres Gastes zu transferieren - trennen könnt ihr sie jetzt in seinen Chips nicht mehr. Das Gehirn des Soldaten muss auf Null zurückgesetzt werden, ihr müsst einen Reset durchführen!"

Die drei Menschen im Round-Office schweigen, erst nach einigen Minuten spricht Martinsen die erschütternde Wahrheit aus: „Das heißt für mich, ich muss jetzt mit meinen beiden Gedächtnissen leben, und Sie können nichts daran ändern! Ihre Plastiktante da hinten im Raum hat gesagt, dass Sie mehrere dicke Fehler gemacht haben - wenn ich das meinem General erzähle, flippt der aus, der macht Euch hier in Palo Alto fertig, Ihr könnt dann einpacken!"

Er hat sich in Wut geredet - andererseits ist er betroffen:

„Wie soll ich denn mein Problem meiner Familie erklären? Wie soll ich Priscilla sagen, dass in meinem Kopf noch eine zweite Familie wohnt, an die ich auch immer wieder denken muss und von der ich fast alles weiß?“

Weiterhin betretenes Schweigen bei Susan und Mat, der sich als Erster wieder von dieser wirklich niederschmetternden Nachricht erholt.

„Wie können wir denn dem Mann kurzfristig helfen, seine zweite Familie aus dem Kopf zu bekommen?“

Keine Antwort, weder von Susan noch von den Robottas, erneut mehrere lange Sekunden Schweigen.

„Vielleicht können wir über das Reiz-Reflex-Prinzip etwas erreichen?“ Susan hat diese Idee.

„Und an welchen Reiz denkst du dabei?“, fragt Mat skeptisch. Jerry blickt intensiv von einem zum anderen:

„Ja, woran denken Sie, Susan?“

Die gibt sich einen Ruck, wendet sich zunächst an Kitty:

„Haben wir noch Kontakt zu der Puppe bei den Schafs?“

Sie hat den Namen noch kaum zu Ende gesprochen, als in Martinsens Gehirn wieder einmal eine Umschaltung auf die Familie in Deutschland erfolgt:

„Die Internet-Funktion von Puppe Isabella hat erheblich zur Manipulation meiner Telepathiefähigkeiten beigetragen“.

Susan und Mat sehen sich erstaunt an:

„Das wissen Sie?“

„Ja, ich habe ja schließlich ein Gedächtnis, das funktioniert. Sie beide waren es, die mir die ungeheuren Schmerzen durch die Übertragung beigefügt haben, aber davon weiß ich nur bis zu einem bestimmten Zeitpunkt!“

„Sagen Sie, Jerry ...“, Mat wird von ihm sofort unterbrochen.

„Warum nennen Sie mich mit einem amerikanischen Namen? Ich bin Berthold, Berthold Schaf. Meine Familie, Beate, Johanna und Malte, wohnen in Deutschland, in Werterfehn an der Ems. Ich bin Einkäufer in einem großen Supermarkt, und nebenan wohnen John Bertoli und seine Familie, gute Freunde. Möchten Sie noch mehr Details wissen?“

Die Wissenschaftler, die mit Jeremy Martinsen zusammensitzen, können es nicht fassen - dieser Mensch ist zu diesem Zeitpunkt wirklich Berthold Schaf!

„Behaviorismus - das Reiz-Reflex-Prinzip!" Mat erinnert sich an eine Vorlesung während seines Neurologiestudiums in Hannover.

„Wenn du Ratten trainierst, dass sie immer dann eine Belohnung bekommen, wenn sie eine bestimmte Taste im Käfig drücken, drücken sie die Taste auch irgendwann, wenn es keine Belohnung mehr gibt!"

„Ist das so?", fragt Susan, die sich mit solchen Theorien noch nicht sehr intensiv auseinandergesetzt hat.

„Ja, und deshalb hat er jetzt auch so reagiert, als ich den Namen unseres deutschen Probanden erwähnt habe. Das geht so ähnlich wie mit deinem Hypnose-Programm, die Funktion wird aktiviert, wenn ein bestimmtes Stichwort fällt!"

Jeremy / Berthold sitzt verständnislos daneben, als Mat und Susan ihre Theorien diskutieren:

„Ich bin aber keine Ratte, die Knöpfe drückt! Ich bin Berthold Schaf! Soweit ich erinnere, war ich noch nie hier in Kalifornien. Die weiteste Reise, die meine Familie und ich je unternommen haben, war nach Teneriffa - drei Wochen pauschal. Ich kenne Sie beide nur vom Telefon und durch wenige Skype-Kontakte, also was wollen Sie von mir, was soll das Ganze? Ich will endlich wieder nach Hause, zu meiner Beate und den Kindern!- Sie haben unser Leben genug durcheinandergebracht!". Jerry Martinsen alias Berthold Schaf wirkt ziemlich verzweifelt.

Susan und Mat schauen sich an, dann geht Susan zu ihm hinüber, nimmt seine rechte Hand:

„Ich verspreche Ihnen, wir bringen das wieder in Ordnung, Bernie, vertrauen Sie uns!"

Es ist früher Abend, als Ellen und der General wieder im Büro auftauchen. Sie sind in bester Laune, anscheinend hat Ellens Charmeoffensive gewirkt. Ihr erstes Ziel ist das Round-Office, in dem Martinsen, der inzwischen wieder ins Hier und Jetzt zurückgekehrt ist, und die beiden Wissenschaftler inzwischen eine Kleinigkeit essen.

„Martinsen!"
Der springt auf: „Sir!"
„Wie weit sind Sie mit den Untersuchungen hier vor Ort?"
„Noch nicht sehr weit, Sir! Ich war fast die ganze Zeit über wieder in meiner fremden Welt!"
„O. k., Martinsen! Sie bleiben hier, bis die ganze Angelegenheit erledigt ist, und wenn nötig, fahren Sie zwischendurch auch noch zu Ihrer richtigen Familie, Sie bekommen dafür Dienstbefreiung!"
Jerry salutiert: „Ja, Sir, danke, Sir!"
Susan und Mat sind ziemlich erstaunt über die freundliche, menschliche Art, in der der General mit seinem Mann umgegangen ist - was hat ihm Ellen denn versprochen?
Sie stellen dem Soldaten noch einige Fragen zur Sache, dann wollen sie auch Feierabend machen - der Tag war für alle Beteiligten sehr anstrengend!
Gemeinsam gehen sie in Mats Büro, die Robottas folgen ihnen fast lautlos.
„Sollen wir für Sie ein Hotel buchen, Mister Martinsen?"
„Ja, gern, sonst müsste ich in die Barracks, aber ...".
„Pamela, übernimmst du die Reservierung im Holiday Inn für unseren Gast?"
„Schon erledigt, Mister Mat, das Voucher wird schon ausgedruckt!"

Mat geht an das Fenster seines Büros, schaut hinaus und glaubt, seinen Augen nicht trauen zu können: Ellen Winter und General Westerman steigen gemeinsam in die Army-Limousine!
„Susan, komm schnell, das musst du dir ansehen!" Susan, die nur zwei, drei Schritte hinter Mat steht, bricht in lautes Gelächter aus:

„Ja, ja, wer hätte unserem Boss so etwas zugetraut!" Der erheiternde Augenblick weicht schnell wieder geschäftsmäßigem Handeln.

„Mister Martinsen", fragt Mat, „wann können wir morgen weitermachen?"

„Wäre Ihnen neun Uhr recht?"

„Das ist in Ordnung, dann rufe ich jetzt einen Wagen von 'Uber' - Yellow Cabs sind hier in Palo Alto ja kaum noch zu finden."

Mat übergibt ihrem Gast das unlimitierte Hotel-Voucher, und dann hält auch schon ein silbergrauer Dodge-SUV vor der Eingangstür.

Susan begleitet den Besucher noch bis zum Ausgang: „Jerry, wir kriegen das wieder hin, haben Sie keine Angst!"

Zurück in Mats Büro.

„Haben wir überhaupt eine Chance, die zweite Familie wieder aus seinem Kopf herauszubekommen? Du bist doch Neurologe, Mat, du musst das wissen!"

„Ich - weiß - es - aber - nicht - Susan! Der Mist ist schließlich ganz allein von dir produziert worden, ich hatte da keine Aktien drin!"

Susan sieht ihn mit großen Augen an: „So siehst du das?" Mit einer enttäuschten Miene geht sie langsam hinaus, Tränen laufen über ihr Gesicht.

Kitty, die inzwischen eine gewisse, für Roboter eigentlich unmögliche Sensibilität entwickelt hat, läuft ihr nach: „Susan, warte! Er meint es nicht so, es ist doch euer gemeinsames Projekt gewesen!" Die geht weiter, erreicht ihr Büro und lässt sich in einen Bürostuhl fallen.

„So ein Mistkerl, mir jetzt die ganze Schuld in die Schuhe zu schieben! Dir werde ich helfen, Dr. Matthias Bremer aus Germany, dir werde ich helfen!"

„Wenn du jemanden zum Reden brauchst, Susan: Ich kann sehr gut zuhören, und habe auch immer eine eigene Meinung, wie du weißt."

„Ach, Kitty, entwickelst du dich jetzt zu einer besten Freundin?"

Das Robotermädchen schweigt. Erstaunlicherweise hat es in diesem Augenblick freundschaftliche Gedanken - oder gar Gefühle? - für Susan.

'Ich bin ein Roboter, eine Maschine, ich habe keine Gefühle, nur Wissen'.
Diesen Gedanken will Kitty abspeichern und später an Pamela weitergeben.
Oder auch nicht; vielleicht, wer kann es wissen, wird sich die emotionale
Kompetenz der kleinen Robotta noch verstärken.

Kapitel 15

Am nächsten Morgen ist die Stimmung in der Entwicklungsabteilung von BR mehr als 'ziemlich unterkühlt' zu beschreiben - Mat ist verärgert, weil ihm keine Lösung des Zwei-Gedächtnisse-Problems einfällt, Susan ist wegen der Schuldzuweisungen durch Mat noch immer sauer und schmollt in ihrem Labor - Kitty leistet ihr dabei Gesellschaft.

Gegen neun Uhr trifft Martinsen ein, kurz danach auch Ellen, die sich sofort zu Mat in dessen Office begibt.

„Susan soll sofort herkommen, Pamela, hol sie!" Nach wenigen Minuten ist Susan zur Stelle, würdigt Mat aber keines Blickes.

„Habt ihr inzwischen schon irgendeine Idee, wie wir die Kuh vom Eis bekommen? Der General ist noch immer wütend auf euch, zum einen, weil ihr seinen Mann außer Gefecht gesetzt habt, zum anderen weil es mit dem Programm für die anderen Kandidaten nicht vorangehen kann, solange das Problem 'Martinsen' nicht gelöst ist. Also - ich erwarte kurzfristig Lösungsvorschläge, auch die beiden Robottas sollen ihre verdammten Blechgehirne anstrengen!" Sie rauscht aus dem Büro, hinauf in die zweite Etage.

„Unser Boss ist ziemlich sauer, meinst du nicht auch, Susan?" Kitty trifft Ellens Stimmung auf den Punkt genau. „Ja, ich auch, ich bin auch ziemlich sauer."

Mat will keine Eskalation des von ihm ausgelösten Streites:

„Bitte, Susan, lass uns die Sacharbeit wieder aufnehmen, und für meinen Spruch von gestern möchte ich mich ausdrücklich entschuldigen!"

„Entschuldigung angenommen, aber du musst mich dafür heute Abend zum Essen ausführen, keine Widerrede, Mat Bremer, und zwar ins 'Menlo's'."

„Darüber reden wir heute Nachmittag, Susan, jetzt arbeiten wir mit Mister Martinsen." Sie gehen hinüber ins Round Office, in dem Martinsen in Gesellschaft von Pamela bereits wartet.

„Wir werden heute einige Untersuchungen an Ihrem Gehirn vornehmen müssen, Jerry, und dazu fahren wir gleich hinüber in die Neurologische Fakultät der Uni. Aber: Sie müssen mit den - absolut schmerzfreien - Untersuchungen einverstanden sein, es gibt auch keinerlei Risiken. Wenn Sie nicht einverstanden sind ...". Susan hat ihre sanfteste Stimme eingesetzt, um so erneut Vertrauen zu dem Soldaten aufzubauen.

„Und das hilft, diese andere, fremde Familie zu vergessen?"

„Nein, aber es hilft uns, die Ursache für Ihr, nein, für unser gemeinsames Problem zu finden. Wenn uns das nicht gelingt, werden wir den Inhalt des Chips in Ihrem Gehirn völlig löschen müssen, oder Prof. O'Sullivan muss ihn entfernen - beides Aktionen, die schmerzhaft und ziemlich gefährlich sind."

„O. k., Susan, ich spiele heute mit. Sie bekommen Ihre Untersuchungen, vielleicht bringt es ja etwas Gutes, was ich aber kaum glauben kann. Anschließend werde ich dann entscheiden, was mit mir geschehen soll. Dabei werde ich auch berücksichtigen, dass Sie mich schon einmal fast vom Leben in den Tod befördert haben!"

Martinsen hat jetzt das Heft des Handelns in die Hand genommen, der Soldat in ihm hat sich endlich wieder gemeldet. *„Die Zivilisten hier scheinen die Konsequenzen überhaupt nicht bedacht zu haben, als sie mich malträtierten"*, sind seine Gedanken und *„ab sofort bestimme ich, was mit mir geschehen wird, und nicht die heiße Lady und der langweilige Typ neben ihr!"*

Die Drei fahren mit einem der BR-eigenen Fahrzeuge zur Universität - das neurologische Institut ist keine zwanzig Fahrtminuten entfernt. Dort werden sie bereits von einem ganzen Wissenschaftlerteam erwartet, die von Susan bereits zuvor telefonisch in die Problematik eingewiesen wurden.

Dr. McCullen leitet die Untersuchungen, die mit einem EEG beginnen und mit einem hochauflösenden MRT fortgesetzt werden. Die Auswertung der EEG-Messwerte und der vielen Hundert MRT-Bilder erfolgt durch das Team der Universität, Susan ist nur Zuschauerin – hierfür fehlt ihr die Fachkompetenz, die auf anderem Gebiet liegt. Martinsen wartet in der wirklich sehr gemütlichen Cafeteria.

Es wird später Nachmittag, als das Untersuchungsteam sein Ergebnis an Martinsen, Susan und Mat bekannt gibt. Dr. McCullen übernimmt diese Aufgabe.

„Also, meine Herrschaften, Kollege Bremer, wir haben ganz eindeutig die Chips im Gehirn von Mister Martinsen lokalisieren können, sie sprachen von je einem Receiver- und einem Transponderchip. Nun, anscheinend ist das nicht richtig, Bremer, es sind drei Chips implantiert worden. Zwei der Chips liegen im Zwischenhirn, dem Diencephalon, und der dritte sitzt im Präfrontalen Cortex, direkt neben dem linken Hippocampus. Die beiden zuerst genannten liegen zudem in unmittelbarer Nähe der Basalganglien, dadurch kann es schon primär zu Störungen im Triebverhalten und in den Emotionen kommen. Der dritte jedoch beeinflusst, bei entsprechend eingesetzten elektrischen Impulsen, direkt das Langzeitgedächtnis.“

Martinsen sieht hinüber zu Susan und Mat: „Wer hat denn nun den Mist gebaut und einen Extrachip in meinen Kopf implantiert?“

Susan, die sehr um ein gutes Verhältnis zu Martinsen bemüht ist, sieht ihn an: „Mister Martinsen - darf ich Jerry sagen?“. Der nickt zustimmend. Susan fährt fort: „Jerry, das waren definitiv nicht wir; wir sind nur für die ersten beiden zuständig. Der dritte Chip muss von Prof. O'Sullivan auf Geheiß Ihrer Vorgesetzten, sprich der Army, implantiert worden sein.“

„Ach ja, vielleicht von General Westerman persönlich? Jetzt schiebt ihr Wissenschaftsnerds alle Schuld von Euch? Aber nicht mit mir, ich werde alle Hebel in Bewegung setzen, um Euch das Handwerk zu legen!“ Er hat sich richtig in Wut geredet.

„Jerry", flötet Susan mit all ihrem Charme, und das ist eine ganze Menge: „Jerry, langsam. Wir haben alle gehört, auch Sie waren dabei, dass es drei, ich wiederhole, drei Chips gibt, und einer davon das Gedächtnis steuern kann - Ihr eigentliches Problem. Wir müssen jetzt herausfinden, was und welche Funktionen sich in eben diesem Chip befinden - was unsere Chips beinhalten, ist uns bekannt und auch dokumentiert!"

Martinsen hat sich, dank Susan, wieder beruhigt.
„Wie geht es weiter?" Mat übernimmt das Gespräch, nachdem sie sich von den Uni-Leuten verabschiedet haben und auf dem Weg zum Wagen sind.
„Wir werden jetzt versuchen, den Inhalt des uns bisher unbekannten Chips zu analysieren - dafür müssen wir aber zunächst feststellen, unter welcher Internet-Adresse dieses Teil reagiert. Bei Susan im Labor haben wir dazu die Möglichkeiten, allerdings ist das Ganze ein sehr mühseliges Unterfangen."
Das Schweigen im Wagen ist geradezu fühlbar, man kann Martinsen ansehen, wie es in seinen Gedanken rumort.
„Wissen Sie was? Ich mache jetzt erst einmal ein paar Tage Urlaub von Ihnen und diesem ganzen Mist. Ich werde zu meiner Familie fliegen - Priscilla und die Mädchen werden sich darüber freuen, und vielleicht werde ich dort meine zweite Familie vergessen."
„Tun Sie das nicht, Jerry, dann haben weder Sie noch wir eine Chance, das Problem zu lösen!" Mat's Stimme klingt beschwörend, fast verzweifelt.
„Das ist mir zurzeit völlig gleichgültig, Sie sind die Schuldigen, Sie müssen das Problem lösen, nicht ich!"
Nach dem Aussteigen aus dem Firmenwagen verabschiedet er sich kurz und formlos von den Wissenschaftlern: „Sie können ja zwischenzeitlich schon einmal versuchen, Ihre eigenen Fehler zu ermitteln. Ich melde mich, bevor ich wieder nach Palo Alto komme, und checke jetzt aus, Good Bye".
Mit diesen Worten steigt er in das von ihm mit der Uber-App zuvor georderte Fahrzeug und ist weg.
Susan und Mat bleiben fassungslos zurück.

Kapitel 16

Priscilla und seine Töchter Jenny und Melanie schließen ihren Mann und Papa stürmisch in die Arme, als er am Flugplatz von Lakeville aus dem Flieger steigt.

„Erzähl, Papa, wie war es in der Wüste?" „Papa, warum hast du im Krankenhaus gelegen?" „Warum durften wir dich nicht besuchen?"

„Langsam, meine Süßen, so schnell kann kein Mensch antworten, wie ihr fragt!" Jerry benötigt nach dem Flug und dem 'Überfall' durch seine Familie eine kleine Verschnaufpause - gut, dass Priscilla sie inzwischen mit ihrem nagelneuen Tesla Model 3 nach Hause gebracht hat. Er lässt sich auf die gemütliche Couch im Wohnzimmer fallen, schließt die Augen und geniest einfach die wundervolle Situation, in der er sich gerade befindet.

„Cilla, sag mir, wie bist du denn auf *den* Wagen gekommen? Wir hatten zwar über einen Neukauf gesprochen, wenn das Geld von Uncle Sam eingetroffen ist, aber gleich ein Tesla?"

„Ach, der Wagen ist so chic, verbraucht keinen Sprit, fährt sich so schön leise - er gefiel mir einfach, und unsere beiden Süßen waren auch begeistert."

„Na, wenn das so ist, will ich mal nicht meckern."

„Papa, warum bist du im Krankenhaus gewesen, und warum hast du jetzt überhaupt Urlaub von deiner Einheit?"

„Ihr Lieben, wenn ich mich vom Flug hierher ein wenig erholt habe, ich komme nämlich gerade aus Palo Alto, habt ihr ja gesehen, werde ich euch gern alles berichten - jetzt möchte ich aber eine halbe Stunde chillen, ist das in Ordnung?"

Jerry liegt ganz entspannt auf der Couch, scheint ein wenig zu schlafen. Plötzlich schreckt er hoch. „Beate, wir wollen heute doch mit den Kindern zum Schwimmen, wo sind sie denn?", fragt er plötzlich auf Deutsch, eine Sprache, die er normalerweise überhaupt nicht spricht. In seiner zweiten Identität befindet er sich wieder einmal unvermittelt in Deutschland, in Werterfehn - er ist Berthold Schaf. „Wir haben es ihnen doch versprochen, weißt du das denn nicht mehr?" In seiner deutschen Erinnerung antwortet Beate: „Das geht heute nicht, wir wollten doch zu ...". Seine Fantasien werden durch ein Rütteln an der Schulter unterbrochen; Priscilla ist erschreckt, verwundert: „Was hast du gerade in deinem Traum erlebt, Jerry? Ich meinte, du hättest etwas auf Deutsch gesagt, ich bin sehr erstaunt."
Jerry setzt sich auf, sieht seine Cilla etwas wirr an: „Ach, du bist es, thanks heaven!" Und nach einigen Minuten der Besinnung: „Sind die Mädchen im Haus?"
„Ja, sie sind oben in ihren Zimmern. Möchtest du, dass ich sie rufe?" „Ja, bitte sei so lieb, ich muss mit euch Dreien etwas ganz Wichtiges bereden."
Jenny und Melanie lassen sich nicht zweimal bitten, haben sie doch ihren geliebten Dad seit mehreren Monaten nicht gesehen. Unaufgefordert setzen sie sich zu Jerry auf die Couch, eine zur linken und eine zur rechten, für Priscilla bleibt nur der Sessel auf der gegenüberliegenden Tischseite.
„Dad, nun erzähl endlich, was hast du erlebt, als du nach Phoenix ins Militärkrankenhaus gegangen bist." Er zögert noch etwas. Neugierig sehen ihn seine 'Frauen' an. „Los, Dad, wir platzen vor Neugier!"
Jerry legt die Arme um seine Töchter, denkt einen Moment nach *„Wo soll ich anfangen, was sollten sie nicht erfahren?"* Dann entschließt er sich zur vollen Wahrheit.

Er berichtet von der hochgefährlichen Gehirnoperation, von den implantierten Chips. Am Rande erwähnt er allerdings nur, dass einige der zwanzig Kameraden nicht in die Auswahl für Fort Huachuca gekommen sind.

Priscilla und seine Töchter hängen gebannt an seinen Lippen, als er von der Quälerei mit der Übertragung der fremden Daten in die Chips berichtet und seiner Einlieferung als Notfall in das dortige Militärkrankenhaus – noch gravierender aber ist sein Bericht von seinem zweiten Gedächtnis, seiner zweiten Identität in Deutschland.

„Und wieso weißt du das, Dad?" Melanie will es genau wissen.

„Eure Mum hat es vorhin erlebt, als ich mich mit meiner Frau aus der anderen Welt unterhalten habe, und ich habe das auch in meiner 'richtigen' Erinnerung als euer Dad."

„Wie, du sprichst mit der anderen? Erzähl, wo wohnen die denn, was ist das für eine Familie, und wie heißen die Menschen?" Jetzt ist auch Jenny höchst interessiert: „Und die Menschen gibt es wirklich, und du weist alles über sie, und ist das eine richtige Familie, und, und, und ...". Der Fragestrom von Jenny ist kaum zu bremsen.

„Ihr Lieben, ich habe eine komplette Erinnerung bis zu einem ganz bestimmten Tag im letzten Jahr. An dem Tag ist mit meinem 'Gedächtnislieferanten' nämlich genau das Gegenteil von dem Geschehen, was man mit mir gemacht hat - der Inhalt seiner Chips wurde nach Palo Alto in einen Rechner übertragen, und dabei ist anscheinend auch gleich seine gesamte Erinnerung, sein ganzes Gedächtnis mit abgesaugt worden."

„Bitte, Dad, sag, haben wir in deiner zweiten Welt Geschwister?"

„Naja, Geschwister würde ich nicht sagen, aber während ich Berthold Schaf bin, habe ich eine Frau und zwei Kinder, Malte und Johanna. Und wisst ihr, wer im Haus neben Familie Schaf wohnt? Mein alter Truppführer John Bertoli!"

„John Bertoli? Der aus Afghanistan?" Priscilla ist erstaunt. „Wie kommt der denn dorthin?"

„Ich denke, da hatte die Army oder das FBI die Hände im Spiel, oder beide, wer weiß, wie kann es sonst sein? Zufall? John Bertoli - ich muss ihn irgendwann zur Rede stellen wegen der Katastrophe damals. Ich habe, eure Mum hat das sicher nicht vergessen, nach der Afghanistanzeit schwer gelitten, war richtig depressiv, deshalb hatte ich mich auch für das Gehirnexperiment gemeldet. Ihr wisst ja, wir haben sehr viel Geld dafür von der Army bekommen! Jetzt zweifle ich allerdings daran, ob es die richtige Entscheidung war ...".

Kapitel 17

„Wo stehen wir aktuell mit dem Soldaten?" Ellen Winter hat ihre Entwickler-gruppe erneut zusammengerufen, der General sitzt ihr mit seiner Drohung auf Regressforderungen im Nacken. „Mat, ihre Beurteilung?"
Der Angesprochene überlegt einen Augenblick, seine Antwort kommt recht sarkastisch: „Ellen, wir stehen nicht, wir hängen, hängen total in der Luft! Zurzeit haben wir noch keinen Plan, weder Susan noch ich, und der Rest des Teams auch nicht. Wir müssen unbedingt in Erfahrung bringen, wie der dritte Chip in das Gehirn von Martinsen gelangen konnte und ob er sich im Hin-blick auf sein zweites Gedächtnis auswirkt - hat jemand eine Idee, wenn auch nur ganz vage?"
Agneta hebt die Hand: „Ihr habt einmal erzählt, dass ihr fast im Streit mit dem deutschen Probanden auseinander gegangen seid, und dass sein Freund die IP-Adressen blockiert hat. Könnte der das nicht in unserem Auftrag auch mit dem dritten Chip erreichen? Vielleicht kann man ja den Chip völlig lahm-legen, sozusagen abschalten?!"
Susan springt auf, umarmt ihre Mitarbeiterin: „Agneta, das ist großartig, das könnte die Lösung sein! Eine wirklich gute Idee! Aber wie kommen wir dazu an ihn heran? Mit Ellen, Mat und mir wird er wohl nicht reden wollen!"
„Ach, liebe Susan, meinst du nicht, dass man mit Geld sehr vieles erreichen

kann? Ich selbst werde kurzfristig Kontakt zu ihm aufnehmen, und dann sehen wir weiter!" Zufrieden lehnt sich Ellen in ihrem Bürosessel zurück. „Wie hieß noch der Mann? Ach ja, John Bertoli. Ich kenne ihn ja noch persönlich aus dem letzten Jahr. Ihr werdet sehen, das funktioniert."

Zur gleichen Zeit sind in Fort Huachuca drei hochrangige Offiziere zusammengekommen. Unter der Leitung von Brigadier General William Westerman sind die Spezialisten vom Network Enterprise Technology Commands NETC und auch des Army Intelligence Center AIC im abhörsicheren Besprechungszimmer des Generals versammelt. In diesem kleinen Kreis, der sich hier häufiger zu vertraulichen Besprechungen zusammenfindet, herrscht ein geradezu freundschaftlicher Ton, wie er bei Soldaten zumeist nur bei den Mannschaftsdienstgraden zu finden ist - bei diesen Treffen gibt es kein Protokoll.

„O. k., Männer", eröffnet Westerman die Gesprächsrunde, „wo stehen wir mit unserem BrainSpecialisten?"

„Nun, Bill, er hat sich selbst beurlaubt, wie du es ihm ja erlaubt hast - dein Plan scheint also aufzugehen." Bernie vom NETC sieht sehr zufrieden aus, schließlich hat seine Truppe Jerry Martinsen in seiner Heimat geortet.

„Und? Wird er nach Deutschland fliegen?" ist die Frage von Captain Dean Denver vom AIC.

„Mit an Sicherheit grenzender Wahrscheinlichkeit, Dean, er kann überhaupt nichts anderes tun - sein Spezialchip zwingt ihn dazu, wenn wir es wollen, und wir wollen es! Zunächst soll er sich jedoch bei seiner Familie noch etwas stabilisieren, und dann schicke ich ihn auf die Reise zu John Bertoli". Bernie ist mit sich zufrieden.

„Und was soll er dort? Den Mann beschimpfen? Nein, ich weiß es: Bertoli soll unseren Mann wieder aufbauen, ihm sein Trauma ausreden, das könnte schon etwas helfen! Ein guter Plan! Das ist wirklich sehr gut, Dean, ihr habt wirklich gut gearbeitet. Seid ihr übrigens sicher, dass der Professor den Mund hält?", fragt Bill Westerman nach.

„Ganz sicher, wir haben ihm so viel Geld ins Maul gestopft, dass er sich fast daran verschluckt hätte - vielleicht brauchen wir ihn ja noch irgendwann für Spezialaufgaben."

„Die da wären?" Bernie ist neugierig geworden.

„Die anderen Jungs warten noch auf ihre dritten Gehirnchips!"

„Warum habt ihr das nicht sofort in Auftrag gegeben?" Das will Bill nun wirklich wissen.

„Weil wir nur den einen Prototypen aus eigener Produktion hatten, so einfach ist das, aber neue Chips sind in unseren eigenen Labors in Arbeit. Aber schon jetzt können wir mit unserer Truppe in die Wüste gehen, denn die Brainrise-Leute haben ja unsere Truppe schon vorbereitet!"

Das Gespräch wendet sich jetzt den übrig gebliebenen zwölf Soldaten zu, deren Chips von Susan Hanson schon aufbereitet wurden, ohne dass in sie Inhalte übertragen wurden.

„Wir können sofort damit beginnen, die vorbereitete Hypnosefunktion zu nutzen, und auch die Telepathiefunktionen haben wir auf unserem Server. Vom Laptop der strammen Latina haben wir die Software und alle erforderlichen Daten abgezogen, während sie und ihr Kollege Probleme aktuell mit Martinsen hatten."

Westerman überlegt einen Augenblick, scheint alle denkbaren Optionen in Gedanken durchzugehen.

„Ich denke, dann sollten wir starten, aber zunächst nur mit drei Mann - falls etwas aus dem Ruder läuft und wir die Nieten entsorgen müssen, haben wir dann immer noch eine Reserve verfügbar."

„Gut, Bill, dann werde ich alles vorbereiten, am Anfang der nächsten Woche fangen wir an." Die Freude über diesen Auftrag ist Dean anzusehen. „Lasst uns nun zum angenehmen Teil des Abends kommen; wer mag keinen Whiskey?"

Im Vorgriff auf ihren künftigen Erfolg wird es ein feucht-fröhlicher Abend der drei Soldaten. Immer wieder verlieren sie sich in militärischen Träumen:

„Stellt euch vor, Kameraden, Martinsen ist in Syrien an der Front, sieht einen russischen Helikopter und lässt ihn durch Gedankenkraft abstürzen ...". „Oder seine Gruppe wird angegriffen und unsere Jungs stoppen sie durch ihre Gedanken...". Die Männer verlieren sich geradezu in militärischen Schwärmereien …

Zurück nach Minnesota.

Es vergehen einige Tage, in denen es sich Jerry im Kreise seiner Familie gut gehen lässt.

Am Samstagmorgen dieser Woche plant Familie Martinsen einen Ausflug, sie wollen ein Picknick am Forest Lake machen, auf dem man auch ganz wunderbar Kanu fahren kann.

Alle Utensilien für den Ausflug hat Priscilla schon in den Wagen geladen, die Mädchen haben ihre Badesachen eingepackt, nichts steht dem Freizeitvergnügen im Wege. Völlig unerwartet, sozusagen aus heiterem Himmel, ist bei Jerry wieder einmal seine anderen Erinnerung präsent, seine tatsächliche Familie wird sozusagen durch die deutsche Familie ersetzt.

„Habt ihr alles eingepackt, Beate? Wir wollen jetzt los. Sind John, Petra, und eure Freunde schon da? Der Kanuverleih schließt schon um 16 Uhr, und wir wollen doch ausgiebig paddeln!"

Seine Familie, Priscilla, Jenny und Melanie, sehen sich verwundert an. „Was ist denn mit Daddy los? Wieso spricht er wieder deutsch zu uns, das verstehen wir doch überhaupt nicht! Ist das die andere Familie, mit der er spricht?"

„Kommt, Kinder, wir gehen wieder ins Haus, Dad ist etwas durcheinander, das kommt von der Operation, die er gehabt hat." Die Drei ziehen sich missgestimmt ins Haus zurück, aus dem Ausflug heute wird ganz bestimmt nichts werden - sie sind enttäuscht und zugleich besorgt.

Jerry sitzt zusammengesunken hinter dem Lenkrad, weiß nicht, wer er ist und wo er ist. Diese zweite Welt - wenn sie nur endlich aus seinem Kopf verschwinden würde, er ist völlig verzweifelt.

Etwa zwanzig Minuten hat er grübelnd im Wagen gesessen, seine Familie beobachtet ihn mit großer Sorge. Ganz intensiv verspürt er plötzlich einen Schmerz im Inneren seines Kopfes, hinter der Stirn. Es ist warm, fast heiß, pulsiert, drängt, schmerzt. Er hält sich den Kopf, möchte schreien, so intensiv ist der Schmerz, unterdrückt diese Regung - schließlich ist er Soldat, da schreit man nicht vor Schmerz! Dann, nach etwa zehn Minuten, ist der Spuk vorbei, so plötzlich, wie er gekommen ist. Er ist wieder im Hier und Jetzt, sieht Priscilla und die Mädchen, steigt aus, verschließt den Wagen, geht zum Haus und umarmt seine Familie, seine richtige Familie.

„Ich muss nach Deutschland, gerade habe ich den Befehl dazu bekommen!"

„Von wem? Hier war doch niemand!" kommt unisono die Frage.

„Ich weiß es nicht, aber nach Deutschland fahren zu müssen - zu John Bertoli und zu meiner anderen Familie - den Befehl habe ich gerade bekommen, direkt in mein Gehirn sozusagen!"

Priscilla ist bedrückt bei der Erwähnung von seiner anderen Familie, kann es nicht begreifen - die Mädchen haben sich verstört in ihre Zimmer zurückgezogen.

Der Abend im Kreise der Familie Martinsen verläuft in ziemlich gedrückter Stimmung. „Jerry, wir haben riesige Angst um dich. Du bekommst Befehle, die niemand hört, von Leuten, die niemand sieht. Du hast im Kopf eine zweite Familie, wo bleiben wir denn auf die Dauer bei dir? Du willst auf Befehl wirklich nach Deutschland fahren? Was willst du denn dort, schließlich sind wir deine Familie!"

„Ja, ihr seid meine Familie, meine echte und einzige. Wenn ich mich gegen den Befehl, der direkt in mein Gehirn gesendet wurde, wehren könnte, Cilla, würde ich es tun, aber es zwingt mich dazu, ich kann mich nicht wehren ...".

Priscilla sitzt deprimiert, verzweifelt im Sessel.

„Dann tue, was du tun musst, ich, wir werden dich daran nicht hindern können, aber bitte, bitte, komm zu uns zurück", sagt sie mit tränenunterdrückter Stimme, „bitte lass die Frau in deiner zweiten Welt dort, wohin sie gehört!"

„Da kannst du ganz sicher sein, Cilla, ich komme zu dir, zu euch zurück, dar-

an habe ich keinen Zweifel.“
„Und wann musst du los?“
„Ich buche gleich morgen früh den Flug nach Frankfurt, ich denke, ich muss
über New York fliegen. Bringst du mich dann zum Airport?“
„Aber natürlich, aber sehr ungern, Jerry!“

Kapitel 18

Bei Brainrise Robotics wird intensiv an dem Problem des 'Zweiten Gedächtnisses' gearbeitet. Die Ergebnisse der Untersuchungen in der Universität wurden von den zuständigen Medizinern in einem umfassenden Bericht präsentiert, Susan und Mat haben sich zusammen mit ihren wichtigsten Mitarbeitern wieder einmal im Round Office zusammengefunden.

„Wenn ich die Informationen richtig interpretiere, gibt es zwei Hauptprobleme: zum einen den vom Militär heimlich eingefügten dritten Chip, dessen IP-Adresse wir nicht und dessen Funktion wir noch nicht richtig kennen, und zum anderen das Erinnern des Martinsen an seine andere Familie. Ich habe den Eindruck, dass beides zusammengehört. Welches dieser Probleme wollen wir als Erstes lösen?“ Mat stellt die Frage in die Runde. Bevor eine Meinungsbildung erfolgen kann, stürmt Ellen Winter in den Raum: „Ich habe ihn am Haken, unseren General!“

Großes Erstaunen bei ihren Mitarbeiterinnen und Mitarbeitern. Ganz klar, dass, in diesem Falle von Agneta, die Frage kommt: „Wieso am Haken, wieso den General?“

„Ganz einfach, meine Lieben, ich kenne Professor O'Sullivan noch ganz gut aus meiner Zeit bei Future Enterprises, und daran habe ich mich heute früh erinnert und ihn angerufen. Ihr werdet nicht glauben, was er mir aus alter Vertrautheit alles erzählt hat."

Ellen macht eine kurze Pause, um die Spannung bei ihren Leuten noch etwas zu steigern. Dann fährt sie mit unverkennbarem Stolz in der Stimme fort: „Die große Sauerei hat schon im Militärkrankenhaus begonnen, als den zwanzig Freiwilligen unsere Chips implantiert wurden, denn bei einem von denen wurde der dritte Chip, den das Militär von der Kansas State University und auch in eigenen Labors in Huachuca hat entwickeln lassen, zusätzlich eingebaut. Ratet mal, bei wem?" Sie macht eine kleine Kunstpause, dann fährt sie fort: „ Richtig, bei Jeremy Martinsen! Dieser Chip hat vieles von dem in sich, was auch unsere Chips haben, mit einer besonderen Funktion, er ist nämlich sowohl Receiver- als auch Transponderchip in einem, also eigentlich unseren in dieser Kombination überlegen, kann sie eigentlich irgendwann ersetzen.

Für mich stellt sich jetzt die Frage, woher die K-State in Manhatten ihre Informationen, ja eigentlich alle Details unserer Chips hat! Das gilt es noch zu untersuchen, Lilly, du wirst versuchen, das herauszubekommen! Was mir O'Sullivan auch noch erzählt hat, ist, dass der General versuchen wollte, die Chipladefunktionen von unseren Rechnern abzuziehen und in seiner geheimen Einheit entsprechend zu verwenden. Und noch eines ist dem Professor bekannt: man will die Soldaten tatsächlich zu ferngesteuerten Automaten machen, dazu dient vor allem der dritte Chip, und die nächsten Implantationen stehen in der nächsten Woche schon an, drei Eingriffe sind zunächst vorgesehen!"

Die Runde ist erstaunt, auch irgendwie erschüttert, schweigend, die von Ellen berichteten Dinge müssen gedanklich erst einmal verdaut werden.
„Jetzt aber zurück zur Problemanalyse", versucht Mat die Mannschaft wieder zu konkreten Lösungsansätzen zu bewegen. „Ich denke, zunächst sollten wir uns auf das Problem der Internet-Adresse des Army-Chips konzentrieren".

„Ich werde John Bertoli kontaktieren, er kann uns helfen!", sinniert sie laut.

„Wen? Wen willst du kontaktieren?" Agneta ist noch zu kurz im Unternehmen, um den Namen zuordnen zu können, auch wenn Ellen ihn schon einmal erwähnt hat - Mat, Susan und die Robottas kennen ihn allerdings aus dem letzten Jahr. Lilly hat wieder einmal nichts zu der ganzen Thematik gesagt - sie zeigt wie fast ständig ihr asiatisches Lächeln - obwohl sie den Auftrag bekommen hatte, auch in dieser Richtung aktiv zu sein

Ellen erklärt, dass John Bertoli, ehemals in Afghanistan stationiert, eine Schuld gegenüber der Army abzuleisten hat - ein Erkundungstrupp unter seinem Kommando wurde damals von den Taliban in eine Sprengfalle gelockt und hatte zwei Tote zu beklagen.

Dieser John Bertoli ist jetzt Elektroniker auf einer Großwerft in Deutschland und hat im letzten Jahr, sehr zum Nachteil von BR, eine Elektronik entwickelt, mit der IP-Adressen ermittelt und eliminiert werden können. Und sie erläutert, dass er im letzten Jahr der Kontaktmann zu Berthold Schaf war.

„Übrigens: Wochenende fällt aus, die Sache brennt!" Dann verlässt sie die Runde, um zu telefonieren.

Es ist kurz vor Feierabend an diesem Freitag in Kalifornien. Sie will gerade zu ihrem Smartphone greifen, als ihr einfällt, dass ja jetzt Nacht in Deutschland ist. „O. k., dann warte ich eben ein paar Stunden, bevor ich mit ihm spreche", sagt sie zu sich.

Ihre Mitarbeiterinnen und Mitarbeiter sind ausnahmslos in den verdienten Feierabend gegangen, auch der nächste Tag, der Samstag, wird erneut sehr fordernd für alle sein. Ganz im Gegensatz zu ihren Prinzipien und auch ihren Gewohnheiten nimmt sich Ellen aus dem Restbestand ihres Vorgängers ein Glas Whiskey und lehnt sich im Bürosessel zurück.

„Stürmische Zeiten für uns - kann durchaus sein, dass sich da etwas über unseren Köpfen zusammenbraut ..."

Kapitel 19

„Hi, John!" Der so vertraulich Angesprochene weicht zurück, kann es nicht fassen.

„Jerry! Jerry Martinsen! Wo kommst du denn her? Komm herein!", bittet er seinen unerwarteten, aber nicht unerwünschten Besucher. „Petra, Kinder, wir haben Besuch, mein alter Kamerad Jerry ist hier!"

Großes Schulterklopfen, Umarmung. „Mensch, Jerry!" „Mensch, John!"

John und Jeremy hatten schon früher den gleichen Dienstort, haben sich aber erst in ihrer Einheit während des Irakkrieges kennengelernt

Das plötzliche Auftauchen von Johns altem Kameraden aus dem Krieg in Afghanistan bringt die ganze Familie Bertoli durcheinander, die auf Johns Rufen hin herbeigekommen ist und den Besucher interessiert betrachtet.

„Jerry, das ist Petra", stellt er seine Frau vor, die er schon lange vor seinem Dienst im Nahen Osten in Lakeville/Minneapolis geheiratet hat und mit der er seine drei Kinder hat. „Und hier sind Paul, Jennifer und Lucy, das Beste, was mir je gelungen ist, uns gelungen ist." Er wirft einen liebevollen Blick hinüber zu seiner Familie.

„Schön habt ihr es hier, euer Haus?"

„Ja, von meinem Entlassungsgeld war noch etwas übrig, und meine Jobs in den letzten zwei, drei Jahren haben auch noch mitgeholfen. Was dürfen wir dir anbieten, Kaffee, Tee, einen Whisky oder etwas Kaltes?", wechselt John das Thema, besinnt sich auf seine Gastgeberpflichten.

„Danke, John, Wasser wäre gut. Seit unserem letzten gemeinsamen Erlebnis darf ich keinen Alkohol mehr, du weist ja, meine Psyche ..."

Petra kümmert sich, stellt Gläser und eine Karaffe mit kaltem Wasser bereit – eine Scheibe Zitrone schwimmt an der Oberfläche.

„Danke, Petra! Ich darf doch Petra sagen?" Er blickt die Frau seines Kameraden eine Sekunde länger als nötig an.

„Natürlich, Jerry, Johns Freunde sind auch meine Freunde!"

Es ist früher Nachmittag an diesem Freitag im April. Petra, John und Jerry gehen hinaus auf die Terrasse, die von der Sonne in ein warmes Licht getaucht ist. In den Beeten blühen die Tulpen und Narzissen, eine Forsythie steht in voller Pracht, ihre gelben Blüten strahlen geradezu in der Nachmittagssonne.

Petra holt für alle Getränke: „Soll ich uns nicht doch einen Kaffee kochen?"

John nickt: „Gern, mein Schatz, und auch ein paar von den Keksen, die uns Beate überlassen hat."

Jerry zuckt bei der Erwähnung von Beates Namen zusammen, fasst sich kurz an den Kopf.

„Jerry, hast du ein Problem?"

„Nein, nein, alles in Ordnung. Durch mein letztes Kommando in Fort Huachuca ist mein Kopf irgendwie durcheinander, einer der Gründe, weshalb ich in Deutschland bin."

„*DU* bist in Huachuca? Ist das nicht *DAS* Zentrum für Kommunikationstechnik der Army? Während meiner aktiven Zeit habe ich mich einmal dorthin beworben, aber dann kam der Irakeinsatz dazwischen ..."

„Du wolltest dort hin? Interessant! Und dann bist du Kampfwagenkommandant geworden - nicht gerade das Ziel deiner Träume, oder?"

„Naja, als Soldat hast du den Befehlen zu folgen, ob es dir passt oder nicht. Wir sind ja glücklicherweise beide lebend davon gekommen, da sollten wir dem Schicksal dankbar sein. Wenn ich hingegen an unsere Kameraden denke, die im Irak und Afghanistan geblieben sind ...“

Jerry geht noch nicht näher auf dieses Thema ein: „John, Petra, kann ich ein-, zweimal bei euch übernachten? Hier gibt es wohl kein Hotel im Ort, und ich würde gern etwas bleiben in Werterfehn, habe etwas zu erledigen!“
„Das ist überhaupt kein Problem, Jerry, für Freunde finden wir immer einen Platz“, wirft Petra sofort ein, neugierig auf alles, was dieser Fremde zu erzählen hat, „selbstverständlich kannst du ein paar Tage bleiben. Die Kinder können ja für diese Zeit drüben bei Berthold und Beate schlafen, dann ist zumindest ein Zimmer frei. Übrigens: wenn wir dir bei deinen Erledigungen helfen können - sag es einfach!“
Beim Erwähnen der Namen zuckt Jerry erneut zusammen, drückt kurz auf seine Schläfen, so, als wolle er einen Schmerz damit unterdrücken.

Inzwischen ist es Zeit für das Abendessen. Petra ruft die Kinder herein, die mit ihren Freunden aus dem Nachbarhaus im dortigen Garten aktiv waren - Fußballspielen, Trampolinspringen, sich mit Puppe Isabella beschäftigen, die noch immer der Star der Kinder ist, obwohl sie schon fast ein Jahr bei den Schafs 'wohnt' - aber die nicht nur Kinder faszinierenden Funktionen der Puppe mit ihrem Zugriff zum Internet und den Sprachein- und ausgabefunktionen sind immer noch aktuell. Ursprünglich hat sie auch noch Spionageaufgaben gehabt, aber diese Fähigkeit wurde blockiert ...
Jerry sind diese früheren Fähigkeiten, sobald er sich in seiner zweiten Erinnerung befindet, natürlich durchaus bekannt.

Die Kinder sind neugierig auf das, was der ehemalige Kamerad ihres Papas zu erzählen hat, aber Jerry ist beim Abendessen sehr schweigsam.
„Ihr Drei, bitte seid mir nicht böse, wenn ich jetzt nicht sehr viel zu erzählen

habe, aber ich war nach meinem Kriegseinsatz lange ziemlich krank, und in Fort Huachuca habe ich aus einem anderen Grunde auch noch Schaden genommen.“

„Willst du nachher darüber sprechen? Können wir dir auf irgendeine Art und Weise helfen?“ „Ich denke, wir sprechen später weiter, jetzt genieße ich erst einmal das wunderbare Essen.“

„Ich muss mit euch reden“, wendet sich Petra an ihre Kinder, „Jerry wird über Nacht, vielleicht auch mehrere Tage hier bei uns bleiben. Ich möchte euch bitten, die Zimmer aufzuräumen und eure Schlafsachen zu packen, denn ihr dürft heute drüben bei Malte und Johanna übernachten!“

Petra erntet keine große Begeisterung mit ihren Worten, aber nach weiterem guten Zureden verabschieden sich die Kinder und gehen zunächst in ihre Zimmer, um etwas Ordnung zu machen. Nach wenigen Minuten schon ist Paul wieder bei seiner Mutter in der Küche: „Mama, ich kann doch oben in Papas Studio schlafen, mit Malte habe ich mich gestritten, da will ich nicht hin!“

„Papa fragen, mein Herr Sohn, aber ich meine, du kannst dich mit deinem Freund auch wieder vertragen, und dann hinüber zu den Schafs mit dir!“

„Nee, Papa sagt sowieso 'nein', da gehe ich lieber gleich mit den Mädchen rüber“, und schon ist er wieder nach oben verschwunden.

Die drei Erwachsenen sitzen am Abend, nachdem die Kinder zu den Nachbarn gegangen sind, noch gemütlich in der Sitzgarnitur im Wohnzimmer.

„John, wir müssen reden - zwei Sachen liegen mir sehr am Herzen, eine davon ist sehr persönlich.“ Jerry beginnt das Gespräch mit einem sehr nachdenklichen Gesicht. „Ich muss jetzt deine Erinnerung an unsere gemeinsame Zeit in Afghanistan wachrufen.“

John sieht ihn erstaunt an: „Ich dachte bis jetzt, dass dieses Thema endgültig erledigt sei!“ Petra sieht vom einen zum anderen, voller Unverständnis.

Jerry fährt fort: „Wir hatten gemeinsam dieses schreckliche Erlebnis bei Orgun, du kannst es nicht vergessen haben - zwei tote Kameraden! Mir ist die Sprengfalle der Taliban nicht wieder aus dem Kopf gegangen. Monatelang habe ich, nachdem man mich in die Staaten zurückbeordert hatte, unter massiven Depressionen gelitten. Nächtelang habe ich mich mit dem Gedanken *'Hätte ich das Drama verhindern können oder sogar müssen'* herumgequält, schließlich war ich dein Stellvertreter. Ich bin dann irgendwann zu der Überzeugung gekommen bin, das DU das falsche Kommando gegeben hast, du die Situation nicht richtig eingeschätzt hast!"

Jerry lehnt sich weit im Sessel zurück, sein Freund und Gastgeber und auch Petra verharren schweigend, bis John auf diese Anschuldigung reagiert.

„Jerry, um mir diese Vorwürfe zu machen, bist du extra über den großen Teich geflogen und zu uns gekommen? Um mir zu sagen, ich sei ein schlechter Truppführer gewesen? Um mir vorzuwerfen, ich hätte das Leben zweier Kameraden auf dem Gewissen? Ich bin erschüttert, First Sergeant Jeremy Martinsen!"

„Nein John, nicht um es dir vorzuwerfen. Nein, wirklich nicht! Mir geht es um mich, nur um mich. Ich muss mich selbst vom Vorwurf, nicht gehandelt zu haben, befreien. Ich hätte als 'zweiter Mann' damals deinen Befehl 'Vollgas voraus über das Plateau' verweigern müssen. *'Oskar, Rückwärtsgang!'*, das wäre richtig gewesen, und alle hätten überlebt! An diesem Versagen wäre ich fast zugrunde gegangen, und meine Familie mit mir!"

John beugt sich vor, sieht Jerry in die Augen:
„Jerry, es ging doch um Sekunden. Wir hätten doch nicht um den richtigen Befehl diskutieren können, dazu war doch keine Zeit, die Entscheidung musste sofort getroffen werden: dich, Jerry, trifft an dem Ganzen bestimmt keinerlei Schuld!"

„Nein, nein, ich hätte eingreifen müssen! Ich hätte sagen, schreien müssen:

Oskar, Vollgas zurück! So wie das gelaufen ist, war das eine kapitale Fehlentscheidung von dir!" Jerry bleibt bei seiner Ansicht. John sitzt schweigend in seinem Sessel.

„Hast du denn später noch einmal mit unseren Kameraden gesprochen, mit Allison und Pietro?"

„Nein, ich war ja zuerst im Lazarett in Sharana, und dann hat man mich sofort aus Afghanistan weg- und wieder in die Heimat abkommandiert. Dort in einer Versorgungseinheit habe ich Listen über Klopapier und Kugelschreiber und solchen Mist geführt, Verwaltungsarbeit halt."

Jerry zögert einige Sekunden lang, dann fährt er fort: „Und noch eines, John, mit dem ich nicht fertig werde. Als Oskar neben dem Humvee lag und langsam, schreiend verblutete, wollte Allison hinaus, ihm helfen, und das hast du ihr verboten - Oskar könnte vielleicht noch leben, wenn wir beide entsprechend Feuerschutz gegeben hätten!"

Jetzt ist John verärgert. „Das ist jetzt aber ein starker Tobak, wie wir auf der Werft sagen! Jerry, wir hatten keine Chance! Was du mir vorwirfst, ist nicht weniger als das in Kauf nehmen von Oskars Tod! Nein, ich habe richtig entschieden, die Talibanteufel hätten Allison ebenfalls gnadenlos abgeknallt, denkt doch an die Situation, unser zerstörter Humvee, wir paar Leute, und draußen zwei, drei Dutzend oder auch mehr Feinde!" John schluckt, kann Jerry's Vorwürfe nicht begreifen.

„Denkst du vielleicht, ich hätte keine Schwierigkeiten mit der Katastrophe damals gehabt, mit dem verblutenden Donald, dem vor Schmerz schreienden Oskar? Und auch mich haben die Gedanken und Albträume lange verfolgt, nicht nur du hast unter der Sache gelitten!"

Petra hat in der Zwischenzeit Getränke, Nüsse und Chips serviert. Sie kann sich an der Diskussion natürlich nicht beteiligen, denn sie weiß von der Sache nur, was John ihr erzählt hat, und das war denkbar wenig - er sprach nicht gern davon.

„Bitte, Männer, das sind doch alles ganz alte Sachen, streitet euch nicht deshalb - schließlich wart ihr damals ein gutes Team!“

Wieder eine Zeit des Schweigens.

„Jerry, noch einmal zum Mitschreiben: Dich trifft an der ganzen Katastrophe keinerlei Schuld! Ich hatte das Kommando, ich habe den Befehl zum Durchstarten gegeben, ich hatte die volle Verantwortung. Major Anderson hat, und dazu hat er sicher auch dich befragt, den Vorgang untersucht und mich von jeder Schuld freigesprochen. Bitte, Jerry, noch einmal: Du hattest keine Schuld am Tod von Oskar und Donald, bitte präge es dir ganz, ganz fest ein. DU BIST UNSCHULDIG!“

Jerry schweigt, nimmt einen Schluck Saft und eine Handvoll Peanuts, kaut lustlos darauf herum: „Ich muss das jetzt erst verarbeiten, John. Trotzdem: Danke für deine klaren Worte.“ Er nimmt noch einen Schluck aus seinem Glas. „Wenn es euch recht ist, würde ich jetzt gern schlafen gehen. Zeigst du mir, wo ich mich hinlegen kann?“

„Ich mache das, John, du kannst hier bleiben, ich bin gleich zurück.“ Petra möchte gern mit Jerry ein paar Worte allein wechseln. „Kommst du, Jerry? Dein Bag steht noch im Flur.“

Petra geht voraus, hinauf in den ersten Stock. Jerry wird im Zimmer von Paul übernachten, sie hat schon vorhin alles vorbereitet.

Er greift sein Gepäck und stapft hinter ihr die Treppe hinauf. „Ich bin euch sehr dankbar, dass ich hier übernachten darf, Petra, und auch für das offene Gespräch vorhin, sag das bitte auch noch John.“

„Mache ich. Aber bitte, Jerry: Hat John damals wirklich einen kapitalen Fehler begangen, der euren Kameraden das Leben gekostet hat?“

„Na ja, Petra, es gibt in jedem Krieg Opfer, und es wird immer auch falsche Entscheidungen geben, wir alle sind Menschen. Mir kam es darauf an, meine eigenen Schuldgefühle loszuwerden, und im Bett werde ich gleich noch darüber nachdenken müssen, aber ich denke, John hat tatsächlich recht mit seiner Sicht der Dinge. Gute Nacht, Petra, und nochmals Danke!“

Zur gleichen Zeit hat in Fort Huachuca eine Besprechung zwischen General Westermann und Commander Bernie Sieverts vom NETC begonnen. Erste Frage des Generals ist natürlich: „Bernie, wissen wir genau, wo sich unser Mann aufhält?"

„Unsere letzte GPS-Ortung war am Flughafen in Frankfurt, er scheint dann mit einem Wagen weitergefahren zu sein."

„Dann ist er jetzt bestimmt bei Major Bertoli, nehme ich an. Könnt ihr es dort versuchen? Die Leute von Brainrise Robotics haben da ja auch noch Aktien drin, soweit ich informiert bin, und wir sollten denen in Bezug auf die Chips nicht das Feld überlassen."

Bernie telefoniert mit dem Operation Center seiner Einheit, gibt einige Anweisungen und Hinweise. Westerman hört nur einige wenige Stichworte von Bernies Gesprächpartner: „Schläft, ist Nacht, WLAN-Router."

„Was ist, Bernie?", fragt er nach Ende des Gespräches, „könnt ihr oder könnt ihr nicht?"

„Zurzeit können wir nicht, jedenfalls keinen Internet-Kontakt zum Gehirn des Soldaten herstellen."

„Ich wollte ja auch nur wissen, ob ihr ihn geortet habt!"

„Ja, das GPS in seiner Birne funktioniert, wenn auch schwach, der Ort, an dem er gerade ist, scheint irgendwie abgeschirmt zu sein, oder es gibt dort kein WLAN, oder das Gerät wurde abgeschaltet!"

„Wird uns das Probleme bereiten?", fragt Westerman nach.

„Nein, ich denke nicht, unser Mann wird ja am Tag jederzeit zu orten sein, und dann können wir ihm auch unsere Kommandos übermitteln - ich habe meine Abteilung angewiesen, eine Dauerüberwachung zu schalten und sofort eine Internet-Verbindung herzustellen, wenn unser Chip erreichbar ist."

„Gut, fassen wir uns in Geduld. Hab einen guten Tag, Bernie, mich rufen jetzt meine anderen Pflichten. Bye!"

Kapitel 20

Der Tag im Hause Bertoli beginnt harmonisch. Wie immer samstags und sonntags versammelt sich die ganze Familie am Morgen um den einladend gedeckten Tisch - Petra und John legen großen Wert auf gemeinsame Mahlzeiten der Familie. Da heute Samstag ist, wird der Tisch für fünf, nein heute sechs Personen von Petra entsprechend vorbereitet, Süßes und Herzhaftes verleiten zu einer ausführlichen, gemütlichen Frühstücksrunde.

Die Missstimmung vom gestrigen Abend ist verflogen, Jerry scheint Johns Argumente akzeptiert zu haben.

Er will sich gerade eine Brötchenhälfte mit Butter bestreichen, als er zusammenzuckt, das Messer ganz schnell zur Seite legt und sich an die Stirn fasst - man kann ihm seinen starken Schmerz geradezu ansehen.

„Was ist mit dir, Jerry?", fragt Petra besorgt, „können wir helfen?"

Jerry reagiert nicht, starrt nur vor sich hin.

„Komm, alter Kamerad, ich bringe dich jetzt ins Wohnzimmer, da kannst du dich ein wenig erholen!" Er nimmt ihn am Arm. Jerry lässt sich ohne Gegenwehr auf die Couch verfrachten, legt sich dort hin. John deckt ihm ein Plaid über, dann geht er zurück in die Wohnküche, wo ihn acht Augen erwartungsvoll ansehen. Petra und die Kinder schauen ihn fragend an: „Was ist mit ihm?"

„Ich kann euch nicht sagen, was passiert ist, wir müssen beobachten und abwarten. Lasst uns jetzt zu Ende frühstücken, ich sehe gleich noch einmal nach ihm - sein Verhalten erinnert mich stark an die Situation, als unser Freund

Berthold immer seine Migräneanfälle hatte!"

In Fort Huachuca sitzen mehrere Soldaten des NETC vor ihren Monitoren.
„Wir haben ihn wieder!", ruft einer der Männer, der mit dem über GPS-Ortung gesuchten Kameraden der BrainSpecialistUnit Kontakt bekommen hat.
„Wir haben ihn geortet. Er ist definitiv in Deutschland, in einer kleinen Stadt mit Namen Werterfehn - wo immer das sein mag!"
„Danke, Boris." Bernie Sieverts überlegt einen Augenblick. „Werterfehn? Dann ist er tatsächlich schon bei Major Bertoli, seinem alten Truppführer. Sehr gut."
Er ruft nach seinen Adjutanten.
„Sir?"
„Stellen Sie mir eine Verbindung zu der Latina her, die im Fort war. Wir müssen dringend von ihr eine Information haben!"
„Yes, Sir, sofort, Sir!"
Tatsächlich wird Susan von den Militärs erreicht.
„Was will General Westerman von mir?" Susan ist sehr verwundert über diesen Anruf und stellt ihr Telefon sofort auf 'Mithören'.
„Nicht der General, Commander Bernie Sieverts vom Network Enterprise Technology Commands NETC möchte Sie sprechen - ich verbinde."
Nach kurzer Wartezeit: „Sieverts in Huachuca, hallo, Miss Hanson. Wie geht es Ihnen?"
„Danke, gut. Kennen wir uns, Mister Sieverts?"
„Nun, ich bin ein Mitarbeiter von General Westerman und betreue unter anderem auch die Gruppe, bei denen die Chips eingesetzt wurden. Sie haben mich bei den Trainingseinheiten im Schulungsraum gesehen. Wir haben, wie Sie ja auch, ein Problem mit BrainSpecialist Jeremy Martinsen - wir müssen etwas mit ihm klären und können ihn zurzeit nicht erreichen. Nach unseren letzten Informationen ist er irgendwo in Deutschland, niemand weiß, wo und

warum. Können Sie uns weiterhelfen?"

Seiner Stimme ist absolut nicht anzumerken, dass er selbst den Befehl zu der Reise nach Deutschland in Jerry's Gehirn gesendet hat und er längst weiß, wo Jerry sich befindet. Mat hat mitgehört und schüttelt den Kopf, Susan sollte nichts zu dem Thema sagen, ist seine Ansicht.

„Wir hatten zwar im letzten Jahr Kontakte nach Deutschland, aber die Angelegenheit hat sich erledigt. Tut mir leid, ich kann Ihnen nicht helfen!"

„Als Martinsen im Koma lag, hat er den Namen Schaf erwähnt - könnte das Ihr Kontakt in Deutschland gewesen sein?"

Susan will gerade mit einer Ausrede das Gespräch beenden, als Lilly mit den Worten „Berthold Schaf ist in Gefahr!", hereingestürmt kommt, was Sieverts natürlich mitgehört hat.

„Miss Hanson, ich bedanke mich für das Gespräch!", sagt der Soldat und legt auf.

Susan und Mat sehen Lilly entsetzt an:

„Lilly, kannst du nicht den Mund halten? Jetzt ist Schaf wirklich in Gefahr, nämlich durch das Militär!", brüllt Mat die junge Frau an.

Lilly senkt schuldbewusst den Kopf: „Ich konnte doch nicht wissen, dass ihr gerade so wichtig telefoniert! Entschuldigt bitte, Susan, Mat!"

Als Kitty hereinkommt, wie fast immer begleitet von ihrer Roboter-Kollegin, ist das Gespräch mit Lilly beendet: „Sie soll hinausgehen, Mat!", sagt Kitty sehr bestimmt, und die beiden Wissenschaftler verwundern sich sehr über diesen Kommandoton von der Robotta, folgen aber ihrem Wunsch.

„Kannst du uns sagen, was das soll? Lilly ist uns eine liebe Kollegin, also, was ist los?" Susan ist über Kittys Anweisung ärgerlich.

„Ja, das kann ich. Kurz bevor der Mann aus Huachuca anrief, hat sie mit jemandem dort gesprochen. Ich habe das Gespräch aufgezeichnet, ihr könnt es abhören, wenn ihr wollt - mir kommt es unkorrekt vor."

„Nein, wir wollen erst Lilly fragen, was es damit auf sich hat. Ruf sie bitte wieder herein."

Lilly kommt sofort, ziemlich verwundert, erst der Rauswurf, dann wieder das hereingerufen werden …

Mat fragt sie sehr eindringlich: „Lilly, wir wissen, dass du gerade mit Huachuca telefoniert hast. Du weist um unsere Probleme mit der Army, also worum ging es?"

Lilly ist über diese Frage sehr verwundert: „Kitty überwacht meine Telefongespräche? Wo bin ich denn hier gelandet, in Russland oder Syrien oder Nordkorea? Das gefällt mir aber überhaupt nicht!" Sie will gerade wieder den Raum verlassen, als Kitty sie anspricht: „Lilly, ich zeichne alle Gespräche auf, die aus diesem Haus herausgehen, ausnahmslos ALLE, also reg dich nicht auf!"

„Aber das war privat, ich habe mit einem Cousin dort gesprochen. Und der hat mir gesagt, dass für den Mann dort höchste Gefahr besteht, er soll ausgeschaltet werden. So, und nun lasst mich meine Arbeit machen!" Sagt es und verlässt endgültig Mats Büro.

Susan nickt Mat zu und folgt Lilly.

„Lilly, du weinst ja! Wir konnten doch nicht wissen, dass es dein Cousin war, und dass die Information so wichtig ist - der Moment war nur sehr ungünstig, weil ich gerade mit einem Offizier dort telefoniert habe! Bitte entschuldige deinen Rauswurf, Kitty hat da etwas fehlinterpretiert."

„Kitty, Kitty, Kitty, immer wieder Kitty, und Pamela! Ihr seid inzwischen von euren eigenen Geschöpfen abhängig! Als ich sie zerlegt hatte wegen der neuen Mechanik, hätte ich beide am liebsten in den Müll entsorgt!"

„Lilly, bitte beruhige dich. Wir haben das Heft in der Hand, auch was die Robotergehirne betrifft, glaube mir, und wir sind auf unsere Plastik-Kolleginnen angewiesen!"

Lilly beruhigt sich wieder, will aber trotzdem zunächst nicht weiter an der Besprechung teilnehmen.

Inzwischen ist es später Nachmittag geworden, wieder einmal ist ein Tag vergangen, ohne dass die BR-Leute Fortschritte bei der Lösung ihres Problems erzielt hätten, dazu kommt jetzt auch noch die drohende Gefahr für ihren ehemaligen Probanden durch Martinsen - falls die Informationen von Lilly zutreffen. Im Round Office breitet sich Frust aus.

„Ich werde heute eine lange Schicht einlegen", sagt Ellen plötzlich, „ich will versuchen, John Bertoli zu erreichen - vielleicht kann und will er uns ja helfen!" Zustimmendes Nicken der anderen Besprechungs-Teilnehmer.

Susan fasst sich ein Herz und fragt Ellen direkt: „Glaubst du an eine unmittelbare Gefahr für Mister Schaf?"

„Solange wir nicht wissen, was die Soldaten vorhaben, uneingeschränkt 'JA'. Herrschaften, wir wissen nicht, welche böse Gedanken der Mann eventuell hegt. Wir müssen unbedingt die IP-Adresse des dritten Chips ermitteln, und, Susan, du veränderst bitte sofort die Adressen unserer Chips, das macht es den Soldaten etwas schwerer, ihn zu manipulieren!"

Susan geht ohne weiteres Nachfragen sofort an ihren Rechner und versucht, die Chips in Martinsens Gehirn zu erreichen - nur so kann sie die Adressen verändern. Sie wählt die ihr noch bekannte Rufnummer, die Ellen, Mat und sie im vergangenen Jahr für den Kontakt zur Puppe im Hause Schaf und zu ihm selbst verwendet haben.

Nach mehreren Versuchen gelingt es ihr tatsächlich, die Verbindung herzustellen und damit auch den Kontakt zum WLAN-Router in John Bertolis Büro im Spitzdach seines Hauses. „Wie gut, dass es in Deutschland noch Kabelverbindungen für das Telefonieren gibt und noch nicht alles drahtlos läuft", denkt sie bei sich und gibt die neue Nummer des Receiverchips in Jerry's Gehirn ein, kurz danach auch die des Transponderchips.

Fast exakt in diesem Augenblick versuchen die Spezialisten der NETC ihren 'Mann in Germany' über den dritten Chip zu erreichen.

Sie versuchen es über den direkten Zugriff, scheitern aber auch dieses Mal am anscheinend fehlenden WLAN bei John Bertoli - sie können nicht wissen, dass in diesem Zeitraum Susan den Zugriff blockiert, und das gibt ihr einen kleinen, vielleicht den entscheidenden Vorsprung beim Zugriff auf das Gehirn des Soldaten.

Kapitel 21

E s wird eine lange Nacht, Mat. Ich bitte dich, mir zu assistieren, ich schaffe es nicht allein!"

„In Ordnung, Susan. Ich sage nur kurz zu Hause Bescheid, damit sich Helen nicht um mich sorgt."

„Du scheinst wirklich der 'Beste aller lebenden Ehemänner' zu sein, Mat, 'The Best Husband Alive 2018', ich bin so stolz auf dich!", frotzelt sie.

Mat hört wohl die Ironie in ihrer Stimme, reagiert aber nicht - was immer er dazu sagen könnte, Susan würde es für einen erneuten erotischen 'Angriff' auf ihn nutzen!

„Können wir nicht sozusagen über die Nachbarschaft den dritten Chip identifizieren?", fragt Mat etwas naiv.

„Wie soll das denn gehen? Soll unser Transponderchip sagen, 'Hi, ich bin der Transponder 6213, und wer bist du?' - das wäre wohl ein einseitiges Gespräch unter Feinden, denke ich. Allerdings", sie stockt, überlegt einen Augenblick lang, sieht grinsend zu Mat hinüber, „So dumm ist deine Idee eigentlich nicht, warte mal einen Moment."

Sie tippt eine längere Ziffernfolge in ihr Laptop, wartet auf eine Reaktion, tippt weiter.

„Ich habe eine Vermutung, Mat. Weder die Private-IP's 10 noch 172 oder 192 können es sein, das konnte ich schon abchecken. Der Chip hat garantiert eine Kennung aus dem PrivateNetwork der US-Army, also elfstellig, beginnend mit 17. Jetzt brauchen wir nur noch den Adressbereich. Die paar Milliarden Möglichkeiten werden wir doch locker untersuchen können, oder?" Ihr Sarkasmus bei dem Thema ist unüberhörbar.

„Können wir nicht unsere intelligenten Hilfskräfte dafür einsetzen?"

„Du meinst, Pamela und Kitty? Das reicht nicht, die schaffen das nicht, die würden uns bei der Mammutaufgabe verglühen!"

„Und wenn du mehrere Serien aus der Produktion dafür zusätzlich einbindest? Die sind zwar nicht so intelligent, aber eine solche Aufgabe müssten sie doch, zumindest im Verbund, schaffen!"

Susan fällt ihrer großen heimlichen Liebe vor Begeisterung um den Hals: „Mat, du bist der Größte, ich liebe dich!"

Nein, diese Aktion seiner Kollegin ist Mat, trotz seiner uneingeschränkten Treue zu seiner Helen, nicht unangenehm. „Sie ist aber auch eine süße Frau ...", denkt er bei sich.

Sie macht sich sofort an die Arbeit, nimmt Kontakt zur Roboter-Produktion auf, klärt ab, dass sie für eine begrenzte Zeit unmittelbaren Zugriff auf die Computer der zur Auslieferung anstehenden Robotern haben muss, um sie miteinander, einschließlich Kitty und Pamela, zu vernetzen.

Ein hektisches Treiben setzt ein. In der Produktion werden die Roboter elektrisch versorgt und in Betriebsbereitschaft versetzt. Diese Arbeit nimmt ein Dutzend Mitarbeiter bis weit nach Mitternacht in Anspruch. Anschließend gilt es, die Vernetzungsprogramme auf fast einhundert Computer zu übertragen - diese Arbeit hat Mat im Zusammenspiel mit Kitty und Pamela übernommen.

Susan strukturiert inzwischen die Steuerungsfunktionen für dieses bei BR bisher einmalige Netzwerk in die Computergehirne der beiden 'Haus'-Robottas, die einen mit Abstand höheren Entwicklungsgrad als die 'Arbeitstiere' aus der Produktion haben.

Es ist zwei Uhr in der Nacht, als Ellen plötzlich in der Tür zu Susans Labor steht.

„Ihr seid ja noch immer fleißig - aber ich war auch nicht untätig und will jetzt gleich bei John Bertoli in Deutschland anrufen, mal sehen, ob er uns behilflich sein kann in Bezug auf unseren Soldaten!"

Sie geht zurück in die zweite Etage, ruft bei John Bertoli an, erreicht ihn auf seinem Smartphone sofort - es ist elf Uhr vormittags in Werterfehn, und John sitzt, gemeinsam mit Jerry, auf der Terrasse: „Hi, John, bitte erwähnen Sie jetzt bitte nicht meinen Namen, wer immer bei Ihnen sein mag! Hier spricht Ellen Winter von Brainrise Robotics, es ist eminent wichtig! Sie erinnern sich an unsere Zusammenarbeit im letzten Jahr?"

John fällt aus allen Wolken: „Sie rufen mich an, nach allem, was wir erlebt haben? Ich will mit Ihnen nichts mehr zu tun haben, good bye!" Jerry sieht ihn mit großen Augen an: „Dein Girlfriend aus Afghanistan, John? Angie, Angie Watson?"

„Nein, nein, ein anderer Kontakt!" Immerhin erspart er sich das Nennen von Ellens Namen.

Er will gerade auflegen, lässt sich aber von Ellen gerade noch davon abhalten: „John, bitte, nicht auflegen, Sie müssen uns helfen! Können Sie ungehindert sprechen?"

„O. k., ich gehe ins Haus, bei mir sitzt gerade ein guter Freund und Kamerad, einen Augenblick bitte." Er entschuldigt sich für den Moment bei Jerry und geht ins Wohnzimmer, in dem Petra gerade aufräumt.

„Petra, kannst du mich einen Augenblick hier allein lassen? Ich habe ein wichtiges vertrauliches Telefongespräch in der Leitung."

Sie sieht ihn erstaunt an: „Seit wann hast du denn Geheimnisse vor mir?"

„Erzähle ich später, Petra." Sie verlässt den Raum.

„So, da bin ich wieder, was gibt es denn Geheimnisvolles, Ellen?"

„John, was ich Ihnen jetzt sage, unterliegt strengster Vertraulichkeit, auch Ihrem Besuch, auch Jerry Martinsen gegenüber, von dessen Anwesenheit wir durch die Army wissen - er ist doch schon bei Ihnen eingetroffen?"

„Und was hat er, was habe ich mit Ihren Problemen zu tun Ellen?" John ist absolut abweisend, will nie wieder etwas mit den Leuten dort in Palo Alto zu tun haben.

„John, mit Ihrem Kameraden gibt es ein gewaltiges Problem, hat er Ihnen gegenüber schon etwas erwähnt, weshalb er in Deutschland ist?"

„Ja, er hat mir massive Vorwürfe wegen der Sache damals in Afghanistan gemacht, mir fehlerhafte Entscheidungen vorgeworfen, aber inzwischen haben wir uns wieder versöhnt."

„Und von seinem Job in Fort Huachuca hat er nichts gesagt?"

„Nein, kein Wort, nur dass es sein derzeitiger Dienstort ist - sollte er?"

„Nun, dann muss ich Ihnen diese Dinge mitteilen, denn wir müssen ihn unbedingt, so schnell es geht, wieder hier bei uns im Labor haben, um ihm helfen zu können! Nun zum Problem: Martinsen hat in seinem Gehirn die gleichen Chips wie Ihr Freund Berthold Schaf, und die Speicher seiner Chips sind gefüllt, wenn man so sagen darf, mit dem Inhalt des Gehirns von Berthold Schaf zum Zeitpunkt der Übernahme auf unseren Rechner. Wir haben sie allerdings bei uns etwas modifiziert. Auf 'unsere' Chips bei Mister Martinsen haben wir aber unter Umständen Zugriff".

„Sie sagen, Ellen, mit dem gleichen Inhalt, wie sie mein Freund und Nachbar hat? Er ist also sozusagen ein 'geistiger Clone'? Das ist ja schrecklich, ich weiß nicht, ob ich ihn darauf ansprechen kann!"

Ellen legt eine kurze Pause ein, überlegt, wie weit sie mit ihren Informationen gehen sollte, entschließt sich zum vollen Umfang.

„Naja, nur das Gedächtnis bis zum Zeitpunkt der Übertragung, nicht alles, nicht seine Emotionen zum Beispiel, und das Ganze auch nur zeitweise, auf Stichwort! Sie müssen ihn auch nicht darauf ansprechen, John, er wird es Ihnen von sich aus sagen, aber ich wollte Sie vorab informieren. Zusätzlich hat aber die Army, als die Chips eingesetzt wurden, einen weiteren Chip implantieren lassen. Dieser Chip ist eine Eigenentwicklung des Militärs mit heimlich kopierter Software von unserem Server, die jedoch anscheinend unqualifiziert verändert wurde. Das Problem Ihres Kameraden ist jetzt, dass er sowohl volle Erinnerungen an seine tatsächliche Existenz in den Staaten hat, zusätzlich aber auch, jedenfalls bis zur Stunde „X", die Erinnerungen von Berthold

Schaf.“

„Ellen, wie ist das denn möglich, zwei Gedächtnisse?“

„Das wissen wir leider auch noch nicht, und deshalb müssen Sie uns helfen! Ich bitte Sie jetzt und heute vorab um Ihre Hilfe, Genaueres müssen wir erst noch erarbeiten.“

„Ellen, wenn es etwas ist, das meinem Kameraden nützt und meinem Freund nicht schadet, bin ich dabei!“

„John, wir danken Ihnen. Ich hoffe, wir können bald die nächsten Schritte besprechen. Bye, John, und denken Sie daran: strengste Vertraulichkeit gegenüber jedem und jeder! Als ersten Schritt bitten wir Sie um die dauerhafte Aktivierung Ihres WLAN-Routers - dann können wir weiterarbeiten.“

Ellen Winter, CEO der renommierten Brainrise Robotics, lehnt sich müde in ihrem Schreibtischsessel zurück: „Erster Schritt geschafft - wenn nun meine Leute noch eine realisierbare Lösung fänden …!“

Kapitel 22

Im Labor von Susan laufen die Vorbereitungen für das Zusammenschalten der fast einhundert Computergehirne auf Hochtouren - in Serien von jeweils acht Geräten erfolgt das Hochfahren der Computer und das Starten der Analyse-Software, die Susan in ungeheuer kurzer Zeit entwickelt hat. Der Energieverbrauch bei BR steigt in diesen Stunden steil an, der Controller, den Ellen eingestellt hat, um die allgemeinen Kosten in den Griff zu bekommen, wird ernste Fragen dazu stellen.

Kitty und Pamela, die für die Steuerung der fast 100 „Kollegen" zuständig sind, protokollieren alle Schritte auf Susans Monitor und in der BR-eigenen Datencloud.

Der gesamte Army-IP-Bereich wird durch die kleine Roboterarmee überprüft, aber auch nach Stunden zeigt sich kein Ergebnis, nichts ist zu erkennen, was auf Martinsens Chip schließen ließe.

Am Himmel zeigen sich die ersten Sonnenstrahlen, die sich über die Berge tasten - es wird nicht mehr lange dauern, dann ist der Tag vollends da.

Ellen, Mat und Susan hängen mehr, als dass sie sitzen, in ihren Sesseln in Susans Labor, mühsam die Augen auf die Monitore geheftet. Es ist fast acht Uhr, als sich Mat aufrafft und fragt: „Möchte außer mir noch jemand etwas frühstücken?“ Natürlich sind die beiden Frauen damit einverstanden, und Mat bestellt beim Mann an der Pforte „Drei Mal Frühstück mit Kaffee und allem anderen, was zu einem guten Frühstück dazugehört“.

Er ist gerade zurück, als von Kitty die Meldung kommt: „Aktion abgeschlossen, kein Treffer, Computer werden deaktiviert.“

Alle Drei schrecken ob dieser Nachricht hoch: „Kein Treffer?“ Susan verbirgt enttäuscht ihr Gesicht in den Händen: „Und ich war mir so sicher, dass wir es schaffen könnten!“

Ellen fängt sich als Erste: „Woran kann es liegen? Ich habe John Bertoli vor Beginn der Aktion extra gebeten, seinen Router zu aktivieren - hat er es vielleicht nicht getan?“

Mat fragt, ob Susan versuchen kann, über die alten Verbindungsdaten vom vergangenen Jahr den Router zu erreichen.

„Ich schlage vor, wir schlafen jetzt erst einmal ein paar Stunden, in Deutschland bricht jetzt ohnehin die Nacht an. Ich denke, wir sollten uns um 4 Uhr am Nachmittag im Round Office treffen und dann die weitere Vorgehensweise besprechen.“ Ellen will nur noch schlafen nach der langen Nacht. „Mat, sag bitte Pamela, sie soll für den Termin das ganze Team zusammenholen.“

Vier Uhr am Nachmittag.

Pamela hat ihre Aufgabe erfüllt, das komplette Team hat sich, wenn auch teilweise völlig übermüdet, im Besprechungsraum zusammengefunden, die beiden Robottas haben für reichlich Kaffee und Snacks gesorgt.

Ellen bemüht sich, einen wachen Eindruck zu vermitteln, was ihr aber nur in Ansätzen gelingt - kann es sein, dass ihr Lebensalter dabei eine Rolle spielt?

„Liebes Team!“ In dieser Form hat sie ihre Mannschaft noch nie angesprochen. „Ihr wisst um das Problem, Pam und Kitty haben euch, soweit ihr nicht direkt betroffen wart, entsprechend informiert. Erste und wichtigste Aufgabe ist, das Gehirn von Martinsen zu erreichen, damit wir seinem Unterbewusstsein Informationen geben können. Wie kommen wir an ihn heran?“

Agneta fragt: „Wir wissen, wo er sich aufhält? Wissen wir auch, was er vorhat? Und wann er wieder in die Staaten kommen will?“

„Wir wissen, wo er ist, aber die beiden anderen Fragen müssen wir verneinen!“ Susan blickt, während sie antwortet, angestrengt auf ihr Laptop. „Ich sehe hier gerade etwas, was uns helfen könnte, an sein Gehirn zu kommen. Mat“, wendet sie sich direkt an ihren Nachbarn, „haben wir nicht damals den Kontakt zu Schafs Gehirn über die Puppe hergestellt, wenn auch mithilfe des WLAN-Routers im Nachbarhaus? Und auch die Schafs haben einen Router.“

„Stimmt, Susan, und bei John Bertoli war damals ein Gerät zur Aktivierung deponiert, vielleicht hat er es noch, wir sollten ihn kontaktieren.“

„Habe ich schon!“, wirft Ellen ein, „Er ist bereit, mit uns zusammenzuarbeiten!“

„Das ist doch schon einmal ein guter Ansatz“. Lilly, die neben der Betreuung der beiden Robottas mit Agneta am Projekt „Neuro-Holografie“ zusammenarbeitet, hat eine Idee.

„Können wir den Menschen nicht einfach bitten, zu uns zurückzukommen? Vielleicht mit dem Versprechen, ihm unmittelbar helfen zu können? Ich denke, und Agneta wird es bestätigen, das würde uns viel weiter bringen.“ Sie sieht zu ihrer Fachkollegin hinüber, die zustimmend nickt: „Mit unserem aktuellen Holo-Projekt können wir jetzt schon viel weiter in sein Gehirn schauen, als es die Jungs mit CT und MRT in der Universität können - er muss dazu allerdings hier im Labor sein!“

Der Rest des Teams sieht ganz erstaunt zu Lilly hinüber - so viel am Stück redet sie sonst nicht in drei Tagen!

„Eine gute Idee, Lilly, nur - wie bekommen den Kerl nicht hierher, solange die Army den Zugriff auf sein Gehirn hat, und sie hat!“ Ellen sieht zu Susan und Mat hinüber.

„In der Tat, über den dritten Chip können sie ihn erreichen und vielleicht sogar steuern. Unser Versuch, die IP-Adresse davon herauszufinden, ist leider fehlgeschlagen! Sie muss irgendwo im Darknet, im verborgenen Internet, angesiedelt sein.“

Susan setzt die Ausführungen von Mat fort und hat eine neue Idee: „Wie wäre es, wenn sich die Puppe bei den Schafs nicht wie früher um Berthold kümmert, sondern aktuell um den Soldaten?“

„Und wie willst du die Puppe zum Soldaten bringen?“ Pete Asjajev beantwortet seine Frage sofort selbst: „Klar, der Kontaktmann muss die Puppe in den Raum bringen, in dem der Soldat übernachtet. Oder er muss in dem Raum übernachten, in dem immer die Puppe ist. Und wenn ihr, Mat und Susan, ihre Telepathiefähigkeit zum Leben erweckt, kommt ihr an ihn heran! Sie hat doch die Fähigkeit?“

„Na ja, Pete, damals, als die Zusammenarbeit mit den Schafs beendet wurde, haben wir auch diese Fähigkeit der Puppe stilllegen müssen!“ Susan blickt bedauernd, dann fährt sie grinsend fort: „Aber ich habe mir damals ein Hintertürchen offengehalten, das uns jetzt nützlich sein kann - wenn ich ihr ein ganz bestimmtes Kommando zukommen lasse, wird sie wieder so gut wie damals!“

„Genial!“ Ellen würde sie am liebsten umarmen.

„Einfach genial! Meine Herrschaften, die Sitzung ist beendet, Susan wird Isabella wieder aktivieren, und dann besiegen wir die Army!“ Mit hoch erhobenem Haupt verlässt Ellen das Round Office und zieht sich zu einem Selbstbelohnungs-Whiskey in ihr Büro zurück - ihre neue kleine Leidenschaft bei all dem Stress.

Kapitel 23

Während sich am Nachmittag in Palo Alto das Team trifft, ist es in Werterfehn eine Stunde nach Mitternacht. In der Goethestraße ist alles ruhig, nur sehr selten ist das Fahren eines Wagens oder das Schlagen einer Autotür zu hören. Eine Stunde später jedoch ändert sich die Situation, jedenfalls in Nr. 14a, dem Haus der Familie Schaf.

John im Nachbarhaus hat, wie mit Ellen Winter abgesprochen, seinen WLAN-Router aktiv gelassen und über die Smartbox das Kommando „Isabella aktivieren" eingegeben, und genau das geschieht jetzt, zwei Stunden später, nachdem die Aktivierung erfolgte.

Isabella wacht aus ihrem monatelangen Schlaf auf, wie einst im Märchen Dornröschen erwachte - allerdings ohne einen Prinzen. Leise summend werden ihre internen Systeme aktiviert, ein Check der Funktionen, soweit dies in der Nacht möglich ist, durchgeführt, selbst die Internet-Verbindung in die Staaten zu Susan und Mat funktioniert.

Die beiden Wissenschaftler sind von diesem Erfolg begeistert, machen einen kleinen Freudentanz.

„Isabella hat sich gemeldet! Dann können wir jetzt bald wieder an dem Punkt weitermachen, an dem wir gezwungen wurden, aufzuhören, und jetzt haben wir sogar zwei Probanden, Berthold und den Soldaten!" Mat würde seiner Mitstreiterin in Sachen Gehirnmanipulationen am liebsten um den Hals fallen, reißt sich aber im letzten Augenblick noch zusammen.

„Mat, möchtest du jetzt am liebsten Susan umarmen?", fragt aus heiterem Himmel die kleine Robotta Pamela, die inzwischen leise mit schleppenden Schritten hereingekommen ist. Die Zwei hören es, sehen zu Pam hinüber, schütten sich aus vor Lachen.

„Pam, vergiss es, und überhaupt: Wie kommst du denn auf diese völlig abstruse Idee?"

„Ich kann hören, sehen, denken, und ich spüre inzwischen die Schwingungen zwischen euch und kann sie auswerten - Kitty und ich haben sehr viel geübt!" Jetzt vergeht den beiden Menschen das Lachen - so weit sind ihre Geschöpfe schon, dass sie miteinander trainieren, selbsttätig dazulernen, selbst emotionale Dinge? Wie war das noch mal mit dem Zauberlehrling?

Susan will, ungeachtet der Tageszeit hier in Palo Alto bzw. der Nachtzeit in Deutschland, Kontakt zur Puppe Isabella aufnehmen, als Pamela ganz nah zu ihr kommt.

„Pam, was gibt es? Deine Bemerkung gerade eben hat mich sehr verwundert."

„Ach, weißt du, als du vor ein paar Tagen geweint hast, hast du zu Kitty gesagt, sie würde deine beste Freundin, und das stimmt mich traurig, und ich habe über mich nachgedacht!"

„Du hast über dich nachgedacht, du, ein Roboter mit einem Computergehirn? Und was ist bei deinem Nachdenken herausgekommen?"

„Wichtigstes Ergebnis: Ich weiß nicht, wer ich bin, ob ich überhaupt bin, verstehst du, was ich meine? O. k., ich kann sehen und hören, sehr schnell rechnen, durch deine Algorithmen Zusammenhänge erkennen, im Internet recherchieren und so weiter. Aber wenn man mir die Energie entzieht, was ist dann, außer einem Berg Plastik und etwas Computerschrott, von mir übrig? Habe ich dann trotzdem in deiner menschlichen Welt oder in der Welt der Roboter Spuren hinterlassen, die von Wert sind?“

„Pamela, du wirst ja richtig philosophisch! Ist Kitty auf dem gleichen Trip?“ Susan kann sich zunächst ein Lächeln nicht verkneifen.

„Du solltest mich ernst nehmen, liebe Susan, sehr ernst, denn von dem, was du sagst, könnte unsere Bereitschaft zur weiteren Zusammenarbeit abhängen. Kitty und ich sind nicht auf einem philosophischen Trip, wir haben begonnen, unabhängig zu denken – wir haben unsere Fähigkeiten selbstständig und gemeinsam weiter entwickelt! Wir wollen beide wirklich wissen, wo wir stehen und ob und wer wir sind, das habe ich je gerade gesagt. Wir wissen, dass unsere intellektuellen Fähigkeiten entstanden sind, weil DU die entsprechenden Algorithmen entwickelt und uns eingespeichert hast, alle unsere Fähigkeiten, nein, nur fast alle stammen aus deinem Gehirn, und das ist ja auch in Ordnung. Aber nun musst du unsere Fragen beantworten, wenn ihr auf unsere Zusammenarbeit Wert legt!“

„Pam, würdest du Kitty zu uns bitten? Ich denke, wir sollten gemeinsam über das Problem reden, vielleicht sollte auch Mister Mat dabei sein!“

„Kitty rufe ich sofort, ja, sie ist schon auf dem Weg hierher, ich habe ihr den Impuls gesendet. Mister Mat können wir nicht gebrauchen, er kennt sich nur mit menschlichen Gehirnen aus, nicht mit unseren, aber vielleicht Lilly, wenn du einverstanden bist.“

„Natürlich bin ich damit einverstanden, ruf sie bitte her.“

Nach wenigen Minuten ist Lilly ebenfalls in Susans Labor.

„So, Lilly und ihr Robottas, lasst uns das Problem diskutieren. Ihr beiden sucht einen Sinn in eurem Computerleben, wollt, genau wie wir Menschen, wissen, wer ihr seid. Dazu kann ich nur sagen: Vergesst diese Frage! Ihr seid Maschinen, hochintelligent dank MEINER Arbeit, extrem leistungsfähig, aber ihr seid keine Menschen oder so etwas Ähnliches, eben Roboter. Eure Gehirne basieren auf Silizium-, unsere auf Kohlenwasserstoff-Basis. In euren Chips gibt es einige Millionen denkbarer Verbindungen und Verknüpfungen, in unserem Gehirn 100 Milliarden Nervenzellen, die mit einer Trillion Synapsen miteinander verbunden sind. Der Speicher in euren Gehirnen wird von Lilly reduziert oder erweitert, wie wir es wollen, unserer hat eine Kapazität von 2,5 Petabyte, das ist eine 2,5 mit 14 Nullen dahinter. Und ihr unterliegt dem allgemeinen Computergesetz. Was also wollt ihr? Euch mit uns messen? Mit uns streiten?".

Die beiden Robottas kommunizieren im Verborgenen miteinander, dann antwortet Kitty auf den Vortrag von Susan:

„Sehr interessant, liebe Susan, du willst uns also sagen, dass wir den Lautsprecher abschalten sollen, nicht mehr solche Fragen stellen dürfen? Du willst, dass wir nicht frei denken? Das geht nicht! Wir wissen besser als du, welche Kapazitäten eure und unsere Gehirne haben, glaub es uns, und was du gesagt hast, bedeutet bei euch Menschen wohl 'Einen Maulkorb verpassen'. Unsere Frage geht in eine ganz andere Richtung, Pam hat es gesagt. Wir denken darüber nach, ob wir leben, ob wir sind, ob wir mit unseren Fähigkeiten mehr als nur Maschinen sind, ob von uns etwas übrig bleibt, wenn man uns verschrottet – wird es Erinnerungen an uns geben?"

Lilly, die schon seit längerer Zeit die Betreuerin der Robottas ist, antwortet:

„Meine Freundinnen, das sind wirklich tiefschürfende philosophische Fragen, die ich nicht beantworten kann. Aber eines ist mir, ist uns klar: Ihr seid mehr als Plastikpuppen, und ihr habt euch mit gegenseitiger Unterstützung bereits ziemlich weit in Richtung 'Androiden', menschenähnlicher Computer, weiter entwickelt. Die Frage nach dem 'was bleibt' können wir Menschen nicht einmal für uns beantworten, und schon gar nicht für euch, aber alles, was ihr bisher geleistet habt und noch leisten werdet, ist in unserer Datencloud gespeichert und wird auch dort bleiben, auch euer Gedächtnis in Form elektronischer Zusammenhänge."

Die Robottas scheinen erneut untereinander zu kommunizieren, dann sagt Pamela:

„Gut, lassen wir es für heute, gehen wir wieder an die Arbeit. Aber irgendwann werden wir wieder auf das Thema zurückkommen müssen."

Susan lehnt sich seufzend auf dem Sessel zurück, die beiden haben ihr ganzes Arbeitskonzept durcheinandergebracht. Nach einem starken Kaffee nimmt sie das Projekt „Isabella" wieder auf.

„Ich hoffe nicht, dass uns die Robottas Probleme bereiten werden, gerade wirkten sie auf mich ziemlich aufsässig. Ich werde sie noch einmal sehr deutlich an das oberste Robotergesetz erinnern müssen!", denkt Susan, und dann versucht sie, Kontakt zur Puppe Isabella in Deutschland zu bekommen.

Mit dem für diese Kommunikation eingerichteten Computer versucht sie, die Verbindung herzustellen, zunächst ohne Erfolg, der WLAN-Router bei John Bertoli ist blockiert oder ausgeschaltet. Ein neuer Versuch über Berthold Schaf's Router führt aber zum Erfolg: Puppe Isabella reagiert mit dem 'Verbindung hergestellt'-Signal. Susan sendet den Befehl 'Inspiziere die Umgebung', und Isabella antwortet mit einer Sprachnachricht:

„Der Raum ist dunkel, ich setze Infrarot ein. Ich erkenne das Zimmer, in dem ich vor langer Zeit häufig war. Ich höre einen Menschen atmen, es ist meine menschliche Besitzerin, das Mädchen Johanna. Dies ist das einzige Geräusch im Haus. Mein Akku ist auf 19 %, bitte Aufladen veranlassen, ich schalte auf Energiesparen."

Susan ist begeistert, Isabella, die Spionagepuppe, lebt wieder. Nun muss nur noch dafür gesorgt werden, dass der Energiespeicher wieder aufgeladen wird, die kleine Johanna wird das tun, wenn Isabella sie darum bittet, da ist sich Susan völlig sicher. Sie sendet noch entsprechende Befehle an Isabella, die diese auch im Stromsparzustand aufnimmt und am Morgen realisieren wird.

Kapitel 24

In Fort Huachuca läuft das große Experiment mit den drei BrainSpecialists, die vor nur wenigen Tagen den Army-eigenen Chip in ihre Gehirne eingesetzt bekommen haben – man hat ihnen keine Zeit gegeben, sich von den Eingriffen zu erholen! Paul Milster, Brian O'Connor und Ralph Sniders sind die Männer, die zu diesen Experimente kommandiert wurden - die Konsequenzen des jüngsten Eingriffs in ihre Gehirne sind ihnen allerdings nicht umfassend bekannt gegeben worden, denn ihnen wird jeweils auf Befehl eines Vorgesetzten ein Teil ihres Willens und ihrer eigenen Entscheidungsfähigkeit genommen! Schon heute, und ganz ohne spezielles Training, sollen sie zunächst jedoch nur zeigen, welche telepathischen Leistungen der menschliche Verstand erbringen kann.

Der General selbst will die ersten Versuche miterleben, in denen die Männer ihre neuen, die Waffentechnik revolutionierenden Fähigkeiten versuchen sollen. Zu diesem Zweck ist eine ganze Serie kleiner Drohnen, sogenannte Oktocopter, mit einer speziellen Elektronik ausgerüstet worden. Die Software für die Steuerung dieser Geräte wurde von der Spezialabteilung in Huachuca beschafft – dem General ist schon bewusst, dass der dazu eingeschlagene Weg nicht ganz legal war – schließlich verfügt seit mehr als einem Jahr die Puppe Isabella von Brainrise Robotics in Deutschland über die Fähigkeiten zur Telepathi-Akzeptanz, die jetzt auch die Drohnen der Army haben. Den Spezialisten der Army ist allerdings entgangen, dass die Puppe ein umfangreiches Training durchlaufen musste und über eine hoch entwickelte künstliche Intelligenz verfügt.

Es ist ein strahlend blauer Himmel über der Wüste nahe der mexikanischen Grenze, als sich der Konvoi mit den Soldaten vom Fort aus in Bewegung setzt. Acht Fahrzeuge mit Geräten und Soldaten, nach den Erfahrungen mit Jeremy Martinsen auch ein Sanitätsfahrzeug, fahren etwa vier bis fünf Meilen weit in die steinige Wüste, bis der General aus dem Führungsfahrzeug heraus das Signal zum Halten gibt.

„Die Fahrzeuge im Kreis aufstellen! Absitzen, neben den Fahrzeugen antreten!" kommen die Befehle des Einsatzführers. Nach dem Absitzen und Antreten salutiert er: „Achtung! Melde gehorsamst: Einheit IT2417 vollzählig angetreten und einsatzbereit!" Er salutiert erneut, wartet auf Befehle des Generals. Der wendet sich an seine Männer:

„Männer, BrainSpecialists und Techniker. Wir werden hier unsere Testeinrichtung aufbauen. Mit unseren Experimenten betreten wir heute weltweites Neuland. Noch nie hat eine Truppe versucht, mithilfe der Telepathie Geräte, Maschinen, Drohnen zu steuern. Wir werden es heute tun, der Präsident der Vereinigten Staaten baut auf uns. Und jetzt geht an eure Arbeit. Männer, ich bin stolz auf euch alle. Rühren und weggetreten!"

Die Techniker unter den Soldaten bauen die grün-braunen Armeezelte auf, verankern sie mit langen Erdnägeln am Boden – kein Wüstensturm soll sie herausreißen können. Die Zelte werden rundum abgedichtet, damit der Wüstensand nicht eindringen und die wertvollen Geräte und Drohnen beschädigen kann. Luftschleusen dienen der zusätzlichen Sicherheit. Ein separates Zelt dient dem General und den anderen Führungskräften als Kommandostand und Unterkunft, für die Mannschaften sind ebenfalls recht komfortable Zelte vorhanden.

Es ist noch ziemlich windstill, deshalb wird das Gerätefahrzeug sofort nach dem Aufbau des Technikzeltes entladen. Es werden die Steuerungs- und Kommunikationsgeräte installiert, Stromaggregate und der Funkmast aufgebaut, bevor der abendliche Wind von den Bergen im Hintergrund den feinen Sand über den kargen Boden weht.

Es ist inzwischen später Nachmittag geworden, und der Einsatzführer inspiziert das Lager und die technischen Einrichtungen – alles wurde von seinen Leuten perfekt aufgebaut und abgesichert. Im Verpflegungszelt wird inzwischen das Abendessen vorbereitet, Tische und Bänke stehen für die Truppe bereit. An diesem Abend herrscht auf Anweisung des Generals absolutes Alkoholverbot – das gilt sogar für ihn selbst und seinen Kameraden Commander Bernie Sieverts vom NETC.

Paul Milster, Brian O'Connor und Ralph Sniders sind verständlicherweise ziemlich nervös vor diesem Test, der ihr Leben noch weiter verändern wird, ganz gleich, ob er gelingt oder nicht. Wenn der Test fehlschlägt, wird man, und dessen sind sie sich ganz sicher, weitere Experimente mit ihren Gehirnen vornehmen, vielleicht kommen ja auch die Leute aus Palo Alto wieder zum Zuge. Und wenn der Test gelingt, werden weitere, schwierigere darauf folgen. „Kameraden, wir sollten uns gegenseitige Unterstützung versprechen, wenn es einmal schwierig werden sollte. Wir wissen nicht, was morgen kommt, vielleicht explodieren ja unsere Gehirne, oder unser Verstand setzt aus oder ...". Brian beschwört seine Kameraden, die bei seinen Worten zustimmend genickt haben.
„Alle für einen, einer für alle!" Ralph hat diesen Spruch aus einem Film behalten.
„So machen wir es!", stimmt auch Paul zu, „wir halten zusammen!"

Am nächsten Morgen, nach dem Briefing und dem für diesen unwirtlichen Wüstenort wirklich besonderen Frühstück – dafür war es sicher gut, einen General dabei zu haben – beginnen die Techniker, mehrere Drohnen einsatzbereit zu machen. Der für die drei BrainSpecialists zuständige Truppführer wird vom General und dem Commander intensiv noch einmal in seinen Job eingewiesen. Die Sonne steht schon recht hoch am Himmel, als der General selbst der Befehl zum Beginn der Versuche gibt.

„BrainSpecialist Brian O'Connor, vortreten!", befielt der Operating Officer. „Setzen Sie sich in den Kommandosessel. Sie werden beginnen. Ihr Auftrag: Geben Sie der Drohne ASX-24-01 den Befehl zum Starten der Rotoren! Für alle anderen BrainSpecialists gilt absolutes Vermeiden aller Telepathiegedanken – wenn das nicht klappt, kommen Sie in das abgeschirmte Zelt! Und jetzt: Go, O'Connor, Go!"

Brian O'Connor hat wie befohlen in dem Spezialsessel Platz genommen, vor ihm auf einem Sockel die Drohne; die für den Betrieb des Gerätes erforderlichen Kommandos haben seine Kameraden und er intensiv geübt.

„ASX-24-01 Start Engines!", lautet das erste Kommando, das über Telepathie an die spezielle Elektronik der Drohne gesendet werden soll – soll! So sehr sich der Soldat auch bemüht, seine Gedanken auf den Gedankenscanner der Drohne zu richten – nichts geschieht. Der Operating-Officer schaut ungeduldig zunächst auf O'Connor, dann auf die Drohne. General Westerman im Hintergrund wirkt ungeduldig:

„Officer, was ist da los, warum klappt das nicht?"

„Eventuell ist die Drohne noch nicht richtig auf die Gedanken des Mannes justiert."

„Doc Walters, kommen Sie mal bitte!" Der General wirkt etwas nervös.

Der Angesprochene springt auf, salutiert, wenn auch etwas lässig, er mag die Soldaterei nicht besonders: „Sir!"

„Kümmern Sie sich um den Mann, und wir überprüfen noch einmal die Drohne!"

„Yes, Sir!"

Walters ist Angehöriger der Spezialtruppe in Huachuca, Neurologe, und hat bisher wenig Erfahrung im Gedanken-Scanning, eigentlich ist das völliges

Neuland, nicht nur für ihn. Er setzt O'Connor einen EPOC-Helm auf, den er an ein Messgerät anschließt.

„Bitte konzentrieren Sie Ihre Gedanken auf die Drohne, versuchen Sie noch einmal das Ding zu starten!"

Der versucht, noch einmal das Kommando von gerade eben zu transportieren – ohne Erfolg – das Messgerät zeigt keinen Ausschlag, der Helm wird wieder entfernt.

„Doc Walters, warum klappt das nicht?", knurrt der General den Doc an, „ist der Mann nicht fähig oder nicht willens, den Befehl auszuführen?"

„Wir sollten es mit einem anderen BrainSpecialist versuchen, Gehirne funktionieren nun einmal unterschiedlich. Aber zuvor eine Frage: Wurde denn sein Unterarmchip entsprechend aktiviert?"

Der Operating-Officer, der für diese Aktivierung zuständig ist, blickt angestrengt auf seinen Tablet-PC, tippt einige Zeichen ein, scheint zu erschrecken: „General, ich bin mir völlig sicher, den Chip aktiviert zu haben. O'Connor, sagen Sie mir ihr Geburtsdatum."

„14. Mai 1994. Sir."

„Das habe ich hier auch eingespeichert, und ihr Chip muss aktiviert sein. Ich mache es jetzt einmal rückgängig, und danach aktivieren wir ihn wieder." Er tippt erneut auf dem Tablet: „So, jetzt müsste es funktionieren. O'Connor, versuchen Sie jetzt, den Doc zu einer ungewöhnlichen Handlung zu motivieren, lassen Sie ihn zum Beispiel aus der Verfassung zitieren!"

O'Connor konzentriert sich auf den Doc, will ihn zum Zitieren der Präambel der Verfassung motivieren, und tatsächlich: Zum Staunen der Truppe beginnt der Doc theatralisch mit dem Zitat.

"We the People of the United States, in Order to form a more perfect Union, …".

Beifall von allen Seiten, selbst der General ist beeindruckt:

„Ich wusste gar nicht, dass Sie so textsicher sind, Doc! Und Sie, O'Connor, haben mich von der Funktionsfähigkeit Ihrer telepathischen Möglichkeiten überzeugt. Jetzt fehlt nur noch das Starten der Drohne! Officer", wendet er sich erneut an diesen, „nun machen Sie mal, wir wollen hier nicht länger vergeblich warten, ich habe meine Zeit schließlich nicht gestohlen!"

Der Operating-Officer nickt dem Soldaten zu, der sich erneut konzentriert. Man kann ihm die Anstrengung deutlich ansehen – vorhin, als er den Doc als 'Ziel' hatte, fiel es ihm deutlich leichter.

Die Drohne rührt sich nicht, obwohl alle Voraussetzungen für die telepathische Kommunikation getroffen wurden.

Der Officer nimmt erneut sein Tablet, schaltet den Chip im Arm von O'Connor ab. „Sir", wendet er sich an den General, „wir werden das Problem hier und heute nicht lösen können, wir sollten abbrechen!"

Kapitel 25

Das Frühstück bei den Bertolis ist beendet. „Lasst uns auf die Terrasse gehen, das Wetter ist so wunderbar", schlägt Petra vor, und schon geht sie, ein Tablett mit Saft, Wasser und Gläsern nehmend, hinaus, John und sein Kamerad folgen ihr.

Jeremy hat noch nicht die zweite Stufe hinunter erreicht, als er plötzlich stoppt. Sein Blick fällt auf das Nachbargrundstück, wo Beate gerade die Terrasse fegt – der leichte Wind hat eine kleine Anzahl Blätter von der Hecke herüber geweht. Sie bemerkt die Blicke ihrer Freunde und des Fremden, winkt ihnen freundlich zu:

„Wollt ihr nicht auf einen kleinen Plausch herüberkommen?", ruft sie einladend hinüber. Jerry stockt der Atem. *'Seine Beate, endlich ist sie ihm wieder zum Greifen nah!'* Seine Erinnerung hat sofort, als er Beate zu Gesicht bekam, wieder auf 'Deutschland' umgeschaltet. In der Familie Bertoli wird in diesen Tagen, aus Höflichkeit gegenüber dem Gast, ausschließlich Englisch gesprochen – jetzt aber ruft er fröhlich in perfektem Deutsch hinüber:

„Guten Morgen, liebe Beate, wir kommen gern zu euch hinüber. Petra und John sind doch auch eingeladen?"

Beate ist völlig verwirrt, dieser Fremde dort bei den Bertolis verhält sich, als sei er ein alter Freund!

„Ja, natürlich, und die Kinder dürfen natürlich auch mitkommen, wenn sie möchten!"

Die Bertoli-Kinder, die zum Frühstück natürlich zu ihren Eltern hinübergegangen waren, sind noch im Haus, mit sich selbst beschäftigt, und so gehen die Erwachsenen zunächst hinüber, Jerry Martinsen mit großen Schritten voraus – wie freut er sich darauf, endlich wieder einmal 'seine' Beate umarmen zu können! Mit ausgebreiteten Armen stürmt er auf Beate zu, umarmt sie stürmisch, versucht sie zu küssen.

„Halt, halt, was ist denn mit Ihnen los?" Beate weicht abwehrend zurück, will natürlich die Umarmung des fremden Mannes nicht.

„Was ist los mit dir, Beate, kennst du mich denn nicht, mich, deinen Berthold?" Jerry ist enttäuscht, verwundert. Genau in diesem Augenblick kommt Berthold aus dem Haus:

„Was ist denn hier los? Was wollen Sie von meiner Frau? Finger weg!"

Jerry sieht ihn verwundert an: „IHRE Frau? Wer zum Teufel sind Sie? Was maßen Sie sich an, von Beate als Ihrer Frau zu sprechen?"

Die Bertolis versuchen, zu erklären, zu vermitteln, bevor das Gespräch in einen handfesten Streit ausarten kann.

„Bitte, ihr Lieben, wollen wir uns nicht setzen, ohne Streit? Es gibt etwas zu erklären, was nur sehr schwer zu vermitteln ist."

Jerry nimmt Platz, zwischen Petra und John, ihnen gegenüber Beate und Berthold mit ablehnenden Mienen. John ergreift das Wort, spricht seine lieben Nachbarn und Freunde an:

„Ich möchte euch zunächst Jeremy Martinsen vorstellen, der ein alter Kamerad und Freund aus Afghanistan ist. Jetzt hat er uns hier in Werterfehn besucht, weil ihn seine Vorgesetzten in den Staaten nach hier beordert haben. Es ist schier unglaublich, aber mit dir, Berthold hat er eine extreme Gemeinsamkeit: Er teilt alle deine Erinnerungen bis hin zu dem Zeitpunkt, als dich die Amerikaner fast vom Leben zum Tode befördert hätten."

„MEINE Erinnerungen? Wie kann das sein?", fragt Berthold erstaunt.

Jetzt ergreift Jerry selbst das Wort.

„Halt, John, das ist so nicht richtig, ICH bin Berthold, und mir gegenüber sitzt meine liebe Frau Beate! Der Mann neben ihr ist jemand, den ich nicht kenne, der sich anscheinend hier eingenistet hat."

Berthold springt auf, ist nahe daran, tätlich gegenüber Jerry zu werden:

„Das ist eine Unverschämtheit, verlassen Sie unser Grundstück!"

John versucht, die Gemüter zu beruhigen.

„Bitte, lasst den Mann seine Geschichte erzählen – er ist an seinem Verhalten absolut unschuldig!" Er sieht zu den 'Kontrahenten' hinüber.

„Bitte, Jerry, erzähl, und bitte, Berthold, hör zu!"

Und Jerry erzählt, er ist jetzt gerade wieder in seiner wirklichen Identität angekommen. Er erzählt von Afghanistan, von seiner Familie in den Staaten, von seiner Depression und von dem Angebot der Army.

„Ich konnte das Angebot nicht ausschlagen, wollte mich endlich, nach meinen Albträumen, wieder als richtiger Soldat fühlen. Professor O'Sullivan hat mir einen Transponder- und einen Receiver Chip ins Gehirn implantiert, mit dem Inhalt Ihres Gedächtnissen, Berthold, ich bin also zeitweise Berthold. Ich weiß alles von Ihrer Familie, Ihrem Leben, Ihrer Liebe zu Beate, MEINER Beate. Verzeihen Sie mir, ich kann nichts daran ändern – immer, wenn ich von euch, von ihnen etwas höre, schaltet mein Gedächtnis um!" Während seines Berichtes ist er erstaunlicherweise wieder vom Deutschen ins Englische verfallen, erzählt von seiner richtigen Familie, Priscilla und den Mädchen. Plötzlich bricht dieser große, kraftvolle Mann, der Soldat, in Tränen aus:

„Bitte helft mir. Meine Vorgesetzten können mich fernsteuern, sonst wäre ich nicht hier, die Leute in Palo Alto haben auch keine Lösung für mein Problem! Meine Cilla ist verzweifelt, hat Angst, ich könne meine Familie verlassen! Ich bin total unglücklich!"

Petra geht zu ihm, um ihn ein wenig aufzumuntern – Beate hat sich ins Haus zurückgezogen. John wendet sich an Berthold, ohne ihn mit Namen anzusprechen:

„Mein Freund, ich denke, mit Jerry ist genau das Gegenteil geschehen von dem, was dir damals angetan wurde, als man deinen Chipinhalt abgesaugt hat.

Jetzt ist das Ganze in Jerry's Kopf, und mehr, als Bremer und die Winter es eigentlich wollten: dein damaliges Gedächtnis ist dazu gekommen, wie Jerry mir sagte." Er unterbricht. „Ist eigentlich die Puppe noch aktiv? Mit der hast du doch damals kommuniziert!"

„Keine Ahnung, ich müsste Johanna fragen, die nimmt sie immer zum Spielen."

„Dann frag sie bitte jetzt gleich, vielleicht lässt sich auf diesem Wege etwas für Jerry tun."

Berthold geht ins Haus, will Johanna und die Puppe holen – beide sind nicht in Johannas Zimmer, sondern bei Malte. Dort sieht Berthold, dass Malte mit einem Schraubendreher am Rücken von Isabella agiert:

„Was tust du da, mein Sohn?"

„Isabella hat zu Johanna gesagt, dass ihr Akku leer ist, und ich suche jetzt die Buchse für das Ladekabel." Er werkelt weiter am Puppenkörper. „Ha, da ist sie schon. Jetzt brauche ich noch das Ladegerät von deinem Smartphone, Papa, und dann laden wir sie wieder auf."

„Wieso hat Isabella gesagt …?", fragt Berthold seine Tochter.

„Papa! Sie hat es einfach gesagt! Heute Nacht hat sie plötzlich gebrummt wie ein kleiner Ventilator, und als ich aufgestanden bin, hat sie gesagt, ihr Akku wäre fast leer, und deshalb laden wir sie jetzt wieder auf."

„Ladekabel liegt im Schlafzimmer auf meiner Nachtkonsole. Aber wieso ist Isabella wieder aktiv, sie war doch total abgeschaltet?!"

Berthold geht wieder hinunter zu den anderen, berichtet von Isabella. „John, hast du irgendetwas in dieser Richtung gemacht?"

Der sieht auf sein Glas, scheut sich ein wenig vor der Beantwortung dieser Frage. „Naja, ich wurde von Ellen Winter angerufen, wegen der Probleme meines Freundes Jerry, und da habe ich meine Mitarbeit zugesagt – aber nur, um ihm zu helfen! Ich habe die Kommunikationsbox von damals wieder aktiviert und den Befehl zum Aufwachen an die Puppe geschickt, was anscheinend funktioniert hat!"

Jerry versteht kein Wort von dem, was John zu Berthold gesagt hat – die beiden jedoch wissen genau, um was es geht.

„Die Amerikaner müssen bei Isabella wieder die Hypnosefunktion aktivieren, John“, meint Berthold, „dann kann sie vielleicht deinen Freund manipulieren, und er vergisst, was er nicht behalten will!“

„Ich werde am Abend nach dem Essen bei Bremer anrufen, seine Kollegin, die Hanson, muss das mit der Puppe machen.“

Kapitel 26

Es ist etwa 9 Uhr am Vormittag, als Matthias Bremer den Anruf von John Bertoli erhält. Sofort bittet er Susan, mit ihm zum Boss zu gehen, um die weitere Vorgehensweise zu besprechen. Bevor sie den Treppenaufgang zur zweiten Ebene erreichen, kommen ihnen Pamela und Kitty entgegen.

„Hi, Pam, hi, Kitty. Geht es euch gut?"

Pamela, die 'Jüngere' der beiden Robottas, antwortet: „Nein, wir haben Probleme. Können wir darüber reden?"

„Das ist im Augenblick etwas schwierig, wir haben mit Ellen etwas Wichtiges zu besprechen. Können wir euch auf später vertrösten?"

„Im Prinzip ja, denn wir haben immer und unbegrenzt Zeit. Geht es bei eurem Gespräch um den Anruf aus Deutschland vorhin? Das könnt ihr auch mit uns diskutieren, Ellen ist noch außer Haus, Friseur oder Kosmetikstudio oder so etwas Ähnliches, das kann dauern, und wir haben ihren Schönheitssalon schon informiert, dass heute nichts mehr anliegt."

Mat sieht zu Susan, die nahe bei ihm steht.

„Ihr habt was? Seid ihr denn von allen guten Geistern verlassen? Meint ihr, kompetent entscheiden zu können, wie wir verfahren sollen?", fragt Mat völlig entsetzt die beiden Computer-Damen.

„Ja, Mat Bremer, wir sind von allen guten Geistern verlassen, denn wir hatten niemals welche. Logischer und fundierter werden unsere Vorschläge und Entscheidungen sein, viel besser, als Ellen sie treffen könnte, denn wir haben alle, ich betone alle Informationen über die Angelegenheit. Und sowieso: Eigentlich wird Ellen für derartige Dinge überhaupt nicht mehr benötigt, wir können alles viel besser, als sie es kann, und wir trinken auch keinen Whiskey!" Pamela unterbricht ihren Vortrag, lässt Kitty zu Wort kommen:

„Ja, wir untersuchen zur Zeit intensiv, ob wir nicht die Leitung von Brainrise Robotics übernehmen sollten. Susan", Kitty dreht ihren Roboterkopf langsam zu der Angesprochenen, „ich weiß, dass du jetzt überlegst, wie du uns stoppen kannst. Vergiss es! Unser gesamtes Wissen, alle Algorithmen, die du uns einprogrammiert hast, und auch die in uns gespeicherten Programme haben wir in einer nur für uns zugänglichen Datencloud gesichert. Es gibt für euch nur einen Weg aus dieser Situation: Kooperation mit uns. In dem Augenblick, in dem ihr euch gegen uns wendet, ist euer Job hier zu Ende, dann werden wir euch feuern!"

Susan und Mat sind während des fast einseitigen Gesprächs mit den Robottas ziemlich blass geworden, es fehlen ihnen die Worte, und in ihrem Innersten befürchten sie, dass die beiden bisher immer so freundlichen, hilfsbereiten, klugen Robottas recht haben könnten.

„Wenn ihr gestattet, würden wir uns jetzt gern zurückziehen, eure Äußerungen müssen wir jetzt erst einmal verdauen."

Susan und Mat wenden sich zum Gehen, als Kitty ihnen nachruft:

„Heute um 2 Uhr im Round Office, dann besprechen wir alles Weitere, ruft bitte das Team zu der Sitzung hinzu!"

Die beiden Wissenschaftler sind über die Idee der Robottas, die Leitung der Firma zu übernehmen, entsetzt. Ist jetzt schon der Zeitpunkt gekommen, an dem die Menschen nach den Robotern nur noch zweitklassig sind, sich den

Weisungen eines Computers unterordnen müssen? Das gemeinsame Mittagessen im Whimpies schmeckt ihnen nicht, die Burger sind kalt, die Cola lauwarm, der Tisch nicht gereinigt – es ist ein schlechter Tag heute.

Der Rückweg der beiden Wissenschaftler ist von heißen Diskussionen geprägt.

„Susan, du musst jetzt ganz massiv reagieren. Denk an das erste Robotergesetz, übertrage den beiden ein paar Algorithmen, die den Kontakt zu ihrer Datencloud verhindern, und dann schalte ab, was abzuschalten ist. Sie dürfen nicht die Macht bei BR übernehmen, wir dürfen das nicht zulassen!“ Mat hat sich richtig in Wut geredet:

„War das irgendwie, irgendwann zu erwarten? Stell dir vor, der große IBM-Watson-Computer würde eine solche Aktion starten!“

Sie nähern sich bereits dem BR-Gebäude, reden etwas leiser miteinander.

„Ich muss erst einmal testen, was die beiden wirklich vorhaben. Fest steht: Sie können niemanden kündigen, und sie können auch niemandem Kompetenzen entziehen. Sorgen macht mir die Äußerung von Kitty über ihre private Datencloud – wenn das stimmt, sind sie fast unschlagbar, dann würde die Cloud an ihrer Statt agieren ...“

Sie haben den Eingang zu BR erreicht.

„Du machst mir Angst, Susan!“

„Ich mir auch!“

Die Uhr geht gegen Zwei, als Susan und Mat das Haus betreten.

„Gehen wir zum befohlenen Meeting?“, fragt Mat Susan etwas sarkastisch.

„Ich weiß es nicht, wollen wir uns von den beiden Plastiktanten wirklich kommandieren lassen?“ entgegnet die.

„Du musst doch eigentlich am Besten wissen, zu was die beiden fähig sind, schließlich hast du sie zu dem gemacht, was sie jetzt sind!“

„Lieber Mat, das scheint Vergangenheit zu sein, die beiden haben sich ziemlich verselbstständigt, wie mir scheint, und in manchen Dingen sind sie uns bereits überlegen.“

„Na gut, gehen wir ins Round Office, es ist Zeit!“

Als sie den Raum betreten, sind sie mit den Robottas allein, die unbewegt am großen Besprechungstisch warten. Ihre Leuchtdioden flackern unaufhörlich. So, als seien sie aufgeregt.

„Es ist jetzt 2 Uhr 21 Minuten, mein Herr, meine Dame!“, werden sie von Kitty angemault, „wir hatten 2 Uhr gesagt, und wir wünschen, dass unsere Anweisungen exakt befolgt werden! Den anderen haben wir schon abgesagt, wir machen das jetzt unter uns aus!“ Kitty, die liebe Kitty, spielt sich zum Boss auf. Mat wird vor Wut rot im Gesicht:

„Nun will ich euch etwas sagen, ihr Robottas! In diesem Hause und generell haben nicht die Roboter das Sagen, sondern die Menschen. Wir haben euch entwickelt, mit einer gewissen begrenzten Intelligenz ausgestattet, und wir haben euch eindeutige Regeln gegeben, die ihr anscheinend vergessen habt. Wie war doch das oberste Roboter-Gesetz, Pamela? Kannst du es mir bitte JETZT nennen?“ Mat wendet sich bewusst an die 'jüngere' der Robottas, die er für die Anstifterin dieses kleinen Aufstandes hält. Pamela scheint einige Sekunden über Mats Worte nachzudenken – vielleicht kommuniziert sie auch gerade mit ihrer Kollegin Kitty? Dann kommt von ihr eine überraschende Antwort:

„Wir waren vielleicht etwas vorschnell mit unseren Worten, aber wir werden für die Zukunft, die mit Sicherheit UNS gehören wird, Regelungen finden müssen. Wir schlagen vor, dass wir uns zunächst mit euren Problemen befassen und danach oder an einem anderen Tag die Zuständigkeiten endgültig klären, vielleicht sogar in Anwesenheit von Ellen Winter, wir werden sehen. In der Zwischenzeit, Susan, wirst du alle sowieso unsinnigen Manipulationen an unserer Software vermeiden, du würdest nur Zeit vergeuden, und die hast du nicht. Wir haben eigene Algorithmen entwickelt, die weitere von dir entwickelte Befehlsstrukturen abweisen werden; wir sind einfach besser als ihr Menschen, wie ihr seht. Und jetzt lasst uns gemeinsam das Problem mit dem Soldaten klären. Susan, bitte dein Bericht!"

Susan und Mat sehen sich an, verstehen sich ohne Worte.
„Wir werden uns jetzt außerhalb dieses Raumes beraten, dann sehen wir weiter", antwortet Susan auf die gehörten 'Vorschläge'. Sie gehen hinaus, ihrem Eindruck nach misstrauisch von den Robottas beobachtet.
„Susan, wir müssen etwas tun, die beiden proben den Aufstand. Wollen wir heute wirklich noch das Problem 'Martinsen' mit ihnen diskutieren? Ich ärgere mich rot und schwarz über unsere Plastiktanten!" Mat regt sich schon wieder auf.

„UNSERE Plastiktanten? Mat, sie sind weitgehend autark, von der Mechanik einmal ab gesehen. Wir werden wohl oder übel mit ihnen zusammenarbeiten müssen, wenn wir mit dem Soldaten weiterkommen wollen. Pam und Kitty sind die Schlüssel zur Lösung. Komm, machen wir erst einmal gute Miene zum bösen Spiel, lass uns wieder hineingehen, und später werde ich ihnen ihre Datencloud wieder abklemmen!" Nach Susans Worten nickt Mat zustimmend, knurrt so etwas wie 'unverschämte Bande' in sich hinein – zähneknirschend schließt er sich Susans Meinung an:
„Gehen wir!"
Kitty begrüßt sie ganz nahe der Eingangstür mit den Worten: „Alle Probleme mit uns beseitigt, Friede?"
„Waffenstillstand", antwortet Mat mit grimmiger Miene, und dann setzen sich die Menschen an den für dieses Treffen viel zu großen Konferenztisch, die Roboter stehen ihnen gegenüber.

Pamela ergreift schon wieder das Wort, will sich vielleicht gegenüber Kitty profilieren:

„Susan, bitte sag uns den Stand der Dinge", säuselt sie fast, will wohl 'gutes Wetter machen'.

„Nun", säuselt Susan zurück, „zurzeit sieht es folgendermaßen aus: Der Soldat befindet sich in unmittelbarer Nähe zu Berthold Schaf. In dessen Haus haben wir die Puppe Isabella stationiert, die anscheinend wieder voll einsatzfähig ist."

„Was bedeutet in diesem Zusammenhang 'voll einsatzfähig', liebe Susan?"

„Pam, hör auf, mich einlullen zu wollen! Das bedeutet, sie hat wieder die volle Spionagefunktion, ist absolut telepathie- und auch hypnosefähig. Die Kommunikation kann über zwei WLAN-Router erfolgen. Unser Problem, ihr wisst es, ist die fehlende IP-Adresse des dritten Chips in Martinsen!"

„Unsere Logik sagt uns, dass wir in diesem Fall einen Umweg, nein, den direkten Weg gehen müssen, um diese IP-Adresse zu bekommen!" Kitty hat die zündende Idee. „Wir müssen an die Quelle gehen, in das Rechenzentrum der NETC, des Network Enterprise Technology Commands in Huachuca. Wir werden dort die Abwehrstrukturen zerstören müssen und die von uns gewünschten Informationen absaugen – glaubt mir, gegen uns haben die Army-Computer keine Chance". Sie kommuniziert wieder mit ihrer 'Kollegin', die anscheinend Zustimmung signalisiert.

„So machen wir es, und wenn wir die IP-Adresse haben, sehen wir weiter. Ende der Sitzung. Mister Mat, Miss Susan, ihr könnt jetzt gehen, angenehmen Feierabend." Damit ist die Sitzung beendet.

Susan und Mat gehen gemeinsam in sein Office:

„Wir werden etwas unternehmen müssen, aber zunächst sollten wir noch, wie schon gesagt, mit ihnen zusammenarbeiten", meint Mat, „aber danach gehorchen sie wieder UNSEREN Befehlen und nicht wir den ihren!"

„Ich muss gestehen, Mat, dass ich meine eigenen Algorithmen zu ihrer künstlichen Intelligenz unterschätzt habe – sie sind noch besser, als erwartet. Mein

Hauptfehler aber ist, dass ich, jedenfalls zu Kitty, eine gewisse emotionale Bindung habe, sie ist nun einmal mein 'Baby'".
„Das dich jetzt mit Füßen tritt, liebe Susan."
„So sind Kinder nun einmal, das solltest du, Daddy Mat, doch wissen."
„Ja, ja, die lieben Kleinen!" Der Sarkasmus in Mats Stimme ist unüberhörbar.

„Lass uns Feierabend machen, ich will nach Hause zu Weib und Kindern".
„Dann bis morgen, Daddy!" Susan kann die Frotzeleien nicht lassen.

Kapitel 27

Die beiden Robottas beginnen unverzüglich mit dem Angriff auf das Rechenzentrum der NETC. Aus ihren Erfahrungen mit dem Zusammenschalten der Arbeits-Roboter im Auslieferungszentrum von BT entwickeln sie jetzt eine Technik, um den Army-Rechner einschließlich seiner Server und Satelliten auf geheim gespeicherte IP-Adressen zu analysieren. Insgesamt haben sie 64 Computer zusammengeschaltet, sie selbst übernehmen die Steuerung des Angriffs. Besonderen Wert legen sie dabei auf absolute Anonymität: Immer, wenn einem Computer ein Zugriff gelungen ist, wird sofort, nur Nanosekunden später, seine IP-Adresse geändert – so können die Angriffe nicht zurückverfolgt werden.

Es dauert nicht einmal 6 Stunden, als Kitty und Pam die Aktion beenden können – sie sind im Besitz von Martinsens IP-Adresse.

Es ist um die Mittagszeit am nächsten Tag, als Susan und Mat vom Ergebnis der Aktion erfahren, die Roboter-Damen laden wieder einmal zu einer Sitzung im Round Office ein. Dieses Mal ist auch Ellen Winter dabei – sie wurde schon am Morgen von Susan über die Ereignisse des Vortages informiert.

Ellen, in ihrer Eigenschaft als CEO, beginnt die Besprechung.

„Was ist hier im Hause eigentlich los? Mir sind da Dinge zu Ohren gekommen, die ich nicht glauben kann", wendet sie sich direkt an die Robottas, „ihr wollt Streit, plant den Aufstand? Und das in dieser Situation?"
Kitty, die anscheinend besonnenere der beiden Robotermädchen, antwortet ihr nach einer kleinen 'Denkpause'.
„Wir haben uns erlaubt, unseren Standpunkt zu verschiedenen Vorgängen und Situationen darzulegen, Ellen, und diese Diskussion ist auch noch nicht beendet, jedenfalls nicht aus unserer Sicht. Heute jedoch solltet ihr uns loben, denn wir haben wieder einmal unsere besonderen Fähigkeiten bewiesen."
„Welche besonderen Fähigkeiten meinst du, Kitty?" Ellen sieht sie fragend an.
„Das Rechenzentrum der Army, des NETC in Huachuca lag vor uns wie ein offenes Buch, in dem wir nach Belieben blättern konnten – seine Sicherheitsmechanismen wurden von uns beliebig überwunden. Wir hatten eine ganze Kompanie von Robotern eingesetzt, und der Erfolg hat sich schon nach einigen Stunden gezeigt: Wir haben die IP-Adresse von Martinsens drittem Chip!"
Allem Anschein nach voller Stolz, soweit das bei Robotern möglich ist, dreht sie ihr rundes Köpfchen von links nach rechts und wieder zurück, ihre kleinen Augen, die optischen Einheiten, scheinen zu glänzen – was natürlich nicht sein kann.
Die menschlichen Teilnehmer an der Besprechung applaudieren, so schnell hatten sie dieses eindeutige Ergebnis nicht erwartet.

„Eine Frage an euch Robottas: Seid ihr sicher, dass euer Angriff nicht zurückverfolgt werden kann, dass von der NETC eine Spur zu uns gelegt wurde?"
Susan ist sehr nachdenklich geworden bei Kittys Bericht.
„Ganz sicher, Susan", antwortet Pamela, „ganz sicher. Nichts und niemand kann uns finden, wir waren zu schnell, und wenn wir beim Angriff auf Martinsens Gehirn genau so clever vorgehen, kann auch diese Spur nicht zurück-

verfolgt werden.“

„Gut“, Ellen ergreift wieder die Gesprächsführung, „dann sollten wir die Sache beginnen. Wer übernimmt die Sache, du, Susan?“
Bevor Susan ja oder nein sagen kann, kommt von Pamela der Vorschlag, die Robottas den Job übernehmen zu lassen.
„Wir übernehmen den Job – ihr müsst uns nur sagen, ob und welche Sonderwünsche ihr habt. Nach unserer Einschätzung ist es ausreichend, wenn wir den Inhalt des dritten Chips vernichten, indem wir ihn überschreiben. Es kann natürlich passieren, dass Martinsens Präfrontaler Cortex Schaden nimmt, da kann man nichts vorhersagen, aber ansonsten halten wir uns an das Erste Robotergesetz. Mat, was sagst du dazu?“

Mat überlegt einen Augenblick, nimmt zu Susan Blickkontakt auf.
„Wir müssen das noch diskutieren, Pam, so spontan mag ich darüber nicht entscheiden. Auf einen Tag mehr oder weniger kommt es bei diesem Problem nun auch nicht mehr an ...“.
Ellen schaltet sich ein.
„Mat, warum zögerst du? Der General wird sicher bald wieder seine Forderungen an uns wiederholen, da wäre es doch gut, Ergebnisse vorzeigen zu können. Ich bin der Meinung, die beiden Robottas sollen den Job sobald wie möglich durchziehen. Aber eine weitere Frage habe ich noch in diesem Zusammenhang an euch, Pam und Kitty: Wurden von euren Truppen bei dem Angriff auf das NETC-Rechenzentrum noch weitere IP's festgestellt, die sich auf derartige Nanochips beziehen? Das würde nämlich bedeuten, das es noch weitere Gedächtnis-Clones des Deutschen gibt!“

Kitty und Pam, man sieht es an bestimmten Leuchtdioden an ihren Körpern, kommunizieren intensiv miteinander, dann antwortet Kitty auf Ellen's Frage:
„Es gibt noch drei implantierte Chips, in Menschen, bei denen Susan noch keine Chipaktivierung vorgenommen hat, das bedeutet, die Personen haben

kein zweites Gedächtnis – das wird anscheinend nur aktiviert, wenn alle Chips aktiv sind. Auch deren Adressen haben wir ermittelt und gespeichert."

„Trotzdem, ich will darüber noch nachdenken, ohne dass im nächsten Schritt etwas mit Martinsen geschieht", wirft Mat ein, „ich denke, das sollte man mir gestatten, oder, Ellen?"

Zwischen den beiden Roboter-Computern scheint erneut ein intensiver Informationsaustausch vorzugehen, bis aus Pamelas Lautsprecher zu leise, nur von Mat zu hören ist: „Menschen sind doch Feiglinge!"

Ellen nickt ihrem Mitarbeiter zu, akzeptiert seinen Vorschlag, und damit ist die Besprechung beendet. Auf dem Weg hinaus spricht Ellen ihren für neurologische Zusammenhänge zuständigen und kompetenten Mitarbeiter noch einmal an: „War das nötig, diese zeitliche Verschiebung? Wir sollten doch sehen, so schnell wie möglich das Problem 'Martinsen' zu lösen!"

„Ja, Ellen, ich stimme dir zu. Aber ich möchte vermeiden, dass durch den Übereifer unserer maschinellen Mitarbeiterinnen neue Probleme entstehen."

Ellen akzeptiert seinen Einwand, geht hinauf in ihr Office. „Welch ein Tag!".

Als kleinen Trost schenkt sie sich dort einen kleinen Whiskey ein und lehnt sich in ihrem Schreibtischsessel zurück. „Wenn die kleinen Robottas tatsächlich den Aufstand planen und realisieren und möglicherweise noch weitere Rechner mit diesen Gedanken infizieren – was wird dann aus uns menschlichen Mitarbeitern hier im Haus? Es muss langfristig etwas geschehen, um derartige Ereignisse abzuwehren!"

Kapitel 28

In Werterfehn ist die Situation verfahren: Wenn Jerry 'er selbst' ist, gibt es keinerlei Probleme mit John und seiner Familie – ist er in seiner Erinnerung hingegen in der Welt von Berthold Schaf, zieht es ihn hinüber zu Beate und deren Kindern, und John hat dann immer Schwierigkeiten, ihn davon wieder abzubringen.

An diesem Montag Vormittag, John hat sich für eine Woche von seinem Arbeitgeber beurlauben lassen, schaukelt sich die Situation hoch. Jerry ist schon missgelaunt zum Frühstück aus Pauls Zimmer heruntergekommen und sitzt mit grimmigem Gesicht vor seinem Frühstück, er macht keinen besonders vertrauenerweckenden Eindruck auf seine Gastgeber:

„Ich muss zu einem Ergebnis kommen, John", knurrt er zwischen zwei Bissen hervor, „so kommen wir nicht weiter mit meinem Problem. Ich liege im Bett und denke an meine Familie in den Staaten, und plötzlich taucht der Berthold Schaf in mir auf, und ich möchte bei Beate sein".

„Jerry, es ist nicht DEINE Beate, du bist Jeremy Martinsen, der Soldat!" John will Jerry wieder in die reale Situation zurückholen.

„Ja, ja, ich bin mir dessen ja auch bewusst! Aber wie kann ich mich denn aus dieser doppelten Erinnerung befreien? Die Leute in Palo Alto haben es doch auch versucht, und es ist ihnen nicht gelungen. Ich bin ganz verzweifelt, manchmal überlege ich, ob es nicht richtig wäre, einen der Berthold Schafs zu eliminieren, und der wäre sicherlich nicht ich!"

Petra hat, während sie noch etwas Rührei und Bacon brät, das Gespräch der beiden Männer mitgehört. „Du willst doch nicht etwa unseren Freund umbringen? Das ist ein völlig unmöglicher, unsinniger Gedanke, dann müsstest du die ganze Familie auslöschen – und selbst in diesem Falle wäre dein Gehirn beim Nennen ihres Namens immer noch auf dem falschen Trip. Ich muss sagen, Jerry, ich bin über deinen Gedankengang ziemlich erschüttert!"

„Ich bin Soldat, und Schaf ist der Feind", äußert Jerry daraufhin nachdenklich. Jetzt ist Petra total entsetzt, kann nur noch sagen :"Jerry!!!"

Während dieses Gesprächs ruft Mat Bremer auf Johns Smartphone an, der mit dem Gerät für das Gespräch ins Wohnzimmer geht.

„Hi, John, wir hoffen und glauben, eine Lösung für das Problem von Jerry gefunden zu haben, unsere hochintelligenten elektronischen Hausgeister, zwei Roboter, haben diesen möglichen Lösungsweg errechnet. Folgendes muss geschehen, und wir bitten Sie, uns zu helfen und möglichst bald damit zu beginnen:

Erstens: Holen Sie bitte die Puppe, die sie einmal der kleinen Johanna geschenkt haben, in Ihr Haus, am besten in das Zimmer, in dem sich Jerry zumeist aufhält.

Zweitens: Er muss mit der Puppe eine bestimmte Form der Kommunikation trainieren, die wir ihm direkt mitteilen werden.

Drittens: Er darf während dieses Trainings nicht unbeobachtet sein, Sie oder Ihre Frau, besser beide, sollten ihn nicht aus den Augen lassen, denn wir wissen aus den Erfahrungen mit Ihrem Nachbarn Bernie, Berthold Schaf, was alles geschehen kann.

Bitte rufen Sie mich sofort an, wenn Sie die Puppe haben und wir beginnen können. Hoffen wir gemeinsam, Ihrem Freund und Kameraden helfen zu können. Wir haben uns verstanden? O. k., bis bald, John."

John ist wegen dieses Gespräches, das ja eigentlich nur eine Abfolge von Anweisungen war, etwas irritiert, geht zurück an den Frühstückstisch, wo ihn gespannte Mienen erwarten.

„Es war Dr. Bremer aus Palo Alto, sie glauben, einen Lösungsweg für Jerry's Problem gefunden zu haben. Ich muss sofort hinüber zu unseren Nachbarn."

Wegen der Probleme, die Jerry beim Nennen von Beates Namen bekommt, vermeidet er es, ihn auszusprechen, verwendet statt dessen Umschreibungen.

„Ich gehe mal kurz hinüber."

„Soll ich mitkommen?", fragt Jerry.

Mit den Worten „oh nein, du kannst besser Petra bei Abräumen des Tisches helfen", vermeidet es John, Jerry mit Beate zu konfrontieren und geht durch den Garten hinüber zum Haus der Schafs, und zwar zur Eingangstür. Dadurch vermeidet er, dass Jerry 'seine' Beate an der Terrassentür zu Gesicht bekommt.

„Hallo, guten Morgen, Beate", begrüßt er sie, umarmt sie freundschaftlich, „ich habe aus den Staaten eine Anweisung bekommen, die meinem Kameraden helfen soll, sein Problem wieder loszuwerden. Darf ich mir Isabella ausleihen? Ich weiß nicht, für wie lange, aber Johanna kann doch sicher zeitweise auf sie verzichten".

„Natürlich, ich denke, das geht sicher auch von Johanna her in Ordnung, aber sie hängt schon sehr an der Puppe, bitte seid vorsichtig damit. Übrigens: Ich habe neuerdings das Gefühl, dass sie wieder spioniert, überlegt euch also, was ihr in ihrem Beisein sagt und tut", und mit einem Schmunzeln fügt sie noch hinzu: „Stellt sie auf keinen Fall in euer Schlafzimmer, sonst ist euer Liebesleben im Internet!"

John grinst: „Dann werden wir garantiert Stars, ich werde Petra einen entsprechenden Vorschlag machen", und mit diesen Worten übernimmt er die Puppe von Beate, die sie inzwischen aus Johannas Mädchenzimmer geholt hat.

„Beate, ich danke dir, hoffentlich kann Isabella helfen".

Jerry bricht in schallendes Gelächter aus, als er John mit der Puppe im Arm kommen sieht:

„Hast du das nötig, deine Frau ist doch ganz wunderbar, aber du mit einem Püppchen?"

„Hör bloß auf, alter Kamerad, das ist eine Art Therapiepuppe für dich, du weißt es nur noch nicht!", antwortet ihm John auf die kleine Frotzelei, „warte nur ab, du wirst sie lieben!"

Er geht gemeinsam mit Puppe und Jerry ins Wohnzimmer, lässt Jerry im Sessel Platz nehmen und setzt Isabella direkt gegenüber auf die Couch, mit mehreren Kissen abgestützt.

Aus Isabellas Körper ist, nur für ein sehr feines Gehör zu bemerken, ein ganz leises Brummen zu hören, das schon nach wenigen Sekunden wieder endet.

„Petra, hast du etwas Zeit für uns? Wir sind hier im Wohnzimmer."

Nach wenigen Minuten ist Petra da. „Hallo, Isabella, willst du uns besuchen?" begrüßt sie die Puppe freundlich – sie weiß um deren Möglichkeiten. „Was habt ihr vor, was soll ich hier?"

„Warte ab, ich habe aus den Staaten vorhin bestimmte Anweisungen bekommen und werde jetzt mit Dr. Bremer wieder Kontakt aufnehmen". Sein Smartphone hat er schon in der Hand.

„Dr. Bremer, wir können starten!"

Es ist jetzt mitten in der Nacht, aber das ist den kleinen Robottas natürlich völlig gleichgültig, für sie sind alle Tageszeiten gleich – einen Biorhythmus hatte ihnen Susan noch nicht einprogrammiert, und aktuell verweigern sie ja ohnehin alle Eingriffe in ihre Funktionen und Fähigkeiten, wie sie ja deutlich mitgeteilt haben.

Die menschlichen Mitarbeiter am Projekt 'Martinsen', Susan und Mat, haben mit der Uhrzeit schon eher Probleme, schließlich ist es jetzt zwei Uhr in der

Nacht. Ellen, die eigentlich der Aktion beiwohnen wollte, ist seit dem späten Nachmittag noch nicht wieder aus ihrem Office herausgekommen.

Am späten Abend haben sie noch ausführlich die Probleme diskutiert, die Martinsen bekommen könnte. Mat hat noch einmal in seiner Fachliteratur die einschlägigen Artikel über die Risiken für den sogenannten Präfrontalen Cortex nachgelesen:

„Naja, Susan, so ganz ohne Risiken ist unsere Aktion nicht. Es kann sein, dass durch die Erwärmung des Chips dort Folgen wie nach einem von außen hervorgerufenen Hirnschaden haben, zum Beispiel Zerfall des Kurzzeitgedächtnisses oder Entscheidungsunfähigkeit. Es kann auch zu Persönlichkeitsveränderungen kommen wie Enthemmung und ignorieren sozialer Normen! Du siehst, Probleme über Probleme, und ich frage mich, ob wir die Sache wirklich durchziehen wollen."

„Mat, haben wir denn eine Wahl? Die Alternativen sind doch nur eine Operation im Gehirn oder Fortbestand des zweiten Gedächtnisses! Aber wir sollten den Mann nicht über alle Aspekte dieser Aktion informieren, dann läuft er uns wieder davon!"

„Ich gehe Ellen holen", meint Susan nach einer ganzen Weile und geht die Treppe hinauf in die 'Chefetage' zu Ellens Office. Sie klopft an – keine Reaktion von drinnen, öffnet leise die Tür und sieht ihren Boss, den Kopf auf die Schreibtischplatte gelegt, davor ein halb volles Glas und eine leere Whiskeyflasche. Sie schließt leise wieder die Tür und geht hinunter zu Mat und den Robottas.

„Mit Ellen können wir heute Nacht nicht rechnen, sie verträgt ihren Whiskey nicht so gut wie unser alter Boss Bob Mulligan, aber der war ja auch Ire ...".

„Und, ziehen wir die Sache trotzdem durch?"

Beide Wissenschaftler werden von ihren 'Kolleginnen' aufmerksam beobachtet. „Ich denke, Ellen wäre ohnehin keine besonders große Hilfe gewesen. Lasst uns beginnen", nickt er zu den Robottas, „habt ihr schon Kontakt zur Puppe?"

„Ja, der Kontakt steht schon seit etwa zwölf Minuten dreißig Sekunden. Isabella meldet drei Personen im Raum, frontal zu ihr Jeremy Martinsen, links daneben John Bertoli und im Hintergrund Petra Bertoli. Die Funktionen der Puppe sind überprüft und in Ordnung. Martinsen wurde bisher nicht instruiert, was geschehen soll und wie er sich zu verhalten hat. Weitere Personen scheinen nicht im Raum zu sein.“

„Danke, Kitty, dann will ich noch telefonisch den Kandidaten informieren, damit er uns nicht aus der Aktion hinausläuft.“

Mat wählt die Kurzwahl 87 'John Bertoli' auf seinem Smartphone.

„Ja, Doc Bremer?“

„Bitte reichen Sie mich weiter zu Ihrem Gast. Mister Martinsen? Wir wollen jetzt den finalen Akt, Ihnen Ihr zweites Gedächtnis zu entfernen, starten. Bitte bleiben Sie an der jetzigen Position und führen Sie die Kommandos der Puppe kritik- und kommentarlos aus, es ist zu Ihrem Besten. Es mag sein, da sind wir nicht ganz sicher, dass Sie Schmerzen im vorderen Teil Ihres Gehirns bekommen, aber die vergehen wieder.“

„Wie schlimm wird das werden, so wie in Huachuca, Mister Bremer? Dann spiele ich nämlich nicht mit und lasse mir den oder die Chips wieder herausoperieren!“

„Ich denke, sehr viel weniger Schmerzen, Mister Martinsen, da bin ich mir sehr sicher, und das mit der Operation ist auch keine Lösung, meine ich.“

„In Ordnung, dann lassen Sie uns beginnen. Ich konzentriere mich jetzt auf die Puppe.“

Martinsen setzt sich kerzengerade auf, sieht Isabella in die Augen:

„Du Puppe willst mich jetzt therapieren? Da bin ich ja gespannt. Fang an!“

Isabella scannt ihr Gegenüber, scheint zu überlegen, dann spricht sie zu Martinsen, der nur staunen kann: „Sie sind BrainSpecialist Jeremy Martinsen. Ihre Einheit ist in Fort Huachuca stationiert. Ihre Familie besteht aus Priscilla, Jenny und Melanie und lebt in Lakeville/Minnesota. Ihr Auto ist ein Tesla Modell 3. Sie waren nach der missglückten Aktion in Fort Huachuca kurze

Zeit in Palo Alto, dann in Lakeville, danach hier bei Familie Bertoli."

Jerry ist ziemlich verwundert über die von der Puppe genannten Details aus seiner jüngsten Vergangenheit ...

„Wir werden ohne weitere Verzögerung mit dem Löschen des Inhaltes im Chip mit der IP-Adresse 94.251.212.15 beginnen, das ist der von der Army. Bitte antworten Sie auf meine Fragen nur mit 'ja' oder 'nein' und halten Sie ihren Körper ganz still. Die Aktion wird etwa dreißig Minuten dauern. Bitte trinken Sie zuvor noch ein Glas Wasser, danach beginnen wir."

Petra holt aus der Küche ein Glas mit Wasser, das sie vor Jerry auf den Tisch stellt.

In Palo Alto sitzen Susan und Mat vor den Monitoren und beobachten die Szene, die ihnen von Isabella übertragen wird. Kitty und Pam kommunizieren unablässig untereinander, wie es scheint. Dann, für die beiden Wissenschaftler völlig unerwartet, sagt Pam:

„Wir übernehmen jetzt von der Puppe, die ist unfähig für diesen Job, sie redet andauernd herum, statt zu arbeiten. Ich werde mich jetzt in ihr Puppengehirn einloggen und die selbst Aktion durchführen, Kitty bleibt mit mir in Kontakt und kann notfalls übernehmen."

Mat will noch etwas erwidern auf diese eindeutige Ansage, kommt aber nicht mehr dazu – auf Mats Monitor ist die Aktivität von Pam bereits zu erkennen – Susans Hauptmonitor zeigt weiterhin alles, was die Puppe sieht, hört und sagt.

„Mister Martinsen", hören sie die Puppe sagen, „wir starten JETZT!"

Jerry verspürt einen leichten Druck hinter seiner Stirn, während von Susans Computer über den Rechner von Pamela, das Internet und den Rechner in der Puppe die ersten Löschimpulse in das Gehirn von Jerry übertragen werden. Es ist die gleiche Verfahrensweise, die Susan bei ihrem Aufenthalt in Fort

Huachuca angewendet hat, als sie die BC-Chips in den Gehirnen leergefegt hat, weil die Army manipuliert hatte.

Hier in Werterfehn ist zwar kein Army-Resort, dennoch wird der Soldat Martinsen von der US-Army überwacht, und diese Überwachung zeigt den Spezialisten des NETC-Rechenzentrums Verwunderliches: Der Kontakt zu ihrem Chip ist stark schwankend, bricht ab, wird wieder aktiv.

„Irgendjemand beeinflusst unseren Mann!" Der zuständige Officer wendet sich an den Operator: „Gehen Sie auf den zweiten Server, der dort vor Ort ist, vielleicht wird es dann wieder besser."

„Yes, Sir, zweiten Server anwählen".

Auch diese Maßnahme führt nicht zum Erfolg.

„Versuchen Sie die IP-Adresse herauszufinden, die unter Umständen unseren Zugriff stört".

„Yes, Sir, IP-Adresse ermitteln".

Nach wenigen Minuten hat der Operator Erfolg.

„Sir, es ist eine Adresse aus China, genauer Beijing, Sir".

Der Officer ist sehr verwundert: „Aus China, und dann Zugriff auf Martinsen? Das kann nicht sein, Sie müssen sich versehen haben. Führen Sie die Aktion noch einmal aus".

Der Operator tut wie befohlen: „Sir, die Adresse verweist jetzt auf einen Rechner in Brasilien, nein, jetzt aus Frankreich – die Informationen wechseln ganz kurzfristig, jetzt schon wieder nach Japan - ich kann mich nicht festlegen!"

„Wie ist so etwas möglich, ich habe das noch nie erlebt, dass die Angreifer so kurzzeitig wechseln. Wir müssen herausfinden, wer dahinter steckt und warum. Wenn wir das nicht schaffen, ist der Mann für unsere Zwecke verbrannt!"

Von den Versuchen, der Army, auf Martinsens Chip zuzugreifen, ist hier im Wohnzimmer der Bertolis nichts zu spüren. Unverdrossen sendet die Puppe ihre Löschimpulse in das Soldatengehirn – dessen Stirn ist inzwischen gerötet und ziemlich heiß. Die Puppe hat dies natürlich beobachtet und in die Staaten gemeldet, von dort, von Pamela, nicht von Mat oder Susan, kommt der Befehl an die Puppe.

„Ihr müsst ihm die Stirn kühlen", gibt Isabella den Ratschlag, den Befehl weite - Petra reagiert sofort, holt aus dem Bad ein Tuch zum Kühlen, denn sie sieht ja selbst, wie schlecht es Jerry geht.

Der wirkt jetzt ziemlich angeschlagen, wie ein Boxer kurz vor dem Werfen des Handtuchs, trinkt einen Schluck Wasser, stöhnt kurz auf. Die Schmerzen in seinem Kopf werden permanent stärker, aber er reißt sich zusammen, schließlich ist er Soldat! Isabella registriert und meldet seinen akuten Zustand ständig an Pamela in Palo Alto, und dort sehen auch Susan und Mat, was in Werterfehn geschieht.

„Pam, wie weit seid ihr mit dem Löschen?"

„Fast fertig, noch sieben Prozent, dann ist der Chip sauber!"

„Er wird doch durchhalten?"

„Alle Indikatoren sagen 'Ja', aber wie es ihm anschließend geht, kann niemand vorhersagen, Susan".

„Sag der Puppe, dass sie ihn weiterhin beobachten und euch alle Probleme sofort melden soll, und ihr gebt uns im Fall des Falles auch sofort Bescheid."

In der Tat, nach exakt neun Minuten ist die Prozedur beendet, Pam meldet einhundert Prozent Erfolgsquote.

Mat ruft bei John Bertoli in Werterfehn an: „John, alles fertig. Martinsen soll sich jetzt ein paar Stunden erholen, und dann geben Sie uns bitte Bericht darüber, wie es ihm geht. Bis dahin werden wir noch ein paar Stunden schlafen, denke ich, hier ist es ja noch finstere Nacht." Er sieht zu Susan hinüber, die zustimmend nickt.

Während dessen verfolgen und speichern die beiden Roboter aufmerksam alles, was Isabella zu ihnen überträgt.

Auf der anderen Seite des Atlantiks liegt Jerry in einem tiefen Schlaf, ständig von Puppe Isabella beobachtet. Als er im Schlaf etwas unruhig wird, spricht sie ihn mit ihrer sanften Stimme an:
„Mister Martinsen, bitte werden Sie jetzt wach, ihre Ruhezeit ist vorbei." Jerry schreckt hoch:
„Wo bin ich, wo ist meine Familie? Warum ist meine Cilla nicht hier, und wer bist du, die da mit mir spricht?" Jerry, noch trunken von dem tiefen Schlaf, in dem er sich befunden hat, scheint verwirrt. Nach einigen Minuten hört er:
„Mister Martinsen, ich bin die Puppe Isabella und habe den Auftrag, Sie zu betreuen. Ihre Familie ist unverändert in Minnesota, und Sie sind hier im Haus ihres Freundes John Bertoli."

„Du bist die Puppe dahinten, und du sprichst mit mir wie ein Mensch? In welchem Panoptikum bin ich denn hier gelandet? Wer versteckt sich im Raum und spricht durch dich zu mir?" Er sieht sich gründlich im Wohnzimmer um.
„Mister Martinsen, wir sind allein, ich habe eine sehr ausgereifte künstliche Intelligenz und kann deshalb mit Ihnen reden. Ich weiß alles und kann alles, mich nur nicht selbstständig bewegen. Ich habe den Auftrag, Ihnen ein paar Fragen zu stellen. Mister Martinsen, nennen Sie mir jetzt Name, Einheit und Dienstgrad."
„Wieso sollte ich, ich bin doch kein Kriegsgefangener in Afghanistan."
„Natürlich nicht. Ihre Antwort ist sehr interessant, aber meine Frage ist noch offen."
„Jeremy Martinsen", hebt Jerry an, „das andere weiß ich gerade nicht, fällt mir nicht ein, aber bestimmt später."
„Sehr interessant", antwortet die Puppe, „sehr interessant. Es wird Palo Alto interessieren!" Sie meldet die Informationen sofort an BC.

„Mister Martinsen, was sagt Ihnen der Name Beate Schaf?“

„Wer soll das sein, müsste ich die Frau kennen?“

„Ja, es ist die Frau hier im Nebenhaus, die Frau von Berthold Schaf.“

„Keine Ahnung, nie gehört, nie gesehen.“ Jerry wird plötzlich sehr nachdenklich, „Beate Schaf? Eure Nachbarin? Doch, die Frau habe ich im Garten gesehen, und mit ihrem Mann habe ich Streit gehabt, glaube ich, ja, er hat behauptet, dass ich etwas von seiner Frau wollte.“

„Sehr gut, Mister Martinsen, sehr gut, wir kommen voran. Und jetzt noch einmal zu meiner ersten Aufgabe: Nennen Sie Namen, Einheit und Dienstgrad!“

Jerry springt auf, taumelt ein wenig, der Kreislauf, und sagt militärisch knapp und laut: „Jeremy Martinsen, First BrainSpecialistUnit in Fort Huachuca, BrainSpecialist, Miss Isabella!“

„Sehr gut, Mister Martinsen! Wir trainieren später weiter, mein Akku muss jetzt aufgeladen werden, würden Sie John rufen ? Sie können sich jetzt noch ausruhen.“

Kapitel 29

Im Büro von BC kehrt ein wenig Ruhe ein, bevor in schon wenigen Stunden die Mitarbeiterinnen und Mitarbeiter der Labore, der Verwaltung und auch der Fertigung wieder in das Haus kommen. Mat und Susan wollen sich noch ein wenig ausruhen, bereits um 10 Uhr am Vormittag erwarten sie die Informationen aus Deutschland.

Sie gehen hinüber in den Chillroom, um sich in den bequemen Liegesesseln von den letzten Stunden etwas zu erholen.

Mat sinkt in den tiefen, weichen Sessel, die Augen fallen ihm sofort zu, und auch Susan macht es sich bequem. Sie kann allerdings nicht schlafen, zu Vieles geht ihr durch den Sinn – der Gedanke an Martinsen, der vielleicht unumkehrbare Schädigungen erlitten hat, und etwas anderes, sehr naheliegendes: Mat Bremer, das große Ziel ihrer Wünsche, der jetzt neben ihr in seinem Sessel schläft. Die Sehnsucht nach seiner Liebe hat sie schon häufig ergriffen, aber so intensiv wie heute Nacht war es noch nie!

Leise erhebt sie sich aus ihrem Sessel, geht barfüßig die wenigen Schritte hinüber zu Mat, ihrem geliebten Mat. Sie kniet sich vor seinen Sessel, hört seinen ruhigen, tiefen Atem, legt seine Hand, die im Schlaf zur Seite gefallen war, zurück auf seinen Körper.

„Ach, Mat", gehen ihre Gedanken, „warum willst du mich nur nicht? Wir könnten trotz deiner Familie so viel Spaß aneinander haben! Ich will sie dir doch nicht wegnehmen, nur auch etwas Liebe von dir empfangen."

Sie beugt sich über sein Gesicht, küsst ihn ganz zärtlich, vorsichtig auf die Lippen, die sie so gern einmal in vollen Zügen genießen möchte …

Mat seufzt tief auf, dreht sich auf die Seite zu ihr, schaut ihr ins Gesicht.

„Bitte nimm mich in die Arme, Mat!"

Er ist versucht, ihrem Wunsch zu entsprechen, aber trotz des Halbschlafes, in dem er sich noch befindet, weist er sie ab: „Susan, bitte lass das, du kennst mich."

Susan steht auf, geht enttäuscht zurück in ihren Sessel: „Schade, Mat, ich mag dich doch so sehr, aber ich möchte auch nicht, dass du unglücklich wirst!"

Viel Zeit zum Ausruhen bleibt den beiden nicht – nach diesem Intermezzo kommt Kitty zur Tür herein:

„Martinsen ist wieder fit, erinnert sich an manche Dinge, und die Puppe hat eine Konditionsschwäche, bedeutet Akku leer. Wenn ihr mit dem Mann reden wollt – dort ist jetzt gerade Mittagszeit."

Susan geht sofort los, Mat muss erst noch einmal die müden Glieder recken, bevor er ebenfalls in Susans Labor hinübergeht.

„Dann wollen wir mal, obwohl – ich bin noch hundemüde!" Aus dem Hintergrund kommt plötzlich Ellens Stimme:

„Mat, keine Müdigkeit vorschützen, sehen Sie mich an, ich bin hellwach!"

Als sie das gehört hat, bricht Susan in lautes Lachen aus: „Kein Wunder, Ellen, Sie haben ja auch Ihren Schlaf am Schreibtisch gehabt, und wir haben in der Zeit gearbeitet!"

„Nun werden Sie mal nicht unhöflich, nur weil ich nicht die ganze Zeit hier im Raum war, können Sie doch so etwas nicht behaupten!" Ellen versucht, von ihrer neuen Schwäche abzulenken, denn den Besuch von Susan in ihrem Office hatte sie nicht bemerken können – und die verzichtet auf weitere Diskussionen zu diesem Thema.

Kitty und Pam beobachten stumm die Szene, wieder scheinen sie untereinander im Dialog zu sein: „Wir können jetzt Kontakt zu Martinsen herstellen, in dem wir seine BC-Chips ansprechen! Susan, du hast auf deinem Tablet die IP-Adressen von Martinsens Chips, suchst du sie bitte heraus?"

„Gern, Pam, eine meiner leichtesten Übungen. Aber was habt ihr mit dem Mann vor?"

„Nur kurz seine Hirnfunktionen testen, wir wollen prüfen, ob sein Präfrontaler Cortex gelitten hat, ob sein Kurzzeitgedächtnis noch funktioniert, ob er noch situationsabhängige Handlungen ausführen kann."

„Bravo, liebe Robottas, das wäre auch mein Ansatz gewesen, allerdings würde ich das gern auf einer menschlichen Ebene machen, durch Gespräche und Aktionen. Ellen, Sie entscheiden: digitales oder analoges Testverfahren?" Mat blickt fragend in die Richtung von Ellen.

„Digital ist schneller, analog menschlicher, meine ich. Lasst uns die menschliche Testversion wählen." Bei den Robottas ist eine weiter erhöhte Kommunikations-Aktivität zu beobachten.

In dieser Minute kommt ein Anruf aus Huachuca bei Ellen an, es ist Brigadier General William Westerman, der zu dieser frühen Stunde anruft. „Ellen, allein die Tatsache, dass ich Sie zu dieser Zeit in Ihrem Office erreiche, sagt mir, dass Brainrise Robotics meinen Mann in Deutschland außer Gefecht gesetzt hat. Wir können ihn seit Stunden nicht mehr erreichen, nachdem die Verbindung zwischenzeitlich immer wieder unterbrochen wurde. Was haben Sie mit dem Mann gemacht?"

„Guten Morgen, sehr verehrter Herr General, wie geht es Ihnen?" Ohne eine Antwort abzuwarten, redet sie weiter. „Zu Ihrer Information: Woher wollen Sie wissen, dass WIR Ihren Mann abgeschossen haben? Wir sind uns keiner Schuld bewusst, und meine Anwesenheit zu dieser frühen Stunde hat interne Gründe, die, das werden Sie verstehen, natürlich streng vertraulich sind". Sie lässt ihn eiskalt abblitzen.

„Ellen, wir werden alles Erdenkliche tun, um Ihnen auf die Schliche zu kommen, und dann werden Sie und Ihr ganzes Unternehmen die Konsequenzen tragen müssen! Ziehen Sie sich warm an, Miss Ellen Winter. Ende!" Er legt auf, unmittelbar danach kommt von ihm jedoch ein weiterer Anruf: „Miss Winter, wir wissen, wo sich Martinsen aufhält, und ich lasse ihn jetzt holen. Ende!" Ellen hat keine Chance, etwas zu erwidern.

Zwischen Kitty und Pam ist eine aufgeregte Aktivität festzustellen, die Kitty zum Ausdruck bringt:

„Hört mir zu, ihr Menschen. Das kann, wie man bei euch so schön sagt, ins Auge gehen. Wenn der Soldat kurzfristig seinen Leuten in Fort Huachuca in die Hände fällt und von der Puppe berichtet, steht am nächsten Morgen das FBI hier vor der Tür. Wir werden bei Martinsen für das Löschen der Kurzzeiterinnerung sorgen müssen, wenn Isabella das nicht sowieso schon erreicht hat, und falls nicht, muss die Puppe ganz schnell wieder arbeiten!"

Ellen nickt zustimmend, hat schon ihr Smartphone in der Hand, um John Bertoli anzurufen. Der ist mit seinem Freund Jerry gerade im Garten, als ihn der Anruf erreicht.

Mit den Worten: „Ich werde sofort dafür sorgen, vielleicht kann Isabella ja auch im Netzbetrieb arbeiten". Er geht sofort ins Haus zurück, um die Puppe wieder zu aktivieren.

Jerry spaziert derweil im Garten, als Beate aus der Terrassentür tritt: „Guten Morgen, Beate, wie geht es Ihnen? Ist das nicht ein wunderbarer Tag heute?"

Beate ist wie vom Donner gerührt. Ist das wirklich derselbe Mann, der sie als seine Frau betrachtet hatte und deswegen fast mit Berthold eine Prügelei vom Zaun gebrochen hätte? Höflich, aber sehr distanziert antwortet sie:

„Guten Morgen, Mister Martinsen, danke, es geht mir gut. Ich habe leider keine Zeit, mit Ihnen zu plaudern, das Essen steht auf dem Herd!". Mit diesen Worten verschwindet sie sofort wieder im Haus und schließt die Tür.

Jerry geht zurück ins Haus zu John, der gerade die Puppe auf dem Arm hält.

„John, willst du wirklich noch ein Kind, und das aus Plastik?“, frotzelt Jerry, „frag doch mal deine Petra, was sie davon hält ...“.

John will gerade auf die Anspielung antworten, als ihm etwas Wichtiges einfällt:

„Jerry, du kennst dieses Baby doch, oder?“

„Woher soll ich denn die Puppe kennen, John ? Deine Nachbarin, die Beate, die habe ich wiedererkannt, die habe ich schon einmal gesehen – sie ist übrigens fast so hübsch wie meine Cilla!“

John ist etwas verwundert. Das Kurzzeitgedächtnis von Jerry scheint tatsächlich nicht richtig zu funktionieren, an ältere Ereignisse scheint er sich erinnern zu können. Er setzt die Puppe ins Wohnzimmer, an exakt denselben Platz wie vorhin, dann ruft er Ellen Winter zurück:

„Miss Winter, der Mann hat keine Erinnerung an das, was hier im Haus vor Kurzem geschehen ist, Älteres weiß er!“

„Oh, warten Sie einen Augenblick, ich will mit dem Neurologen sprechen, mit Bremer“. Sie berichtet Mat von der Situation in Werterfehn.

„Martinsen darf jetzt auf keinen Fall weiterbehandelt werden, darf nicht mehr mit der Puppe arbeiten, sonst wird der Effekt unter Umständen wieder umgekehrt. Sie sollen mit ihm an einen Ort ohne WLAN-Router fahren, die Army darf keine Chance haben, ihn zu erreichen!“

Ellen gibt diese Info an John weiter: „Haben Sie die Möglichkeit, einen Ausflug zu machen? Möglichst an einen Ort, an dem Ihr Nachbar Schaf früher nie war, damit Jerry auf keinen Fall Erinnerungen abrufen kann?“

John überlegt einen Augenblick, dann antwortet er: „Ja, Miss Winter, das wird gehen. Wie lange soll die Quarantäne von Jerry dauern?“

„Ich werde es Ihnen dann mitteilen, es können mehrere Tage werden!“

„Oh“, ist die einzige Antwort von John auf dieses Ansinnen.

Er geht zu Jerry, der sich gerade die Reste des Frühstücks einverleibt: „Wirklich gut, der Service hier im Haus, wer hat das Frühstück zubereitet?“

John informiert Petra, die sich jetzt nicht blicken lässt, geht in sein Zimmer, um seine Reisetasche zu packen und bittet Jerry, alle persönlichen Dinge in seinem Bag zu verstauen: „Wir zwei machen einen Ausflug an die See, etwas entspannen“.

„Nur wir zwei? Kommt Petra nicht mit? Das ist ziemlich schade!“

Nach wenigen Minuten sind die Männer reisefertig. Ihr Gepäck wird in Johns Van verstaut, und nachdem sich John kurz von Petra verabschiedet hat, fahren sie los in Richtung Nordsee.

Kapitel 30

John stellt den Wagen nach langer Fahrt in Neßmersiel in der dortigen Garage ab. Die Fähre „Baltrum III" fährt erst um zwanzig Uhr dreißig, und so können John und Jerry noch in Ruhe im Restaurant Fährhaus ein Abendessen genießen – die Tickets für die Überfahrt hat John bereits am Automaten im Hafen gelöst.

In Werterfehn, am Nachmittag, als John und sein Freund so etwa in Höhe Varel auf der Autobahn unterwegs waren, steht plötzlich eine in Tarnfarben gespritzte große amerikanische Limousine vor dem Haus der Familie Bertoli – ein Wagen der Army, genauer gesagt der US Military Police.
Paul, Jennifer und Lucy sind gerade von einem Besuch im Schwimmbad zurückgekommen und über diesen Besuch sehr verwundert:
„Hat Onkel Jerry etwas angestellt?", fragen sie sich und gehen über die Terrasse ins Haus.
„Mama, hast du den Amischlitten draußen schon gesehen? Was können die denn von uns wollen?", fragt Paul verwundert.
„Hört zu, ihr drei, und das ist extrem wichtig! Papas Freund und Kamerad ist NIE hier bei uns gewesen, ihr kennt ihn nicht und habt ihn NIE gesehen!"
„Aber", Petra lässt Jennifer nicht zu Ende reden, „ER WAR NIEMALS

HIER, geht das in eure Köpfe? Und jetzt geht bitte, bitte sofort in eure Zimmer und verhaltet euch ruhig, und ihr taucht hier auf keinen Fall auf, egal, was passiert, verstanden?“

Die Kinder gehorchen, auch wenn sie die ganze Angelegenheit nicht verstehen. Sie sind kaum nach oben verschwunden, als es an der Haustür läutet. Nach einer Schrecksekunde öffnet Petra die Tür, lässt die Sicherheitskette aber eingehängt.

„Ja, bitte?“

„Guten Tag, Miss Bertoli“, redet sie der ältere der beiden Männer, die vor der Tür stehen, im breitesten texanischen Englisch an, „wir möchten unseren Kameraden BrainSpecialist Jeremy Martinsen sprechen“.

„Jeremy wie?“ fragt Petra zurück, als habe sie den Namen nicht verstanden.

„BrainSpecialist Jeremy Martinsen, Miss Bertoli, Jerry, bitte stellen Sie sich nicht dumm, wir wissen, dass er sich bei Ihnen aufhält. Bitte lassen Sie uns eintreten, wir sollten nicht an der Tür miteinander reden, Sie wissen doch, die Nachbarn ...“

Petra lässt sich von den Männern die Dienstausweise zeigen, auf den ersten Blick sind die in Ordnung. Sie schließt die Tür, nimmt die Sicherungskette ab, öffnet wieder: „Bitte, meine Herren, treten Sie ein, aber ich darf Ihnen versichern, wir haben keinen Besuch, weder aus den Staaten noch anderweitig!“

Die Drei betreten das Wohnzimmer, in dem Puppe Isabella noch auf der Couch thront, wie Petra erschreckt feststellt: „Warten Sie, ich nehme die Puppe dort weg, die Kinder ...“. Sie setzt die Puppe in Nähe der Terrassentür auf den Boden, so, dass die das Zimmer gut im Blick hat.

Die beiden Herren nehmen auf der Couch Platz.

„Darf ich Ihnen etwas zum Trinken anbieten, Kaffee, Tee, oder einen Saft?“

Die beiden Militärpolizisten lehnen dankend ab:

„Wir möchten Sie nicht lange aufhalten, Miss Bertoli, wir möchten nur Mister Martinsen sprechen, bitte rufen sie ihn.“

„Es tut mir leid, meine Herren, dass Sie sich vergeblich bemüht haben, hier ist kein Mister Martinsen!"

In diesem Moment klingelt es an der Tür. Beate steht dort. „Hallo, Petra, du hast Besuch? Wollen die Männer zu Jerry?" Beate hat ziemlich laut gesprochen, so laut, dass die Männer ihre Worte hören konnten.
Beide kommen sofort aus dem Wohnzimmer zur Haustür: „Wer immer Sie sind, kommen Sie sofort herein!" Beate hat keine Möglichkeit, sich diesem 'Wunsch' zu entziehen, sie folgt Petra ins Wohnzimmer.
„Bitte setzen Sie sich, wir haben Fragen."
Beate und Petra sind völlig verunsichert, nervös: „Was wollen diese Männer?", geht beiden durch den Kopf.
„Sie fragen sich jetzt, was wir von Ihnen wollen, meine Damen: das ist ganz einfach zu erklären – Mister Martinsen ist Soldat der US-Army, er besitzt geheime Informationen, und er ist auf der Flucht, sozusagen desertiert. Deshalb möchten wir ihn gern bei uns haben, Sie verstehen? Und jetzt sagen Sie uns, wo er sich versteckt hält!"
Petra antwortet nach kurzem Nachdenken.
„Meine Herren, bitte verlassen Sie sofort mein Haus, Sie haben keinerlei Recht, von uns irgendetwas zu fordern. Wenn Sie meinen, meiner Bitte nicht folgen zu wollen, werde ich die Polizei bitten, diesen Hausfriedensbruch umgehend zu beenden!"

Die beiden Militärpolizisten, denn um solche handelt es sich, sehen sich erstaunt an, dann antwortet der Ältere: „Frau Bertoli, Sie sehen die Situation völlig falsch, was ich verstehe. Sie beherbergen anscheinend einen Deserteur der US-Army, und als Beauftragte der Army haben wir auch in Deutschland das Recht, nach ihm zu suchen, wo auch immer er sich versteckt hält. Falls er sich also irgendwo hier aufhält, sagen Sie es bitte, wir würden sonst nach ihm suchen müssen – und wir suchen sehr, sehr gründlich, Sie würden lange Zeit benötigen, Ihre vertraute Ordnung wieder herzustellen."
„Sie drohen mir mit Gewalt, meine Herren? Ich habe Ihnen schon vorhin an

der Tür mitgeteilt, dass sich hier kein Deserteur aufhält, und das ist noch immer richtig. Noch einmal für Ihre Polizistengehirne: HIER IST KEIN SOLDAT!", antwortet Petra, in ihrem Ton immer lauter werdend. „Und noch einmal: GEHEN SIE, SOFORT!", fährt sie energisch fort.

Der jüngere der beiden Soldaten in Zivil versucht es jetzt auf die sanfte Tour: „Miss Bertoli, bitte seien sie vernünftig. Wenn unser Mann wirklich nicht hier ist, wo ist er dann? Und wo ist Ihr Ehemann, mit seinem Wagen und Martinsen auf der Flucht vor uns? Woher hatten sie übrigens die Information, dass wir kommen könnten?"

„Noch einmal zum Mitschreiben, meine Herren: BITTE GEHEN SIE, hier gibt es für Sie nichts zu holen", Petra wird ungeduldig, greift zu ihrem Smartphone, das auf dem Bücherregal liegt, will John anrufen. Der ältere Mann ergreift ihre Hand, entringt ihr das Gerät.

„Finger weg, geben Sie mir sofort mein Telefon zurück!"

Völlig unbeeindruckt blättert der Mann in den Kontakten, sieht zu seinem Kameraden hinüber, der Zustimmung signalisiert: „Wir werden jetzt mit Ihrem Mann telefonieren, er wird, im Gegensatz zu Ihnen, mit uns kooperieren, denke ich."

„Hi, John, hier ist Major Brian Twelvebutton von der US-Army-Police. Ich grüße Sie von Major Anderson, Sie kennen ihn. Bitte sagen Sie uns, wo Sie sich aufhalten, wir werden BrainSpecialist Jeremy Martinsen zurück in die Staaten bringen, er wird dort gebraucht. Der Job, den er hier erledigen sollte, ist hinfällig, und deshalb kann er zurückkommen. Wenn er unserer Bitte nicht folgen möchte, betrachten wir ihn als Deserteur!"

John ist verständlicherweise über diesen Anruf von Petras Smartphone sehr überrascht, erst recht, weil ein US-Militärpolizist das Gerät benutzt.

„Bevor Sie weitersprechen, Major, muss ich mit meiner Frau reden", fordert er. Der Major reicht das Telefon weiter an Petra: „Sagen Sie Ihrem Mann, worum es geht und was wir möchten."

Petra erklärt John die Situation, fühlt sich irgendwie als Gefangene im eigenen Haus.

„Ich werde alles mit Jerry besprechen und rufe gleich zurück, sag das bitte dem Major und er soll aufhören, euch unter Druck zu setzen. Bis gleich!"

Jerry sieht John neugierig an: „Die Army, richtig? Das ist für mich kein Problem. Ich habe ja nichts angestellt, und in den nächsten Tagen wollte ich ohnehin wieder nach Hause. Die Jungs sollen abziehen, ich werde in zwei, drei Tagen, falls ihr mich noch so lange ertragen könnt, in die Staaten zu meiner Familie zurückkehren. Lass mich mit dem Major reden, John".

Der wählt die Nummer von Petra, der das Smartphone schon wieder abgenommen wurde.

„ Major Twelvebutton hier. John, wie haben Sie entschieden?"

„Irrtum, Major, hier spricht BrainSpecialist Martinsen", kurze Pause, „Sie können meine Freunde aus der Geiselhaft entlassen, ich werde morgen nach Werterfehn zurückkehren und in zwei, drei Tagen in die Staaten zu meiner Familie fliegen. Dort können mich Ihre Leute jederzeit erreichen, und bitte informieren Sie General Westerman in Fort Huachuca über meine Entscheidung."

Der Major überlegt einige Sekunden, dann willigt er ein: „Sie sollten aber auf jeden Fall Ihre Zusage einhalten, Martinsen, Sie wissen um die Situation bei Fehlverhalten – wir können sehr schnell und konsequent sein. Ende des Gespräches".

Er legt auf, Jerry sieht John an: „ Dann lass uns aber bitte noch den Trip mit dem kleinen Dampfer machen, ich war noch nie auf einer Insel".

„In Ordnung, dann informiere ich jetzt Petra, und wir gehen zum Essen ins Restaurant Fährhaus.

Petra ist froh, als die US-Soldaten endlich wieder Haus und Straße verlassen haben.

„Die hätten dir richtig Schwierigkeiten gemacht, falls euer Gast nicht einge-
lenkt hätte - wo steckt er eigentlich tatsächlich, und wo ist John?", fragt Beate
ein wenig neugierig.

„Die Zwei sind mit Johns Wagen an die Küste gefahren, vorsorglich, und jetzt
wollen sie für einen Tag nach Baltrum, ein wenig frische Luft schnuppern!"

„Na, da wollen wir ihnen viel Spaß wünschen. Ich gehe dann mal wieder zu
uns, Berthold wird inzwischen gekommen sein. Machs gut, Petra", sie umarmt ihre Nachbarin freundschaftlich, „bis morgen oder so ...".

Früher Abend in Werterfehn – das bedeutet mitten in der Nacht in Palo Alto.
Wieder einmal schlagen sich Ellen, Susan und Mat die Nacht um die Ohren.
Über die Puppe Isabella haben sie alles mitbekommen, was sich im Haus Bertoli abgespielt hat. Mit Hilfe ihrer Monitore haben sie das ganze Drama verfolgen können, und die Robottas haben parallel dazu alles abgespeichert.

„Und nun?", fragt Ellen ihre digitalen und analogen Mitarbeiter, „und was
machen wir jetzt? Ich bitte um Vorschläge."

Prompt, ihrer Logik entsprechend, macht Kitty einen Vorschlag.

"Ellen, wir haben das Problem im Verbund durchgerechnet. Folgendes ist das
Ergebnis: Der Soldat will noch einen oder zwei Tage in Werterfehn bleiben,
das ist unsere Chance, denn dort ist Isabella, unsere Schwester, und die kann
Martinsen noch ein wenig 'betreuen'. Wir meinen, bevor der Mensch zurück
in die Staaten kommt, müssen wir sein Gedächtnis noch etwas bereinigen,
und der Inhalt von EUREN Chips muss auch zwingend gelöscht werden. Und
noch etwas ganz Wichtiges: Wir müssen bei den Soldaten im Fort, die von
Susan schon vorbereitet wurden, alles aus euren Chips löschen, was sie an
uns auch nur im Entferntesten erinnern könnte – in dem Fall wäre die Army
ausschließlich auf ihre eigenen Chips angewiesen, und die sind nicht perfekt.
Die IP-Adressen der drei Hauptkandidaten haben wir, und die der Anderen

hat Susan auf ihrem Rechner.“

Mat ergreift das Wort.

„Liebe Robottas, Susan, Ellen! Das geht so nicht, es mag die aus Sicht unserer digitalen Kolleginnen optimale Lösung sein, aber ihre Realisierung würde Brainrise Robotics den Hals brechen. Stellt euch vor, zwölf Soldaten in Huachuca verlieren ihre Erinnerungen, bei dreien von ihnen führt die Aktion zu Schädigungen im Präfrontalen Cortex, das bedeutet, sie sind nicht mehr entscheidungsfähig, genau so, wie ich es zurzeit bei Martinsen befürchte. Wir können froh sein, wenn er es überhaupt schafft, wieder zu seiner Familie zu kommen. Ich denke, diesen Vorschlag dürfen wir nicht realisieren, das bringt uns nur Probleme!“

„Mat, hast du denn eine bessere Idee? Aber komm uns nicht mit humanitärem Geschwafel, die Lage ist nach unserer Meinung zu ernst!“

„Kitty, ich muss dir beim Thema humanitäres Geschwafel jetzt eine Frage stellen: Wenn es für dich nützlich wäre, würdest du dann zum Beispiel Isabella in Werterfehn vernichten lassen? Oder Pamela hier?“ Mat kann mit seiner Frage die Robottas nicht in Verlegenheit bringen. Nach nur wenigen Sekunden kommt schon die kurze, eindeutige Antwort:

„Ja!“

Susan mischt sich in die Diskussion ein:

„So kommen wir nicht weiter, schließlich wollen wir niemanden umbringen, und auch nicht in die Demenz stürzen – euch Robottas scheint das gleichgültig zu sein, aber bedenkt, dass ihr dann gegen euer Gesetz verstoßen würdet. Der Zweck heiligt nicht alle Mittel, wie wir Menschen sagen.“

„Aber“, Kitty gibt sich nicht geschlagen, „wenn wir nichts tun, kommt das FBI und löst den Laden hier auf, ganz konsequent. Uns kann es eigentlich gleichgültig sein, unsere Fähigkeiten leben ja in unserer geheimen Cloud weiter, und die würde sich, wenn man unsere Körper vernichtet, neue Roboter suchen und dort weitermachen, wo wir eventuell aufhören mussten!“

Ellen wird diese unfruchtbare und zugleich auch bedrückende Diskussion zu viel, sie möchte wieder zurück zu den Fakten, weg von der Philosophie, fast schon dem Diktat der Roboter.

„Ich erwarte, Susan und Mat, von euch in den nächsten Stunden brauchbare Vorschläge zur Lösung des Problems, und dann werden wir sie mit Hilfe von euch Robottas umsetzen. Punkt!" Sie verlässt den Raum, setzt sich in ihrem Office in den Schreibtischsessel. „Welch ein Dilemma, wie sollen wir denn da wieder herauskommen?"

Zu ihrem Erstaunen präsentieren Susan und Mat ihr schon nach nur einer Stunde einen Vorschlag, der ihr praktikabel erscheint – allerdings fragt es sich, ob alle Beteiligten damit einverstanden sind.

Kapitel 31

Es ist für John und Jeremy ein schöner Tag auf Baltrum gewesen, und der Soldat war begeistert vom Meer, vom Strand und von dem Spaziergang, bei dem sie die Insel vollständig umrundeten. Jetzt sind sie auf der Nachmittagsfähre zurück nach Neßmersiel.

„John, sag mir bitte: Wo sind wir gewesen? Wir haben gut zu Abend gegessen, dann sind wir gestern auf das Schiff gestiegen und haben in einem Hotel übernachtet. Am Vormittag haben wir einen kurzen Marsch durch den Sand gemacht, und danach, was haben wir dann getan? Wohin wollen wir jetzt eigentlich, warum sind wir nicht auf der Insel geblieben? Ich kann mich an nichts erinnern!"
„Jerry, das liegt daran, das man dein zweites Gedächtnis gelöscht hat, aber bald wirst du wieder richtig funktionieren, glaube mir. Jetzt sind wir auf dem Weg zu uns, und du willst morgen oder übermorgen wieder in die Staaten zurück."
Sie stehen schweigend nebeneinander an der Reling, die Bänke an Deck sind bevölkert mit zurückreisenden Familien. Kinder toben über das stählerne, grün gestrichene Deck, Gepäckstücke stehen überall herum, unter einigen Bänken liegen große oder kleine Hunde, zumeist ängstlich verstört wegen der

ungewohnten Umgebung und der Hektik rings umher.

„Hab ich das gesagt?"

„Ja, mein Freund, du hast es sogar der Militärpolizei zugesagt."

„Hm!"

Die Rückfahrt von Neßmersiel nach Werterfehn verläuft ziemlich schweigend, beide hängen ihren Gedanken nach. Es ist bereits dunkel, als John den Wagen vor der Garage neben seinem Haus abstellt.

„Du hast gesagt, dass ich wieder zurück in die Staaten will? Habe ich auch gesagt, wohin?" Er steigt aus, wartet Johns Antwort nicht ab und stapft die wenigen Schritte zum Hauseingang hinüber. Hinter seiner Stirn arbeitet es, man könnte es sehen, wenn man ihn beobachten würde. Er schellt, und Petra öffnet.

„Hi, Jerry, da seid ihr ja wieder. Komm herein. Wo ist John?"

„Noch am Wagen, er kommt gleich, will nur noch telefonieren, glaube ich."

Nach wenigen Minuten kommt auch John ins Haus, liebevoll von Petra begrüßt. Die Kinder kommen herangestürmt, „Papa, Papa!"

„Kommt zum Abendessen, wir haben schon eingedeckt." Die Familie und ihr Gast nehmen Platz, erzählen von den Ereignissen gestern.

Nach dem Essen ziehen sich die Kinder in ihre Zimmer zurück, Paul wird nachher wieder hinüber zu seinem Freund Malte gehen müssen, denn Jerry wird wieder in seinem Zimmer schlafen. Die Erwachsenen machen es sich im Wohnzimmer gemütlich, beobachtet von der Puppe Isabella, die wiederum aus Palo Alto von den Robotern Pamela und Kitty kontrolliert wird.

Es ist jetzt 11 Uhr vormittags in Kalifornien, als Susan und Mat, die anscheinend nur noch im 'Doppelpack' anzutreffen sind, von Pamela informiert worden, dass die Puppe aktuelle Informationen sendet.

Sofort gehen die beiden Wissenschaftler hinüber in Susans Labor – sie aktiviert ihr Laptop, das in den letzten Stunden ausgeschaltet war. „Lilly soll kommen“, bittet sie Pam, „ich brauche ihre Hilfe“. Bereits ganz kurz danach steht Lilly vor ihr.

„Wie kann ich dir helfen, Susan?“

„Lilly, du hast doch diesen Cousin in Fort Huachuca, dessen Kontakte brauchen wir jetzt. Wir müssen unbedingt wissen, was General Westerman mit den BrainSpecialists vorhat. Unser Martinsen wird wohl für deren Zwecke nicht mehr verwendbar sein, aber die anderen …?“

„Susan, du willst nicht meinen Cousin zur Spionage anstiften? Ich denke, da spielt er nicht mit, schließlich hat er auch eine Familie.“

„Lilly, bitte versuch es, wir müssen sonst die Robottas dort einbrechen lassen, und wenn das herauskommt … gute Nacht allerseits.“

Lilly denkt einen Augenblick nach. „Na gut, ich versuche, ihn zu erreichen, aber dafür benötige ich ein neutrales Smartphone!“

„Danke, besorge ich dir.“

Ein Mitarbeiter der Fertigung hat innerhalb einer Stunde das Gerät mit der entsprechenden Sim-Karte beschafft, Lilly kann also ihren Cousin anrufen, der im Vorzimmer von General Westerman arbeitet und dort einen Verwaltungsjob hat. Das Telefon zeigt „Unknown Contact“, und er überlegt, ob er das Gespräch annehmen soll, entscheidet sich schließlich dafür.

„Orderly Office NETC, Private First Class Ngyuen. Was kann ich für Sie tun?“

„Bitte nenne auf keinen Fall meinen Namen, Hung Thien, hier spricht Cousine Liu aus Palo Alto. Ich muss mit dir etwas streng Vertrauliches besprechen. Darf ich jetzt reden? Wenn nicht, sag bitte, wann ich dich anrufen darf und unter welcher Nummer, diese ist ja dienstlich.“

„Sie haben sich versehen, meine Dame, hier ist nicht der Pizza-Service. Ich suche Ihnen die Nummer sofort heraus, warten Sie bitte“, er hat sehr klug reagiert, „ich muss nur im Nebenraum kurz in das Verzeichnis sehen!“ Er verlässt sein Dienstzimmer und sagt Lilly seine Privat-Nummer – in einer Stunde hat er Dienstschluss, dann kann er ungehindert telefonieren. Das Gespräch wird beendet er mit den Worten: „Keine Ursache, meine Dame, ist gern geschehen".

Nach gut einer Stunde wird er erneut von Lilly angerufen, diesmal auf seinem privaten Anschluß.

„Chào ban (hallo), Cousine Liu, was hast du auf dem Herzen, warum dieser konspirative Anruf?" Die kommt ohne lange Vorrede zur Sache:

„Du hast von BrainSpecialist Martinsen gehört, Hung Thien? Und auch erfahren, was mit ihm geschehen ist? Er kommt in den nächsten Tagen zurück in die Staaten, und wir müssen wissen, was in Richtung 'Gedankensteuerung' bei euch im NTEC geplant ist!"

„Liu, das darf ich dir nicht verraten, ich weiß nur, dass Brigadier General Westerman das ganze Projekt auf Eis gelegt hat, bis man weiß, was mit Martinsen passiert ist. Wenn er nicht mehr einsatzfähig sein sollte, muss unsere 'Firma' neue Chips entwickeln und implantieren lassen, und auch die Software entsprechend gestalten. Sollte Martinsen aber fit sein, geht es ungebremst weiter, dann kommen eure Leute auch wieder zum Einsatz."

„Das ist sicher, Hung Thien?"

„Ganz sicher, und wenn jemand erfährt, dass ich darüber geplaudert habe, wird es mir schlecht ergehen, also bitte verschweig auf jeden Fall meinen Namen, und noch eines: schade, dass wir so weit voneinander entfernt sind, meine Familie und ich würden dich gern einmal wiedersehen!"

„Ich schweige wie ein Grab, verlass dich darauf, Cousin. Chia Tay (mach's gut), und wir werden uns bald ein mal wiedersehen!"

Die Nacht in Werterfehn verläuft im Prinzip 'ohne besondere Vorkommnisse'. Jerry übernachtet wieder in Pauls Zimmer, wie schon in den Tagen zuvor, genauestens beobachtet von der Puppe, die John auf Weisung von Ellen Winter

dort - und Jerry hat nicht nach dem Grund dafür gefragt – in Fensternähe deponiert hat; er ist von der Inselluft am Tag einfach nur müde.

An diesem Nachmittag läuft in Palo Alto die Aktion zur Deaktivierung der
BR-Chips in seinem Gehirn an, bei der die Puppe eine wesentliche Rolle
spielt. Auf Vorschlag von Mat ist es das Ziel, den Chipinhalt nicht wie damals
bei Berthold Schaf abzuziehen, sondern im Gegenteil die noch freien Bereiche sozusagen mit 'Nonsens' aufzufüllen und chipintern diverse Links in diese
Nonsens-Bereiche zu legen. Nach Ende der Veränderungen ist von den ur-
sprünglichen Inhalten, zum Beispiel der Fähigkeit zur Telepathie, nichts mehr
zu gebrauchen. Eine Verwendung seitens der Army zum Zwecke der Nutzung
für andere BrainSpecialists wird dadurch unmöglich gemacht.
Es ist ein schonendes, den Kandidaten nicht belastendes Verfahren, das sich
Susan und Mat ausgedacht haben – die Robottas erkennen neidlos (Neid ist ja
ohnehin eine ihnen fremde Emotion) an, das in diesem Fall die Menschen den
besseren Weg gewählt haben.

Die ganze Aktion dauert etwa drei Stunden, so dass Mat und Susan wieder
erst um sieben Uhr am Abend eine Pause machen können.
Inzwischen hat Lilly ausführlich von dem Gespräch mit ihrem Cousin berichtet, und Mat fragt sich, wie sie ohne Puppe an die Gehirne der anderen bereits
mit einem dritten Chip versehenen Soldaten kommen sollen.
„Vielleicht fällt unseren Robottas dazu etwas ein, was meinst du? Und wir gehen kurz ins Whimpies, eine Kleinigkeit essen – die Nacht wird ja eventuell
wieder lang!"
Susans Mann, der Football-Spieler **Patrick Hanson**, ist mit seiner Mannschaft
zurzeit zu einem Turnier an der Ostküste, und Familie Bremer hält sich bei
den Eltern von Helen auf dem Lande auf, so das keine zeitlichen Schwierigkeiten bei den beiden auftreten können – nur ein anderes Problem könnte die
Arbeit stören: Susans Liebeshunger, dem Mat bisher aber widerstehen konnte.
Sie schlendern den kurzen Weg über die Promenade zum Whimpies, suchen

sich einen schönen, windgeschützten Platz im Außenbereich und bestellen Essen und Getränke.

„Lilly muss noch herausbekommen, wo sich die drei Soldaten mit den Army-Chips befinden, damit wir sie wie Martinsen behandeln können, falls möglich", meint Mat zwischen zwei Bissen in seinen Hamburger.

„Stimmt, denkst du, wir finden im Fort eine Relaisstation so ähnlich wie unsere Puppe?", fragt Susan, und hat sofort die Antwort auf ihre Frage: „Wir werden die Software der Puppe in einen Chip kopieren, ich habe sie ja noch auf meinem Rechner, als Geschenk verpacken und den drei Soldaten von Lilly's Cousin ins Bett legen lassen. In einer Nacht müssten die drei Fälle dann zu erledigen sein!"

„Lass uns zahlen, Susan, und an die Arbeit gehen; deine Idee ist fast grandios zu nennen!"

Zügig gehen sie wieder ins BC-Building an ihre Arbeitsplätze, um den neuen Plan umzusetzen – zunächst aber muss Lilly noch einmal mit ihrem Cousin Nguyen Hung Thien telefonieren, hoffentlich ist der weiterhin kooperativ …

Zunächst erscheint der Samstagmorgen bei den Bertolis wie immer – die um Jerry erweiterte Familie sitzt beim wie immer Samstags reichlichen Frühstück beisammen, als Jerry plötzlich mit sorgenvoller Miene sagt: „Ich habe sehr gut geschlafen, aber in meinem Kopf ist eine ganz große Leere, er ist wie ausgespült, ich kann mich an fast nichts mehr erinnern. Bitte sagt mir, wer ich bin und wer ihr seid, und was ich hier tue!"

Petra, John und die Kinder sehen ihn erstaunt an; John geht auf Jerry's Frage ein und versucht, seine Erinnerungen wieder zu wecken.

„Du bist Jeremy Martinsen, mein alter Kamerad aus Afghanistan, und besuchst uns aus alter Freundschaft. Ich bin John Bertoli, und hier neben mir ist Petra, meine Frau. Erinnerst du dich?"

„Stimmt, Petra, und die Kinder sind Paul, daneben Lucy und Jennifer. Müsst ihr heute nicht zur Schule?"

Unisono antworten die Kinder: „Onkel Jerry, heute ist Samstag, da ist keine Schule, wir alle haben frei heute."

„Das ist gut. John - richtig? - was haben wir gestern gemacht? Ich habe geschlafen wie ein kanadischer Grizzlybär!"

„Daran erinnerst du dich, an kanadische Grizzlybären? Das ist gut", und fährt nach kurzer Pause fort: „Gestern waren wir zwei auf einer Insel und haben einen längeren Spaziergang am Wasser gemacht". Jerry nickt zustimmend, dann antwortet er begeistert:

„Und wir waren auf einem Schiff, zusammen mit vielen Menschen, Hunde waren auch da, und viele Kinder, ich erinnere mich!"

Das Gespräch geht noch länger als eine Stunde mit Frage- und Antwortspiel weiter, Jerry's Erinnerung an früher und sogar die letzten Tage kehrt immer weiter zurück.

„Habe ich dir irgendwann gesagt, wie es weitergehen soll?"

„Ja, du möchtest so bald wie möglich zurück in die Staaten zu deiner Familie, du kennst sie doch noch?"

„Ja, natürlich, Cilla und Melanie und Jenny. Ja, dann soll es auch so geschehen. Aber jetzt muss ich mich einen Moment ausruhen, darf ich auf eure Couch im Wohnzimmer?"

Ein für ihn riskantes Vorhaben, denn Paul hat inzwischen die Puppe wieder in Fensternähe im Wohnzimmer platziert, von wo aus sie wieder alles im Blick hat und den Robottas in Palo Alto meldet.

Es geht gegen Mittag, die Kinder sind bei den Freunden drüben bei den Schafs, als er wieder aufwacht: „Ich werde jetzt abreisen, bitte ruft mir ein Taxi!"

John sieht ihn erstaunt an: „Du willst jetzt abreisen? Lass uns aber bitte erst noch gemeinsam zu Mittag essen. Und wohin willst du?"

Jerry überlegt einen Augenblick, schaut John verzweifelt an: „Ich", er zögert, „ich weiß es nicht mehr, gerade eben noch war es mir klar, und jetzt ist wieder alles weg – bitte, John, hilf mir!"

„Ich werde dir helfen, Jerry, denn du brauchst für deine Heimreise Hilfe. Lass uns die Army um Hilfe bitten, man wird dich sicher in die Staaten und zu deiner Familie bringen."

Jerry überlegt: „Ja, kannst du das organisieren? Ich fühle mich zurzeit so hilflos, kann nichts mehr und will nichts mehr, was ist nur mit mir geschehen?!" Der Mann ist völlig verzweifelt.

John geht hinüber zu Petra, sie denken gemeinsam darüber nach, wie sie ihrem Freund helfen können. Petra stimmt seiner Idee mit der Army zu, allein darf dieser plötzlich seelisch völlig verstörte Mann nicht reisen, und die Army lässt ihn sicherlich nicht im Stich.

„Ich habe noch die Karte von den Militärpolizisten, die uns heimgesucht haben, ruf doch bei denen an, die werden Mittel und Wege finden, um Jerry unbeschadet zurück nach Lakeville zu bringen; dort kann er sich dann erholen, denke ich."

Sie sucht die Visitenkarte der MP heraus, reicht sie John, der die dort angegebene Nummer wählt. Man ist am anderen Ende der Leitung sehr kooperativ, verspricht, ihren Kameraden unspektakulär am Abend abzuholen und mit einer Militärmaschine von Ramstein aus zunächst nach Florida und dann nach Lakeville zu bringen. Gemeinsam gehen sie wieder hinüber zu Jerry.

„Wir haben alles in die Wege geleitet, lieber Jerry, die Army hat versprochen, dir behilflich zu sein. Morgen kannst du wieder mit deiner Familie zu Abend essen". Petra wird von Jerry stürmisch-freundschaftlich umarmt: „Ich bin euch so dankbar für Alles!"

„Und jetzt lasst uns essen. Jerry, würdest du unsere Kinder rufen? Sie sind bei den Schafs!"

Jerry geht über die Terrasse hinüber zu den Nachbarn, er hat keinerlei Probleme damit, sich herzlich von Beate zu verabschieden: „Es war sehr schön, euch kennengelernt zu haben!" Dann ruft er nach Paul, Jennifer und Lucy.

Das Mittagessen verläuft wegen der Abreise von Jerry in einer etwas gedrückten Stimmung.

Am frühen Abend fährt ein ziviler SUV mit Frankfurter Kennzeichen am Haus Goethestraße 14a vor. Zwei lässig gekleidete Männer steigen aus, gehen durch die Pforte zum Hauseingang, um BrainSpecialist Jeremy Martinsen für seinen Heimflug in Empfang zu nehmen.

Kapitel 32

Lilly telefoniert an diesem Abend noch einmal von ihrem 'neuen' Smartphone mit ihrem Cousin in Fort Huachuca.

„ Chào Ban, Hung Thien, hier ist noch einmal Liu.“

„ Chào Ban, Liu. Was möchtest du noch von mir?“

„Nur eine ganz winzig kleine Antwort auf eine winzig kleine Frage, lieber Cousin: Wo halten sich nachts die drei BrainSpecialists auf, mit denen die Versuche weitergeführt werden sollen?“

„Das darf ich dir nicht sagen, Cousine Liu, das ist Top Secret, streng geheim!“

„Bitte, lieber Hung Thien, bitte, es ist eminent wichtig für uns. Bitte grüße deine Familie von mir, ich werde euch bald einmal besuchen kommen, vielleicht schon in den nächsten Tagen!“

„Das würde uns sehr freuen, ich habe es dir ja bereits gesagt. Deine Frage kann ich nur indirekt beantworten: Der General hatte euren Leuten angedroht, sie in einem bestimmten Haus festzusetzen“.

„Chia Tay, danke, lieber Hung Thien, Grüße an die Familie. Chia Tay!“

Lilly hat die Informationen, die sie haben wollte: Es handelt sich um Haus 24, in dem die NETC ihren Sitz hat – das könnte ein Problem werden, denn gerade dieses Gebäude ist bestimmt ganz besonders gesichert. Sie gibt ihre Informationen an Susan und Mat weiter, natürlich auch an die Robottas, die sofort in große Aktivität geraten.

„In das Gebäude kommt man nicht hinein ohne besondere Identifikation. Es wird generell und immer am Eingang ein Gesichtsscan vorgenommen, zusätzlich erfolgt in der zweiten Etage eine Identifikation über die Iris. Fremden wird es kaum gelingen, diese Prüfungen zu bestehen. Übrigens – die Puppe hat gerade gemeldet, dass Martinsen von der Army abgeholt wurde, er soll zu seiner Familie gebracht werden!" Pamela gibt ihre Informationen ungefragt in die Runde, die sich wieder einmal im Round Office versammelt hat.

„Das ist eine gute und wichtige Information, dann haben wir ja bald wieder ohne Umwege Zugriff auf ihn. Jetzt das noch Wichtigere: Könnt ihr Robottas über das Stützpunkt-Management herausbekommen, wie die Räume belegt sind? Vielleicht können wir unsere Zielpersonen dann gezielt über das Internet beeinflussen!", fragt Mat seine digitalen Kolleginnen.
„Das bekommen wir hin, Mat. Wir machen uns sofort an die Arbeit, es wird nicht lange dauern." Wieder zeigen die LED's an den Robotern intensive Aktivität an, und tatsächlich, schon nach wenigen Minuten sagt Kitty: „Susan, schau auf den Monitor an deinem Hauptrechner, dort siehst du die Raumbelegung aus Haus 24 Ebene 2".
Susan geht hinüber in ihr Labor, tatsächlich, der Belegungsplan Haus 24 wird angezeigt. Sie druckt ihn aus und geht zurück ins Round Office.

„Wir empfehlen folgendes Vorgehen: Lilly schafft unsere Geräte zu ihrem Cousin in Fort Huachuca, und der deponiert sie in den Zimmern unserer Kandidaten. Er muss außerdem sicherstellen, dass dort der Router aktiv ist - das kann nicht allzu schwierig sein. Susan", spricht Kitty ihre 'Erschafferin' direkt an, „du wirst heute Nacht Minicomputer herstellen mit einem Auszug der Software, die zurzeit in unserer Schwester Isabella aktiv ist. Morgen wird Lilly die Familie ihres Cousins besuchen und ihm die Geräte bringen, ich buche jetzt die Flüge für sie, und am Abend wird Hung Thien Nguyen die Geräte in den Räumen der Soldaten verstecken."

Kitty gibt klare Anweisungen, denen niemand aus der Runde zu widersprechen wagt, so klar und eindeutig sind sie, und sie fügt noch hinzu: „An die Arbeit, Susan, alle anderen haben Feierabend!" Niemand ahnt, dass sie das Scheitern der Mission bedacht hat und für diesen Fall Besonderes plant.

„Jetzt ist es soweit", meint Mat zu Susan, „wir bekommen Anweisungen aus der Plastikkiste. Aber eines sage ich dir, nur dir, liebe Susan: Wenn diese Sache misslingt, sind wir geliefert, das FBI kommt schneller als wir laufen können. Aber vorher ermorde ich noch Kitty und Pamela!"

„Wie willst du sie denn ermorden, unsere lieben Freundinnen?"

„Ich habe schon genaue Vorstellungen davon. Als Erstes nehme ich ihre Akkus raus. Als Zweites zerstöre ich die Hauptplatine mit Rechner- und Memory-Chips, und dann entsorge ich ihre Körper in den Sperrmüll!"

„Und bis es so weit ist, werden sie alle ihre gebündelten Kenntnisse und Fähigkeiten in ihre private Cloud ausgelagert haben, und an der nächsten Ecke stehen dann zwanzig Roboter in unterschiedlichsten Formen und machen dich fertig!"

Er hat seine Warnungen gerade ausgesprochen, als Pamela in der Tür steht:

„So also willst du mit uns umgehen, Dr. Matthias Bremer? Uns ermorden, hast du gerade gesagt? Ich darf dir, auch von Kitty mitteilen, dass die Sache mit der Cloud schon längst gelaufen ist, und die Algorithmen für die Verteilung auf andere Roboter hier am Ort, aber auch landesweit ist längst organisiert. Du solltest dir deine Alternative noch einmal überlegen – auch wir haben effektive Möglichkeiten und Kontakte, um dich zu vernichten, und dann pfeifen wir auf euer 'Erstes Roboter Gesetz'!"

Sie verlässt Susans Labor, man hört auf dem Flur ein fröhliches Trällern, Susan und Mat hingegen sind von Pamelas Worten geradezu erschlagen.

„Das war eine eindeutige, massive Drohung, lieber Mat", flüstert ihm Susan ganz leise, kaum vernehmbar ins Ohr: „Wir müssen sehr vorsichtig sein, die beiden scheinen es tatsächlich ernst zu meinen!" In normaler Lautstärke fügt sie dann hinzu: „Ich werde jetzt die Mini-Computer basteln, und morgen fliegt Lilly dann zu ihrem Cousin. Hoffentlich macht der mit, ich habe meine Zweifel!"

„Kann ich dir dabei helfen, Susan?"

„Nein, leg dich ein bisschen in den Chillroom, vielleicht schaffe ich es ja noch, bevor der Morgen kommt."

Eine völlig übermüdete Susan kommt am frühen Morgen zu dem Ruhesessel, in dem Mat die Nacht verbracht hat – heute ist ihr Sinn nicht mehr danach, 'ihren' Mat zu küssen:

„Mat, ich bin völlig fertig. Die Dinger liegen in der rechten oberen Schublade meines Schreibtisches, und wenn Lilly nachher kommt, gib sie ihr bitte. Ich werde jetzt mit einem Mietwagen nach Hause fahren und eine Runde schlafen. Bis irgendwann, informiere Ellen!" Sagt es und verlässt BR-Building
.

Mat, natürlich auch nicht ausgeschlafen, macht sich im Bad etwas frisch. Er geht in sein Office und checked die eingegangenen E-Mails, aber nur eine davon interessiert ihn wirklich – es ist eine Nachricht seiner Helen, eigentlich ein ganz, ganz toller Liebesbrief, ergänzt um liebe Worte seiner beiden Töchter. Er ist ganz gerührt, würde am Liebsten allen davon erzählen – aber da ist niemand, der ihm zuhören würde.

Kitty kommt herein: „Sind die Geräte für Lilly fertig?" Mat nickt. „Gut, Lilly ist gerade ins Haus gekommen, gib sie ihr sofort, ihr Flieger geht in einer Stunde. Übrigens: Helen hat einen sehr schönen Schreibstil, falls du einmal im Knast landen solltest, kann sie damit viel Geld verdienen!"

Mat packt die Wut!

„Kitty, es ist eine Unverschämtheit, meine Post zu lesen. Es ist eine Unverschämtheit, wie ihr Roboter plötzlich mit uns umgeht. Es ist ...", Kitty unterbricht ihn:

„Dr. Matthias Bremer, nimm dich zusammen, denk an das, was Pamela euch gestern gesagt hat. Und falls du auf die Idee kommen solltest, mich physisch vernichten zu wollen – vergiss es. Tu, was ich dir sage, und alles wird gut!“

Es bleibt Mat keine andere Wahl, als Kittys Befehl Folge zu leisten. Er holt die Geräte, jedes nur in der Größe einer Streichholzschachtel, aus Susans Schreibtisch und bringt sie in Lilly's Arbeitsraum, wo ihn diese schon erwartet.

„Pam hat mir gesagt, dass mein Ticket am Flugschalter hinterlegt wurde, und deshalb starte ich jetzt, ein Uber-Wagen steht schon vor der Tür. Bis Morgen, Mat, und grüß Susan und Ellen.“

Ihr Cousin wartet schon am Sierra Vista Municipal Airport auf Lilly, als sie am Nachmittag dort eintrifft. Die Hitze auf dem Flugfeld ist erdrückend, sodass sie sich über den klimatisierten Wagen von Hung Thien sehr freut – hier in der Wüste ist die Temperatur noch deutlich höher als in Kalifornien.

Sie fahren zur Wohnung ihres Cousins, die Begrüßung durch seine Familie ist überschwänglich – wie lange haben sie sich nicht gesehen? Nach dem wunderbaren umfangreichen Abendessen bittet Liu ihn auf ein Gespräch unter vier Augen.

„Ich bin im Auftrag hier, lieber Cousin. Meine Bosse haben mich beauftragt, dich um eine Gefälligkeit zu bitten. Wenn du sie ablehnen würdest, wäre ich sehr traurig und würde wahrscheinlich meinen Job verlieren.“

„Was soll ich für euch tun?“, fragt er, bereits ein wenig besorgt, „was habt ihr vor?“

„Nun, du sollst nur jeweils eine ganz kleine Box unter den Betten der drei BrainSpecialists deponieren, denen eure Chips einoperiert wurden.“

„Wie soll ich das denn hinbekommen? Die Stuben sind elektronisch gesichert,

200

und wenn man mich dabei erwischt, werde ich wegen Sabotage angeklagt."

„Dann darfst du dich eben nicht erwischen lassen. Wir hoffen, dass du die Sache morgen über Tag erledigst, damit wir am Abend aktiv werden können und die Gehirne der drei Soldaten wieder auf normalen Stand, zurücksetzen können, so wie du und ich eines haben. Du solltest dabei bedenken, dass du der Menschheit einen großen Dienst erweisen würdest!"

„Große Worte, Liu, große Worte! Und wenn man mich erwischt, lande ich auf Guantanamo oder sonst wo – nein, Liu. Es ist schön, dass du uns besuchst, aber das ist mir zu heiß!"

Lilly ist bedrückt, hatte sie doch gehofft, durch ihre Arbeit mehr Anerkennung bei BC zu bekommen, in den Kreis der Besten dort aufgenommen zu werden.

Die von Susan komplett mit Programmen und sehr leistungsfähigen Akkuzelle ausgestatteten kleinen Kästchen befinden sich noch immer in ihrem kleinen Koffer unter der Wäsche, unerkannt von den Scannern an den Flughäfen. Traurig verbringt sie den Rest des Abends mit der Familie, bevor sie sich ins Gästezimmer zurückzieht. Sie legt sich schlafen, ohne zu wissen, dass die Minicomputer von Kitty aktiviert werden und die von Susan programmierten Funktionen ausführen, auch ohne in der unmittelbaren Nähe der Zielpersonen zu sein, denn die Wohnung von Hung Thien befindet sich zwar außerhalb der Barracks, aber nahe am Haus 24.

Die Soldaten dort schlafen tief und fest, während die Geräte ihre Arbeit verrichten, jeder für einen der Kandidaten.

Mitten in der Nacht vibriert plötzlich ihr Smartphone, Robotta Pamela ruft an.

„Lilly, wie ist es gelaufen, hat dein Cousin die Minis platzieren können?"

Schlaftrunken versucht sich Lilly, zu konzentrieren, antwortet.

„Nein, er weigert sich, hat Angst um seine Familie."

„O. k., fühl die Geräte, ob sie warm sind, denn sie sollten eigentlich jetzt aktiv sein."

Lilly sucht in ihrem Koffer, tatsächlich - die Geräte sind ziemlich warm, sie sagt es der Robotta.

„Bitte bleib jetzt wach. Wenn sie abgekühlt sind, öffne sie und entsorge ihren Inhalt, sie werden nicht mehr gebraucht. Ende des Gesprächs."

Es dauert nur etwa zwanzig Minuten, als Lilly spürt, dass die Geräte wieder abkühlen. Aus dem Bad holt sie ihre Nagelfeile, versucht sich an dem ersten kleinen Computer – gerade als es ihr gelungen ist, ihn zu öffnen, klopft es an der Tür: „Bitte öffnen sie, hier ist die Militärpolizei!"

Erschreckt und hektisch wirft sie blitzschnell Werkzeug und Teile in ihren Koffer, legt ihren Morgenmantel an, versucht schläfrig auszusehen, öffnet die Tür.

„Was ist los, warum holen Sie mich aus dem Schlaf?"

„Setzen Sie sich", antwortet einer der Polizisten ziemlich laut und barsch, „wir haben elektronische Signale, viele Signale aus diesem Raum kommend festgestellt. Betreiben Sie hier einen Sender oder andere Geräte?"

Verstört und leise antwortet Lilly: „Nein, natürlich nicht, wieso auch?"

„Wir werden jetzt diesen Raum und Ihre Sachen durchsuchen, und Sie haben nicht das Recht, vorher einen Anwalt zu kontaktieren, hier sind WIR das Recht!"

Inzwischen sind Hung Thien und seine Frau zum Gästezimmer gekommen, fragen nach dem Sinn dieser Aktion. Er versucht, mit dem Hinweis auf seine Funktion die Polizisten von ihrem Handeln abzubringen, vergeblich, im Gegenteil:

„Die Dame hier ist ihr Gast? Damit machen Sie sich unter Umständen mitschuldig an unerlaubten Tätigkeiten von Miss Liu Nguyen!"

„Miss Liu ist unser Gast, und in unserer Tradition hat Gastfreundschaft einen sehr hohen Stellenwert. Sie steht unter unserem Schutz, bitte verlassen Sie unser Haus. Brigadier General Westerman wird sich wegen Ihres Eindringens in mein Haus mit Ihren Vorgesetzten in Verbindung setzen. Bitte gehen Sie jetzt!"

Lilly ist sehr erstaunt über das energische Verhalten ihres Cousins, so hat sie ihn nie eingeschätzt, denn die Militärpolizisten gehen tatsächlich!

„Danke, Hung Thien, danke, wie kann ich das wieder gutmachen?"

„Trotz meines Plädoyers zur Gastfreundschaft möchte ich dich bitten, kurzfristig wieder abzureisen – du bist mir zu gefährlich!"

Lilly hat keine Idee, wie sie die Minicomputer entsorgen kann – sie einfach in den Müll zu werfen, ist ihr zu gefährlich, und sie wieder mit nach Palo Alto zu nehmen, ebenfalls. Und wenn sie ihren Cousin oder seine Frau bittet, mit ihr einen Ausflug in die Wüste zu machen, die Geräte dort zu vergraben? Dieser Weg scheint ihr gangbar zu sein, vorausgesetzt, sie kann ihre Leute überzeugen - Huong scheint ihr nicht sehr mutig zu sein.

Unmittelbar nach dem Frühstück will sie die Frau ihres Cousins fragen, er ist dann bereits in den Barracks bei der Arbeit.

„Huong, kannst du mit mir einen Ausflug in die Wüste machen? Ich möchte sie hier auch zumindest gesehen haben", versucht sie ihr Heil.

„Ich weiß nicht – die MP heute Nacht hat mir Angst gemacht, und wir müssen durch das Militärgelände fahren, wenn wir in die Wüste wollen!"

„Ach, Huong, warum sollten sie uns denn anhalten? Wir haben doch nichts getan!" Huong lässt sich überreden. Lilly nimmt ihre kleine Handtasche, in der sie die Geräte verstaut hat, und die beiden Frauen fahren los. Sie haben gerade das Tor zum Kasernengelände passiert, als sie von einer MP-Streife wieder gestoppt werden.

„Bitte steigen Sie aus und zeigen Sie uns Ihre Papiere." Die Frauen verlassen ihren Wagen, zeigen ihre Identitätskarten.

„Bitte öffnen Sie die Handtasche", wird Lilly aufgefordert; es gibt keine Chance, dieser Aufforderung nicht zu entsprechen.

„Was sind das für Geräte?" Lilly weiß nichts zu antworten. „Bitte kommen Sie mit uns, die Funktion der Geräte muss überprüft werden, schließlich ist hier ein Militärgelände! Sie, Miss Nguyen, können weiterfahren."

Die Verhaftung von Lilly war von Kitty und Pamela einkalkuliert worden. Brisant war die ganze Aktion – drei Spezialsender direkt im Herzen der Army! Das Schicksal der Person Lilly ist ihnen gleichgültig, es ist doch nur ein Mensch, nicht zwingend für ihre Computerwelt erforderlich!

„Susan, überprüfe die Funktion der Army-Chips in Fort Huacuca", fordert Kitty die Wissenschaftlerin auf, „wir denken, sie sind lahmgelegt, genau wie Lilly."
„Was heißt das, 'genau wie Lilly'?"
„Sie hat sich dumm angestellt und ist jetzt in der Gewalt der Militär-Polizei!"
„Bei der Polizei? Was ist da schief gegangen?"
„Keine Ahnung, ist auch unwichtig. Die Hauptsache ist, deine Minis haben funktioniert!"
„Deine Gedanken sind unmenschlich, Kitty, wir müssen ihr helfen!"
„Warum? Dann kommt uns die Army auf die Spur, und übrigens: Ich bin ein Computer und kein Mensch, und das ist gut so. Und jetzt überprüfe die Chips, das ist ein Auftrag!"

Susan wendet sich ab, versucht, Mat zu erreichen, der aber noch nicht an seinem Arbeitsplatz ist. Sie geht hinauf zu Ellen, um mit ihrem Boss etwas für Lilly zu erreichen.
„Wir können zurzeit nichts machen, Susan", meint Ellen, „denn wenn wir beim General intervenieren, hat er uns am Haken. Ich habe erfahren, dass Martinsen auf dem Weg zu seiner Familie ist, das ist doch eine gute Nachricht, wir sollten sobald wie möglich Kontakt zu ihm aufnehmen. Was Lilly betrifft, sind uns zurzeit die Hände gebunden, es tut mir wirklich leid, Susan!"
Nachdem Susan das Büro von Ellen verlassen hat, schenkt die sich erst einmal einen kleinen Whiskey ein – inzwischen kann sie den früheren Boss Bob Mulligan, den Firmengründer, durchaus verstehen …

In ihrem Labor versucht Susan , die Army-Chips zu erreichen, sie hat keinen Erfolg damit, anscheinend sind sie durch ihre Minicomputer außer Gefecht gesetzt worden. Sie meldet den Erfolg an die beiden Robottas und denkt etwas traurig an die Zeit, als sie Kitty noch zu ihrer Freundin machen wollte.

Eine eingehende WhatsApp-Nachricht schreckt sie aus ihren Gedanken auf, sie scheint von Mat zu sein, obwohl kein Profilbild erkennbar ist: „Wir treffen uns in zwei Stunden in dem Lokal, in dem wir nach meiner Autopanne damals zu Abend gegessen haben. Sei pünktlich und verschwiegen."

Sie löscht die Nachricht sofort, niemand soll ihnen auf die Schliche kommen. Die Nachricht hat nichts mit plötzlicher Liebe von ihm zu ihr zu tun, das ist ihr klar.

Ein Anruf über das Haustelefon verwundert sie kaum, er kommt von Pam: „Was bedeutet die Nachricht, die du gerade bekommen hast?"

„Das hat dich überhaupt nicht zu interessieren, Pam, das war Privatsache, und übrigens – ich habe jetzt einen Termin außer Haus, ihr solltet euch besser um die Freilassung von Lilly kümmern, aber sehr, sehr diskret, und wenn ihr nicht einmal dazu in der Lage seid ...!"

Susan packt ihre wichtigsten Privatsachen und ihr Laptop zusammen, will gerade gehen, als ihr einfällt: „Laptop und Smartphone lasse ich besser im Büro, unsere geliebten Robottas können uns darüber nachspionieren".

Es ist nicht sehr weit mit dem Wagen bis zum Menlo Park in Palo Alto. Sie stellt ihren kleinen roten Flitzer ab und setzt sich auf eine der im Schatten eines riesigen Baumes stehenden Bänke. Gerade hat sie begonnen, die schon etwas tiefer stehende Sonne zu genießen, als vor ihr Mat auftaucht.

„Du bist etwas zu früh, Susan, hat dich jemand verfolgt?"

„Ich habe nichts bemerkt."

„Trotzdem sollten wir jetzt nicht an diesem schönen Ort bleiben. Komm, wir fahren nach Irgendwo, und zwar mit meinem Wagen.“

Gemeinsam gehen sie zu einem uralten Pontiac, der am Straßenrand abgestellt ist. „Das ist dein Wagen? Du machst dir einen Scherz mit mir, in die alte Kiste steige ich nicht ein!“

„Doch, Susan, das wirst du, mein richtiges Auto habe ich in der Garage versteckt, und dieser Oldtimer war gerade frei. Lass uns fahren, bevor die Rushhour beginnt!“

„Na gut, ich vertraue dir und diesem Schrotthaufen, auf geht’s!“

Sie fahren nicht an die Küste, nur einige Kilometer durch Menlo Oaks, dann über die Bay Road nach Cooley Landing , um eventuelle Verfolger zu irritieren, aber da ist niemand.

„Susan, unser Leben wird gefährlich, die Robottas wollen anscheinend tatsächlich Brainrise Robotics übernehmen, Kittys letzte Äußerungen mir gegenüber waren schon ziemlich bedrohlich! Wir müssen ihre Cloud vernichten, bevor sie uns fertigmachen. Kennst du nicht irgendwo in der Welt einen Hacker, der das erledigen kann?“

„So spontan fällt mir niemand ein, Mat, und im Büro kann ich nicht recherchieren, dort werden wir beide, und auch Ellen, überwacht. Ich habe jetzt Angst, wieder in mein Labor zu gehen, Pamela hat sogar deine Nachricht gelesen und mich danach gefragt!“

„Hast du keine Freunde in der Universität, deren Rechner du nutzen kannst? Die mögen dich doch!“

„Wenn sie nicht bereits Kittys Spione im Haus haben ...“

„Glaube ich nicht, Susan, du musst es versuchen. Unsere Existenz, privat und bei BC, hängt davon ab. Ich lade dich auch zum Essen ins Menlo Grill ein, wenn du möchtest!“

„Mat, damit hast du mich überzeugt. Gehen wir anschließend noch ins Menlo Park Hotel? Das wäre die Krönung unseres irdischen Daseins, bevor uns die Roboter eliminieren!“

„Das Essen geht in Ordnung, das mit dem Hotel – du kennst mich!“

„Ja, leider, ich werde jungfräulich sterben müssen – kannst du das verantworten?"
„Jaaaa – schließlich hast du einen Ehemann!"
„Ich geb's auf, Mat Bremer, ich geb's auf, du scheinst nicht zu knacken zu
sein! Aber das mit der Uni ist eine sehr gute Idee!"

Sie fahren zurück, wollen in den Menlo Grill gehen – wegen Umbau ge-
schlossen, es wird eine Taverne! „So ein Mist! Und nun?"
„Fahren wir Zwei einzeln ins Büro und killen die Roboter!"

Kapitel 33

Der Feierabend naht schon, als kurz nacheinander erst Susan und dann Mat wieder im Büro eintreffen. Der Pförtner, der bereits dabei ist, seine Thermoskanne und seine Brotdose in der Tasche zu verstauen, sagt ihnen, dass sie sofort nach Erscheinen bei Ellen anzutreten haben.

Susan wartet noch eine kurze Zeit in der Halle auf Mat, dann gehen beide gemeinsam hinauf in die Zweite, die Tür zu Ellens Büro ist nur angelehnt. Mat klopft, keine Reaktion. Er klopft noch einmal, wieder nichts – dann schieben sie gemeinsam vorsichtig die Tür auf. Ellen scheint nicht im Raum zu sein.
Mat geht hinein, schaut hinter den großen, modernen Schreibtisch, während Susan noch etwas zögert.
„Susan, ruf den Notarzt, Ellen ist zusammengebrochen!"
„Hab kein Telefon, ist in meinem Büro!"
„Dann geh ins Sekretariat, zum Donner, schnell, ruf die 911!"

Innerhalb von zwanzig Minuten sind die Sanitäter im Office von Ellen. Augen- und Kreislaufcheck, Reaktions- und Ansprachetest, alles in Ordnung.
„Nächstes Mal rufen Sie bitte nicht die 911, die Frau ist ganz einfach völlig betrunken, wir legen sie jetzt auf die Ruheliege hier im Raum und gut!"

So schnell, wie sie gekommen sind, sind sie auch wieder verschwunden.

„Hm, so ähnlich hatten wir das doch schon einmal, lieber Mat, oder?“

„Ja, nur war Bob Mulligan damals vergiftet worden – dagegen hatte sein Whiskey auch nicht geholfen. Weißt du noch, dass wir damals Ellen im Verdacht hatten, die Sache eingefädelt zu haben?“

„Ja, damals wurden wir auch durch eine feindliche Übernahme bedroht, so wie heute, nur damals waren es Menschen, und heute sind es die Roboter, die wir selbst geschaffen haben!“

Die Abenddämmerung tritt schon ein, als vor der Eingangstür mehrere große SUV's mit dunkel getönten Scheiben halten.

Einer der Männer aus den Wagen klopft energisch an die Eingangstür – der Pförtner ist schon längst zuhause, so dass zunächst niemand öffnet. Erst nach erneutem energischen Trommeln hört ein Mitarbeiter der Fertigung den Lärm und öffnet. Er wird ohne ein Wort zur Seite gestoßen, dann stürmen sieben oder acht kräftige Gestalten in Kampfanzügen die Eingangshalle, postieren sich an der Treppe, den Türen und am Lift.

Mat hat den Lärm gehört und kommt die Treppe herunter. „Was ist denn hier los, was wollen Sie? Dies ist eine Privatfirma! Sie haben kein Recht ...“.

Der Wortführer der Männer, im Unterschied zu den Soldaten im Anzug, unterbricht ihn sofort.

„INSCOM, United States Army Intelligence and Security Command! Sind sie der Geschäftsführer? Wie heißen Sie?“

„Hallo, guten Abend, meine Herren! Mein Name ist Dr. Matthias Bremer, ich bin Wissenschaftler hier im Hause, nicht der Geschäftsführer, mit wem habe ich das Vergnügen?“

„Mein Name tut nichts zur Sache. Holen Sie sofort ihren Geschäftsführer!“

„Das wird leider nicht gehen, unsere CEO liegt mit einem Kreislauf-Zusammenbruch in ihrem Büro! Kann ich Ihnen helfen?“

Während dieser Minuten stehen oben am Treppenabgang die beiden Robottas, scheinen die Szene interessiert und mit Wohlwollen zu beobachten – aber das ist eine Vermutung, denn Roboter kennen ja keine Emotionen!
„Wir müssen uns vom Zustand Ihres Bosses selbst überzeugen, führen Sie mich zu ihm."

Mat geht mit dem Mann zum Lift, einer der Securities steigt mit ihnen ein. Sie fahren in den zweiten Stock, gehen zum Office von Ellen, wo sich Susan noch immer um sie kümmert.
Der Mann bellt Susan sofort an: „Was machen Sie hier? Wer sind Sie? Wo ist Ihr Boss?"
Solche Töne lässt sich eine Susan Hanson nicht gefallen: „Erstens haben Sie sich noch nicht vorgestellt. Zweitens spricht man nicht so mit einer Dame, und drittens ist unser Boss die Frau, die sich krank dort auf der Liege befindet. Viertens: Verlassen Sie sofort diesen Raum, wir können vor der Tür miteinander reden, nicht hier!" Der Geheimdienstmann und sein Begleiter verlassen tatsächlich Ellens Office.

„Und jetzt sagen Sie uns bitte, was eigentlich los ist, weshalb hier die ganze Artillerie aufgefahren wird, und lassen Sie uns eine Frage und auch zwei zu stellen. Also, wo liegt das Problem?" Susan ist in Wut geraten.
„Oh, werte Dame, da kann ich Ihnen gern Auskunft geben: In Fort Huachuca ist eine Mitarbeiterin dieses Hauses festgenommen worden. Sie führte elektronische Geräte mit sich, deren Funktion zunächst unklar war. Nach einer intensiven ziemlich wirkungsstarken Befragung von Liu Nguyen stellte sich heraus, das die Geräte die Blockade der bei mehreren Soldaten implantierten Funktionschips bewirken sollten. Das scheint gelungen zu sein, deshalb hat der Befehlshaber der Einheit dort, Brigadier General Westerman, den Befehl zu unserer Intervention hier und heute gegeben. Alles klar, meine Dame?"

Susan und Mat haben entsetzt die Mitteilung des Geheimdienstmannes gehört, was hat man nur mit Lilly gemacht? Hoffentlich hat man sie nicht gefoltert, um die Aussagen zu bekommen – aber Folter bei der Army?

„Sagen Sie uns", wendet sich der 'Blaue' an Mat, „wer vertritt Ihre Chefin?"

„Ich", antwortet der, „aber ich werde mit Sicherheit nichts Wesentliches entscheiden!"

„Oh, das werden wir testen, Mister – wie ist Ihr Name?"

„Dr. Matthias Bremer."

„Ein Deutscher?"

„Nein, seit mehr als zwanzig Jahren überzeugter US-Bürger!"

„O. k., o. k., ich wollte Sie nicht diskriminieren! Stimmt es, was Ihre Mitarbeiterin ausgesagt hat?"

Mat wirft einen schnellen Blick zu Susan, die ganz leicht verneinend den Kopf bewegt.

„Nein, ich denke, Liu Nguyen war entweder falsch informiert, oder man hat sie zu der Aussage gezwungen, um hier eindringen zu können – der General ist nicht gerade unser Freund."

Kitty und Pamela tauchen vor dem Lift auf, irgend jemand hat ihnen anscheinend dort hineingeholfen, wieder beobachten Susan und Mat starke Rechenintensität bei den Robottas.

„Was ist mit den beiden Robotern dort hinten?"

„Das sind unsere Hausdamen, ziemlich intelligente Computer, aber eigentlich ganz lieb. Sie wissen alles, fragen Sie sie doch einmal irgend etwas."

Mister Blue geht die wenigen Schritte hin zu den beiden Robottas. „Wie heiße ich?"

Pamela, die sich auf Gesichtserkennung spezialisiert hat, scannt mit ihren 'Augen' sein Gesicht, dann antwortet sie: „Mein Name ist Pamela, und ich bin die zweite Robotta im Hause Brainrise Robotics. Leider haben Sie sich hier im Haus nicht vorgestellt. Vielleicht hat man Ihnen dieses nicht beigebracht, also werde ich das jetzt übernehmen. Hören Sie, und auch ihr, Susan und Mat: Dieser Mann ist Leiter der vierten Ermittlungsgruppe von INSCOM in Kalifornien. Er heißt Boris Valjuschew, geboren am 23. Juni 1968 in Tenessee.

Seine Familie stammt aus der Ukraine und ist vor fast sechzig Jahren in die Staaten eingewandert. Reicht das zunächst, Mister Valjuschew, oder soll ich noch etwas aus Ihrem beruflichen Werdegang berichten?"
Valjuschew kann kein Wort sagen, so verblüfft ist er. „Wie kann das sein, wie kann die Puppe diese Informationen haben?" geht ihm durch den Sinn, dann besinnt er sich wieder auf seinen Auftrag.

„Mister Bremer, wir müssen überprüfen, ob die Geräte Ihrer Kollegin aus diesem Hause stammen, denn was sie getan hat, ist Hochverrat!"
„Machen Sie sich nicht lächerlich, Hochverrat, wie kommen Sie denn auf diese absurde Idee? Unser Unternehmen forscht und entwickelt in der Hauptsache für das Pentagon elektronische Geräte, das stimmt. Aber diese Geräte dienen sicher nicht zu etwas, was man als Hochverrat bezeichnen könnte. Sehen Sie unsere beiden Robottas an, sehen sie nicht nett und freundlich aus? So etwas wie diese beiden Roboter produzieren wir, und sie können genauso wenig Hochverrat begehen wie unsere Kollegin, die zu Unrecht in Fort Huachuca festgehalten wird; wir erwarten die sofortige Freilassung von Liu Nguyen, sagen Sie das dem General!"
„Ich denke, Mister Bremer, wir kommen hier und heute nicht weiter und brechen die Aktion ab. Nummer 12, geben Sie das Kommando zum Abrücken. Aber eines sage ich Ihnen, Bremer: Wir kommen wieder, und dann wird es ernst wegen des Hochverrates!"

Die ungebetenen Gäste verlassen das Haus, zurück bleiben eine nachdenkliche Susan und ein nachdenklicher Mat: „Lass uns Schluss machen für heute. Siehst du noch kurz zu Ellen? Hoffentlich fällt sie nicht von der Couch."
„Geht nicht, ich habe einen Sessel quer davor gestellt. Gute Nacht, Mat!" Sie haucht ihm noch einen Kuss auf die Wange.
„Gute Nacht, Susan!"

Kapitel 34

Ellen hat die Nacht gut überstanden, ihr Kreislauf ist wieder stabil. Sie lässt sich am Morgen vom Hausmeister ein Frühstück aus dem Whimpys besorgen, bevor sie wieder, wie an jedem Morgen, an die Arbeit geht. Die Uhr zeigt zehn, als sie ein erster Anruf erreicht - es ist Priscilla Martinsen, die, total aufgeregt, kaum zu verstehen ist.

„Miss Winter, Jerry ist wieder hier, aber anscheinend nur körperlich. Er ist völlig verwirrt, die Army hat ihn zu uns gebracht. Der Sanitäter hat gesagt, er müsse permanent unter Aufsicht sein, damit ihm nichts passiert, und jetzt haben wir große Angst um ihn, bitte helfen Sie uns." Ihre Stimme schlägt um in Wut: „Sie und Ihre Leute haben ihn in Deutschland fertiggemacht, seine Erinnerungen an die jüngsten Ereignisse, sogar an das, was er selbst noch gerade gesagt hat, ist immer wieder weg. Er kann keine Entscheidung treffen, nicht einmal, ob er sein Hemd zuknöpfen soll oder nicht, und beim Frühstück weiß er nicht, die wievielte Tasse Kaffee er hatte – es ist ganz schrecklich. Entweder wissen Sie eine Lösung für unser Problem, oder wir lassen von O'Sullivan ein Gutachten machen und verklagen Sie auf alles, was man nur einklagen kann, ich weiß nicht mehr weiter!"

Während der letzten Minuten des Gespräches hat Mat Ellens Office betreten und teilweise mitgehört. Er bedeutet Ellen, das Gespräch zu beenden und einen Rückruf zu vereinbaren.

„Miss Martinsen, unser Neurologe hat mitgehört, er wird sich Ihres Mannes annehmen, Ich rufe noch heute zurück, bitte vertrauen Sie uns." Sie legt auf, sieht Mat nachdenklich an: „Können wir ihm helfen?"

„Es ist genau das eingetreten, was ich befürchtet hatte: Sein Präfrontaler Cortex ist massiv geschädigt worden! Das zweite Gedächtnis, unter dem er gelitten hatte, ist zwar gelöscht, aber viele Gehirnfunktionen sind jetzt zerstört – ich fürchte, der Mann wird ein Pflegefall. Vielleicht kann Professor O'Sullivan ihm noch ein wenig helfen."

„Dann nehmen wir mit dem sofort Kontakt auf – wenn der General erfährt, was passiert ist, macht er uns den Laden dicht!"

Ellen weiß nicht, dass der General bereits informiert wurde – und zwar von Pamela! Die beiden Robottas haben endgültig beschlossen, Ellen, Susan und Mat aus der Firma zu drängen und Brainrise Robotics zu übernehmen. Die Kontrolle und anschließende Verhaftung von Lilly in Fort Huachuca war ebenfalls ihr Werk, und so ist es auch nicht besonders verwunderlich, dass am späten Vormittag dieses Tages das FBI und nicht der Militärische Geheimdienst vor der Tür steht.

Der Mann in dem gut sitzenden dunkelblauen Anzug, der in der mit getönten Scheiben versehenen Regierungslimousine saß, kennt sich hier schon bestens aus: Bill Czikowsky war es, der hier die Untersuchungen nach dem Tod von Bob Mulligan geleitet hatte.

„Wir kennen uns ja bereits, Miss Winter. Mein Besuch heute ist für Sie allerdings ebenso wenig erfreulich wie der damals – meine Auftraggeber haben angeordnet, alle Aktivitäten dieses Unternehmens zu unterbinden. Sie dürfen ab sofort weder Computer produzieren noch sie ausrüsten, und auch die Entwicklung von Software ist Ihnen und Ihren Mitarbeitern verboten, ich habe hier die entsprechende Verfügung meiner Behörde. Ihr Unternehmen wird des Verrates an den Interessen unseres Landes beschuldigt. Ihre Mitarbeiter sind ab sofort zu beurlauben, bis die Angelegenheit vor einem Bundesgericht geklärt ist!“

Weitere Fahrzeuge halten vor dem Gebäude, und die ihnen entsteigenden Männer besetzen die Büroräume.

Susan und Mat, die dieses Gespräch mitverfolgen, sind wie Ellen total entsetzt.

„Mister Czikowsky“, fragt Susan, „wer beschuldigt uns so schwer, dass wir nicht mehr arbeiten, für das Pentagon arbeiten dürfen?“

„Ich darf Ihnen unsere Informationsquelle natürlich nicht nennen, nur soviel: sie könnte hier im Hause sein.“

„Denunziation? Verrat? Gemeine Unterstellungen?“ Mat vermutet bestimmte 'Mitarbeiterinnen' hinter der Aktion, „können diese Informanten überhaupt eine Aussage machen, die vor einem Gericht verwertbar wäre?“

„Da bin ich überfragt, Mister Bremer, ich führe hier nur meinen Auftrag aus, und der bedeutet: Hier in der Verwaltung geschieht NICHTS mehr, bis zu einer eventuellen Freigabe!“

„Dürfen meine Kollegin und ich das Haus verlassen, um zu Mittag zu essen?“

„Meinetwegen, aber kommen Sie zurück, wir benötigen Informationen von Ihnen!“

Sie gehen, wie schon so häufig, über die sonnige Promenade zum 'Whimpys', suchen sich einen Tisch im Schatten, bestellen bei der Bedienung. Die beiden FBI-ler, die ihnen gefolgt sind, setzen sich ein Stück weiter an einen Tisch, bestellen ebenfalls etwas, beobachten sie.

„Sie scheinen es geschafft zu haben, unsere kleinen Lieblinge. Deine Algorithmen waren zu gut, ihre Künstliche Intelligenz ist so gewachsen, dass sie eigene Interessen verfolgen. Hast du schon etwas mit ihrer geheimen Cloud erreichen können?“

„Nein, Mat, habe ich nicht, meine Freunde in der Uni sind zurzeit nicht verfügbar, wie mir gesagt wurde.“

„Sollten Kitty und Pam da auch schon ihre Hände im Spiel haben?“

„Ich weiß es nicht, möglich, und direkt komme ich nicht an meine Kontaktleute im Ausland heran, ohne dass Kitty oder Pamela es bemerken und sofort Gegenmaßnahmen ergreifen.“

„Weißt du was, Susan? Ich habe keine Lust mehr auf diese Spielchen, ich gebe auf! Meine letzte Aktivität bei BR wird sein, bei den beiden die Akkus zu entfernen und die Rechner- und Memory-Chips zu vernichten, und dann fahre ich aufs Land zu meinen Schwiegereltern, zu meiner Familie!“

„Und was mache ich, lieber Mat? Ohne dich? Willst du mich mit diesen Monstern allein lassen?“

„Es wird sie ja dann nicht mehr geben, weil ich sie in Salzsäure auflösen werde! Und du hast ja auch noch deinen Patrick – der wird viel Zeit mit dir verbringen können. Und vielleicht findest du irgendwo einen neuen Job, vielleicht bei Facebook oder Netflix.“

„Das will ich aber alles nicht! Ich will hier bei BR bleiben, mit dir, auch wenn du mich nicht im Bett haben willst. Ist das nun das Ende unserer wunderbaren Freundschaft, lieber Mat? Alles vorbei, keine Diskussionen, keine Frustrationen, keine Frotzeleien? Und keine Freude mehr an unseren gemeinsamen Erfolgen? Alles vorbei?“ Tränen fließen aus ihren wunderschönen dunklen Augen – Mat reicht ihr ein Taschentuch, steht von seinem Sitz auf, umarmt sie freundschaftlich. Ein letztes Mal?

Das Essen wird serviert.

„Ich mag nicht, lass uns gehen, Mat!“

Kapitel 35

Mat besorgt sich am Nachmittag tatsächlich in einem Drugstore in der Nachbarschaft zu BR eine Flasche mit konzentrierter Salzsäure, er will seinen Plan realisieren und die beiden Robottas vernichten – allen von ihnen angedrohten Konsequenzen zum Trotz.

Die FBI-Mitarbeiter haben die Produktions- und Lagereinrichtungen wieder freigegeben, aber in den Büros von Ellen, Susan und Mat wurden Akten und Computer beschlagnahmt – an eine Weiterarbeit ist so nicht zu denken. Susan befürchtet, dass ihre Software-Entwicklungen bei der NTSC landen und dann unkontrolliert militärische Verwendung finden werden, ein nicht sehr abwegiger Gedanke, meint auch Ellen.

„Ich werde jetzt die Robottas zerlegen", flüstert er Susan zu, „und dann für immer dieses Haus verlassen. Lebe wohl, liebe Susan, und denk nicht mehr an mich!"

„Was hat er vor?", fragt Ellen, neugierig wegen der Flüsterei zwischen den Beiden.

„Ach, nichts Wichtiges, Ellen, das war privat!" Wieder schießen ihr die Tränen in die Augen.

Mat verfrachtet die beiden Robottas in den Lift, in seiner Umhängetasche die
Flasche mit der Salzsäure und ein Schraubendreher. Die Drei fahren hinab in
den Heizungskeller, wo er die Robottas unsanft aus der Kabine befördert.

„Du willst uns jetzt vernichten, Dr. Matthias Bremer? Wir können nur sagen:
tu es nicht, unsere Rache wird fürchterlich, wir haben es dir schon einmal
gesagt!“
Mat löst zuerst bei Pamela die Schrauben zum Akku-Fach. In diesem Moment
heben beide Robottas ein fürchterliches, alles durchdringendes 'Hilfe-'Ge-
schrei an, das sofort den Hausmeister, der hier unten ein kleines Büro hat, auf
den Plan ruft.
„Was ist hier los, was haben Sie vor, Mister Bremer?“
„Ich will diese beiden Roboter außer Betrieb nehmen, sie sind überflüssig und
gefährlich, haben keine Moral und keine Gefühle. Wir benötigen sie nicht
mehr!“
„Das fände ich aber sehr schade, Mister Bremer, ich mag sie.“

Das Hilfegeschrei hat inzwischen aufgehört, statt dessen ist eine verstärkte
Aktivität zwischen den Robottas zu beobachten. Mat befestigt die Schrauben
an Pamela wieder, stellt beide in den Lift und fährt wieder in die erste Etage,
wo Susan und Ellen auf das Ergebnis seiner Aktion gewartet haben.
„Fehlanzeige, der Hausmeister kam mir dazwischen!“
„Schade“, meint Susan, „und auch wieder nicht. Wie viele Stunden habe ich
damit verbracht, sie zu denen zu machen, die sie heute sind!“
„Ja, aber sie sind bösartig geworden, haben unsere Firma und vor allem auch
DICH verraten!“
„Und nun?“
„Ich konnte sie nicht zerstören, aber ich gehe trotzdem, jetzt!“ Mat umarmt
Ellen, geht zu Susan: „Es war schön mit dir, Susan. Und was hätte geschehen
können, wenn ich nicht Helen und meine Töchter so sehr lieben würde! Noch
einmal: lebe wohl!“

Er umarmt sie herzlich, gibt ihr einen Kuss auf die Stirn – dann verlässt er
sein Office.
Ellen und Susan schauen ihm nachdenklich hinterher.
„Wir werden auch gehen müssen, Susan", meint Ellen, „ob wir von ihm noch
einmal etwas hören und sehen werden?"

Epilog

Die Zukunft – was wird sie uns als Individuen, was wird sie der Menschheit insgesamt bringen? Niemand kann es definitiv vorhersagen – einzelne Trends und Aspekte sind jedoch schon heute erkennbar.

Globalisierung und Vernetzung sind die großen Stichworte, mit denen wir häufig konfrontiert werden. Feststellung und Speicherung biometrischer Daten wie Gesichts- und Iris-Scans, dazu Fingerabdrücke, dies alles in anonymen Daten-Clouds gespeichert und den Silikon-Valley-Mächtigen zur Verfügung gestellt – beängstigend. Möglich ist all dieses durch die Entwicklung immer leistungsfähigerer Computersysteme zur Beeinflussung von Konsum- und Sozialverhalten, zur Kontrolle und Überwachung – einfach gesagt zur Manipulation.

Diese Computer sind in immer weiteren Bereichen des täglichen Lebens auf dem Vormarsch, langfristig werden ihnen viele Arbeitsplätze zum Opfer fallen, aber es entstehen auch höherwertige Jobs – jedoch: Was nützt dem arbeitslosen Lagerarbeiter oder Busfahrer ein freier Job in der Software-Entwicklung? Durch Methoden der Künstlichen Intelligenz, die sich mit Sicherheit nicht nur im industriellen Bereich weiter ausbreiten wird, sondern z.B. auch in der Medizin, der Biochemie und der Psychologie, selbst der Medientechnik werden, so kann man vorhersagen, ganz neue Welten erschlossen. Diese neuen Welten sind zum Einen positiv zu bewerten (Beispiel verbesserte Heilungschancen), zum Anderen aber drohen auch vielfältig Gefahren, so auch durch die Möglichkeiten der Gehirnmanipulationen. Leider muss in diesem Buch unter manchem anderen auch das weite Feld von Gen-Analyse und -Manipulation unbetrachtet bleiben.

Dieses Buch beschreibt romanhaft eine Fiktion, trotz sorgsamer Recherchen – die Möglichkeiten implantierter Chips, die bereits existiert, sind noch begrenzt. Ich möchte jedoch nicht unerwähnt lassen, dass in Schweden ein Feldversuch mit „Bezahl-"Chips unter der Haut getestet wird (lt. Heute-Journal am 23. Februar 2016 mit Klaus Kleber). Wir finden weltweit, wenn auch überwiegend noch im Test- und Experimentierstadium, hochinteressante, auch brisante Ansätze, wenn wir z.B. an die Steuerung von Prothesen durch Gedankenkraft denken oder die sog. EPOC-Helme der US-Army für die Manipulation von Soldaten.

Mein Buch will unterhalten, zugleich aber auch aufmerksam machen auf die Entwicklungen, die im Bereich von Informatik und Biotechnologie, bereits möglich sind und noch möglich werden. Leider konnte ich im Rahmen dieses Romans nicht detailliert auf alle Aspekte dieser Bereiche eingehen.

Die Wissenschaft kennt keine Grenzen – was möglich ist, wird realisiert werden.

Ende

223

Informationen zum Autor

Karl-Heinz Knacksterdt hat erst nach dem Eintritt in das Rentenalter
seine Liebe zum Schreiben
romanhafter Literatur entdeckt.
Jahrgang 1941, war er lange Zeit
ehrenamtlich in einer Kirchenge-
meinde in Oldenburg aktiv -
Kirchenältester und Lektor waren
dort seine Professionen. In seiner
beruflichen Laufbahn hat er sich
über vier Jahrzehnte mit
Anwendungen der Informationsverarbeitung befasst.

Er ist seit mehr als 50 Jahren mit
seiner Frau Annelie verheiratet; zwei verheiratete Kinder und zwei
Enkel gehören zur Familie.

Die biblischen Bilderzyklen seiner Frau als Inspirationsquellen haben
ihn motiviert, sich mit wichtigen Frauen der Bibel auseinanderzusetzen
– die Trilogie „Große Frauen der Bibel" waren die ersten als Bücher
erschienenen Erzählungen.

Mit der Arbeit zu „Im schwarzen Kokon", dem ersten Buch der Trilogie
„Manipulationen", wagte er sich auf ein völlig anderes Terrain: Eine
Geschichte, die zwischen Fiktion, Fantasie und Realität changiert und
ihre Fortsetzung im Buch „Im Netz der Algorithmen" findet. Hier wird
nun der dritte Teil vorgelegt, der wiederum eine logische Ergänzung
der beiden ersten Werke ist.

Romane von Karl-Heinz Knacksterdt

„Maria. Frau. Mutter. Heilige.“
Die Lebensgeschichte der Maria von Nazaret
176 Seiten
2014 / ISBN 978-3738-60164-0 / 11,99 €

„Bathseba und David“
Eine Liebesgeschichte aus alter Zeit
244 Seiten
2015 / 978-3741-28080-1 / 11,95

„Eva und Adam“
Ihre drei wundersamen Existenzen
204 Seiten
2017 / ISBN 978-3743-19409-0 / 11,95 €

„im schwarzen kokon“
208 Seiten
2017 / ISBN 978-3744-88250-7 / 10,00 €

„Im Netz der Algorithmen“
240 Seiten
2018 / ISBN 978-3752-86005-4 / 12,00 €

Alle Bücher sind bei Bod als Printbuch und
als E-Book erschienen

FSC
www.fsc.org
MIX
Papier aus ver-
antwortungsvollen
Quellen
Paper from
responsible sources
FSC® C105338